「宏、俺にもっと触ってほしいか？」

　快感に悶える表情で頷く。山村は自分の太股の上、跨がらせるようにして宏国を座らせた。両手を一本ずつ自分の首に巻きつけて、抱き合う形にさせる。

「俺に触ってほしかったら、こうやって『愛して』って言うんだよ」

（本文より）

カバー絵・口絵・本文イラスト■よしなが ふみ

BBN
B●BOY NOVELS

無罪世界

木原音瀬

この物語はフィクションであり、実在の人物・団体・事件等とは、いっさい関係ありません。

CONTENTS

無罪世界

「それと奥さん、実はお使いになられている浄水器が基準にあてはまらなくなるかもしれないんですよ。今なら簡単にチェックできるので、やってみましょうか。あぁ、お時間は取らせませんよ」

「あぁ、見てください。奥さん。見えますか、これ。こんな水を飲んでいたら、病気になりますよ。ほら、この試験紙がこんなピンク色になって……」

「水道水の中には、塩素が入っているんですよ。塩素。漂白剤の中に入っているものと同じですよね。漂白剤を飲むと、人間は死んじゃいますよね。それと同じ成分が水の中にも入っているというわけなんですよ。今の浄水器では、その塩素を取り除くことはできてないんです。怖くありませんか」

「奥さん、よく考えてみてください。健康って大切ですよね。浄水器を交換となったら、確かにお金はかかりますけど、それで健康と安全が買えると思ったら、安いものじゃないですか。それにこの商品、ローンが効くんですよ。月々三千八百円。たったこれぐらいで家族の健康が買えるなら、お得な買い物だと思いませんか」

携帯電話のアラーム音がうるさい。枕に顔をくっつけたまま、音のする方角を探《さぐ》っていると、指先で弾《はじ》いてしまったのか、ゴトッと床に落ちる音がした。上半身だけモゾモゾと這《は》わせながら右手を伸ばす。

午前九時十七分。携帯を握りしめたまま、山村仁史《やまむらひとし》はチッと舌打ちした。明日は休みだからと遅くまで飲み、寝たのは午前三時を回ってからだった。なぜこんな早い時間にアラームをセットしたのか、自分が意味不明だ。

夜が明けているというのに、部屋の中は薄暗い。もう一眠りしようと、携帯を握りしめたまま目を閉じる。

『……では事務所のほうで、十日の午前十時に』

セットした理由を思い出した。果てしなくだるい。もし今、誰か自分のかわりに出掛けてくれるなら、一万払ってもいい。やっぱ五千……しばらく脳内で葛藤《かっとう》したあと、観念してノソリと起き上がった。頭をガリガリと掻く。痒《かゆ》い。そういえば昨日は風呂に入らず寝た。

畳の上では職場の後輩の仁志田《にしだ》が服のまま猫みたいに丸くなって寝ている。五月だし、外で寝たって凍《こご》え死ぬことはないが、少々肌寒かったのか、ズッと洟《はな》を啜《すす》ってクチンと妙にかわいいくしゃみをした。

仁志田の腰は、細いながらも引き締まって、適度な丸みがある。やっぱり若いとケツの形も綺麗だな、となだらかなラインを凝視《ぎょうし》する。フッと我に返り、軽く頭を振った。尻を見ている場合じゃない。約束の時間に遅れる。

畳の上で週刊誌を枕に寝ている後輩をひと跨《また》ぎにすると、左足がズルリと滑った。両足に力を込めて踏みとどまり、後輩へのバックドロップは回避する。足の裏にくっついていたのは、コンビニの袋。畳で擦《こす》るようにして落とし、行く先に転々としているビニール袋やビールの空き缶を蹴《け》り飛ばした。

バスルームに入り、熱い湯を頭から浴びた。髭《ひげ》を剃《そ》り、歯を綺麗に磨《みが》き上げ、水をコップ二杯飲む。体の中にとどまっている酒がトコロテン式に外へ出ないかと思ったが、世間はそう甘くない。

クリーニングから戻ってきたピンストライプのシャツの上に、紺色のスーツを着る。ネクタイは、少し迷って地味な臙脂《えんじ》色にした。「んーっ？」と背後からくぐもった声がする。仁志田が起き出し、両目をゴシゴシと擦っている。

「休みの日にどうしてスーツなんか着てんの？」

「人に会うから」

山村は生《なま》あくびを繰り返す後輩に近づいた。

「なぁ、俺って酒くさい？」

「んーっ……別にっつうか、微妙」

仁志田の言い方こそが微妙で、通勤鞄《かばん》から消臭効果のあるタブレットを取り出し飲み込んだ。

仕事をする上での必需品なので、常備してある。

「ひょっとして、見合い？」

仁志田は腕組みし、にやにやと笑っている。

「んなわけねえだろ。あぁ、五十分にはウチ出るからな」

時計を見上げ「はいはーい」と間延びした返事をすると、仁志田はテーブルの上に置いてあった煙草《たばこ》に火をつけた。

「山村さんって、彼女いないいんだよね」

「それがどうした」

仁志田の視線が室内を……足の踏み場もないほど散らかった畳の上をぐるりと見渡すのがわかり、山村は眉をひそめた。

「なんだよ、部屋が汚いって言いたいのか」

「まぁ、俺も人様のことを言えた義理じゃないけど、ここってかなりキてるよね。畳とか見えないし。彼女がいたら、掃除とかしてくれるんじゃないの」

ゴミの中から仁志田が紙切れを拾い上げる。

「あー、こりゃかなりしょっぱいね」

「勝手に見るな」

消費者金融の請求書を奪い取り、丸めてそのへんに放り投げる。

「人のことはほっとけ。人間はゴミじゃ死なねえんだよ」

山村は鏡の前に戻り、最終チェックに入った。決めすぎてないか、野暮《やぼ》ったくないか、普通に見えるかどうかあらゆる角度から確認し、最後に銀縁の眼鏡をかけた。

「いつにもまして好青年って感じだなあ。けど山村さんて目ぇ悪かったっけ?」

鏡を覗《のぞ》き込むようにして、仁志田が聞いてくる。

「ダテだダテ。俺の視力は両方一・五だ」

部屋に漂《ただよ》う匂いに誘われて、出掛ける直前になって煙草に火をつけた。ドアを開けると、外は霧雨が降っている。雨の音は聞こえなかったから、曇っているだけかと思っていた。傘を差すのが鬱陶《うっとう》しい。

モルタルの古い二階建てのアパートは築三十年。六畳の一間で家賃は四万。値段相応に壁も薄い。鉄の階段は歩くたびにカンカンと耳障《ざわ》りな音がする。

「でさ、今日は何があんの?」

仁志田がしつこく聞いてくる。山村は煙草の煙を勢いよく吐き出した。

「弁護士に会うんだよ」

仁志田が「うわぁ」と口許を歪《ゆが》める。

「いったい何したんだよ」

「お前ねぇ、どうして俺が何かしたって思うんだよ」

「だって俺たち、下手《へた》して下手したら告訴の裁判でしょ」

山村は吸いかけの煙草を歩道に投げ捨てた。念入りに踏み潰さなくても、そのうち雨が消してくれるはずだった。

弁護士、有沢《ありさわ》が所属する事務所は、山村の住むアパートの最寄《もよ》り地下鉄駅から二駅行った場所にあった。古びたビルの三階。歩道から、窓硝子《ガラス》に貼られている「酒井《さかい》法律事務所」の白文字を見上げる。山村は弁護士の世話になったことがないからわからないが、白文字の剝《は》げ具合といい、ビルのボロさ加減といい、とても流行《はや》っているようには思えなかった。

三階まで階段で上がり、事務所名が書かれたプレートのついた鉄のドアを軽く叩く。受付と思われる二十代前半の女が出てきて、名前を告げると個室へと案内された。ちらりと部屋の奥に視線をやったが、かなり狭い。四方の壁を本棚に占領されている上に応接セットもあるので、仕事机は三つでぎゅうぎゅうだ。

個室に通されて五分ほどで、一人の男が入ってきた。見た目は三十前後。電話の声からして、そんなもんだろうと予測していた。紺色のスーツに、隙なく整えられた髪。目尻は上がり気味で、口許はきりりと真横に引き結ばれている。小学校の優等生がそのまま大人になったら、こんな風に仕上がりそうな気がする。

「こんにちは。電話では何度かお話しさせてもらいましたが、お会いするのは初めてですね。私が弁護士の有沢です」

名刺を手渡される。「今日はプライベートなので、名刺を持ってきてなくて……」と言い訳すると、有沢は「気になさらず」と微笑《ほほえ》んだ。挨拶《あいさつ》を終えると、案内してくれた女性が茶を運んでくる。有沢はテーブルの上に四、五冊ファイルを並べた。

「まず確認させてください。山村さんは、今年二十八歳でよろしかったですか」

「ええ」

「では、早速ですが本題に入らせていただきます。今回の仕事は事務所を通してではなく、私が個人的に請《う》け負ったものです。依頼人である榊康広《さかきやすひろ》先生は、私の大学時代の恩師になります」

榊康広は山村の父、榊幹生《みきお》の兄で大学の助教授だった。熱帯植物の研究をしていたらしい。その伯父が一か月前に病気で亡くなった。

先週の金曜日、有沢から突然連絡が来るまで、山村は伯父の死を知らなかった。中学の時に山村は両親が離婚し母親に引き取られたので、それ以降父親や親戚とは関わりがない。いや、離婚する前から、榊側の祖父母、親戚と交流らしいものはなかった。

父は賭けごと、酒、女が好きというダメ男の典型で、借金は作る、飲んで暴れる、複数の女が絡んでの刃傷沙汰《にんじょうざた》など、若い頃からなかなか騒々しい人生を送ってきた。そんな父の放蕩《ほうとう》に祖父母は呆《あき》れ果て、勘当を言い渡した。両親は互いが三十半ばを過ぎてから知り合い、籍を入れた際も父は母を親兄弟や親戚に紹介しなかった。

伯父が亡くなった時、妻や祖父母はすでに他界していた。祖父母は互いに一人っ子だったので親戚も少ない。有沢は山村の父を探していたようだが見つからず、その過程で息子である山村の存在を知ったようだった。とはいえ離婚してから父親とは連絡を取り合っていない。よく探し当てたものだと思ったが、有沢自身も「偶然だったんです」と言っていた。

有沢は山村の母方の祖母が住んでいた家の跡地へ行った際、山村の中学時代の知り合いを見つけ「何年か前、居酒屋で働いているのを見かけた」と情報を得た。居酒屋へ行ってみると、店長は山村のことを覚えておらず、名簿に連絡先も残っていなかった。「ひょっとしたら」と店長が古株のバイトから店員に昇進した男に聞いてみると、さほど親しくない男だったが、携帯電話の電話帳に山村の電話番号とメルアドが残っていた。細い細い糸を辿《たど》って行き着いたというわけだった。

最初に電話がかかってきた時、山村は手のひらがじっとり汗ばむほど緊張した。有沢が先に自分の職業を告げたからだ。弁護士と聞いて、九十九パーセント仕事絡みの訴訟だと思った。山村の仕事は、世間で言うところの悪徳訪問販売になる。店で買えば四、五万の浄水器を、五十万近い法外な値段で売りつける。これまでも訴えられそうになったことは何度かあるが、どれも「会社」を訴えるものであって、販売員個人に白羽の矢が立つことはなかった。それなのに個人の携帯番号まで調べ上げて、弁護士に連絡を取らせるという用意周到さ、執拗《しつよう》さが恐ろしかった。

それが遺産相続という棚ぼた式の収入だとわかった時は、何もしなくてもタダで金が入ってくる、と飛び上がらんばかりに興奮した。詳しいことは会った時に、ということで具体的な話は何も聞いてないのに、妄想だけがどんどん膨《ふく》らんでいった。

翌日は久しぶりに競馬場へ行った。消費者金融の取り立てが厳しくなってから自制していたけれど、気が大きくなっていたのか強気に出て、前の日に出た給料を八万擦《す》った。腹が立つわ、落ち込むわで、今度は逆に冷静になった。

伯父は助教授だったが、教師と名のつく職業は実際それほど給料は高くない。現実的に考えて、遺産は四、五百万というのが山村の予測だった。それでも借金は返せるから十分だ。運がよければオプションで家や土地がついてくるかもしれない。

現実と多大な妄想をセーブする気持ちが微妙に入り交じった複雑な心境で、山村は今、有沢と向かい合っている。

「山村さんはコンサルティング会社にお勤めなんですね」

有沢が自分の連絡先を聞いたあのバイト先には、店長や他のバイト仲間も含めて、大学生だと嘘をついていた。十八になっていないと、割のいい夜のバイトは断られることが多かったからだ。有沢は「バイトをしていたのは数年前、大学生の頃だと聞いていたので、携帯が繋がるかどうか半信半疑でしたが……」とバイト先についた嘘を鵜呑《うの》みにしていた。

「三年前、大学の先輩と共同出資で立ち上げたんです。地方の特産品を都市のデパートに斡旋《あっせん》したり、他にも個人経営のお店を対象に幅広く手がけてます」

嘘はなめらかに唇を滑る。職業病に近い。山村は高校中退で大学に行ったことはないし、コンサルティング会社で働いたこともない。

なんの仕事をされてるんですか、と電話で聞かれた時に自分が働いている会社の名前は言えなかった。そこが法外な値段で浄水器を売りつける悪徳訪問販売だと、弁護士という職業柄知っているかもしれないからだ。そうなると確実に有沢の自分に対する心証は悪くなる。短い間だろうし、どうせなら気持ちよく、そつなく付き合っていきたかった。

「ご結婚はされてますか？」

「いえ、独身です」

有沢は「そうですか」と呟《つぶや》くと、広げたファイルに視線を落とした。そして沈黙。独身と答えたのが何かまずかったんだろうかと、山村はゴクリと唾液《だえき》を飲み込んだ。既婚者でないと相続する権利はないとか……。

沈黙が長ければ長いだけ緊張が増す。有沢が指先でファイルを叩く仕草すら、凝視してしまう。

「電話でもお話ししましたが、話がずいぶんと込み入っているのです。いえ、本当は単純なのかもしれませんが、説明をするのに時間を要するとでも言いましょうか」

有沢はしきりに眉をヒクつかせる。そうすると、真面目《まじめ》な顔がやたらと気難しい表情になった。

「僕は大丈夫ですよ」

謙遜《けんそん》ではなく、他人の他愛《たわい》もない話に一時間、二時間と耳を傾けるのは平気だ。逆に他人の前で一時間、二時間喋《しゃべ》ることも。何せ「聞くこと」「喋ること」が生業《なりわい》だ。

有沢は茶を一口飲むと、まっすぐに山村を見つめた。

「最初に要点だけお話しします。亡くなった榊先生には、息子さんがいます。榊先生の遺産の半分を相続する条件は、息子さんの面倒を見てくれる人、ということなのです」

アパートの薄い壁、右隣からテレビの音が漏《も》れ聞こえてくる。それはいつものことなので許容範囲内だが、くっついてくる馬鹿笑いが鬱陶しい。隣に住む五十代も後半の中年女は声が高い。猿みたいにキッキキッキッと笑う。癇《かん》に障る。

山村は窓枠に腰掛け、ビールを飲んだ。日中降っていた雨は、夕方にはやんでいた。まだあたりは湿っぽいが、雲は消えたのか猫の爪みたいな月が空に引っかかっている。

弁護士との会話を思い出す。聞けば聞くほど、耳を疑うような内容だった。

「伯父さんには子供がいたんですか？」

甥《おい》っ子に遺産の話が回ってくるのは、子供がいないからだと思っていた。丸ごと相続できると思っていたが、現実はそう甘くない。

「息子さんが一人います。榊宏国《ひろくに》という名前で、今年二十二歳になります」

成人した息子がいるなら、なぜ甥の自分に相続の話が回ってくるのだろう？　山村は首を傾《かし》げた。

「宏国さんは二歳から去年の十二月までブラジルに住んでいたので、日本語の読み書きができないのです」

「けど親と一緒にいたんでしょう。いくら外国で生活をしていたとしても、家での会話は日本語じゃなかったんですか」

「榊先生と宏国さん、六年前に亡くなった奥様は二十年前、熱帯植物の研究のために家族でブラジルに渡りました。マトグロッソ州で暮らし始めてすぐ、当時二歳だった宏国さんが行方不明になったそうです。榊先生と奥様はずいぶんと探したようですが、宏国さんは見つかりませんでした。五年後にお二人は帰国しますが、その後も先生はブラジルへ行くたびに宏国さんを探していたそうです。そして去年、榊先生は研究でペルーの国境に近い村へ出掛けた際、風土病にかかって現地の病院に入院したそうです」

「風土病……ですか？」

「病名ははっきり覚えていませんが、地元ではよくある病だそうです。ハエが媒介《ばいかい》すると言っていました。治療をすれば死に至ることはないそうですが、治療薬を繰り返し注射しないといけないんだそうです。しかも薬の副作用が強くて、定期的に血液の検査もしないといけない。それで病院に二週間ほど入院したところ、偶然にも足を怪我した宏国さんが運ばれてきたそうです」

へぇ、と山村は大きく頷《うなず》いた。

「二十年も見つからなかったんでしょう。すごいですね」

「先生は同室になった宏国さんが自分の若い頃に似ているのがずっと気になっていたそうです。幼い頃、インディオにさらわれてその部族で育てられたということを聞くとすぐ、共同研究をしていたアメリカの学者にＤＮＡ鑑定に出してもらった結果、親子だということが判明したんだそうです」

気を抜くと笑ってしまいそうで、山村は腹に力を入れた。昔話じゃあるまいし、さらわれてインディオに育てられたなんてねえ……と思っても、言えない。有沢の顔が真剣だからだ。

「すごい話だなぁ。狼に育てられた少女っていうのは聞いたことあるけど、インディオか……」

そつのない相槌《あいづち》を打つ。

「私は狼少女の話を詳しくは知りませんが、宏国さんと接していると、人は教育を受けないと……当たり前ですが、こうも本能的な部分が際《きわ》だってくるものなのかと思いました」

あぁ、話が少し脱線しましたね、と有沢は額に指先を押し当てた。

「インディオが子供をさらうというのは、昔はそれほど珍しいことではなかったようです。今、ブラジルには百八十近くインディオの部族があるようですが、そのほとんどが定住し働いて賃金を得て生活をしている文明化したインディオです。しかし宏国さんをさらった部族は、そういった文明を頑《かたく》なに拒み、ジャングルの奥に住む『原始インディオ』と呼ばれる人たちだったようです」

「原始インディオ？」

「昔ながらの、石器時代に近い生活を送っているインディオをそう呼ぶようです。部族によって着衣の風習に違いはあるようですが、共通しているのは貨幣経済がなく、自給自足、物々《ぶつぶつ》交換の生活をしているということです」

自給自足と聞いて、田舎《いなか》でひっそりと一人暮らしをしている老人を想像した。家の周囲に畑を作って、鶏《にわとり》なんか飼って、ああいう感じだろうか。

「なんだかのんびりとしてそうですね」

有沢はなぜか苦笑いした。

「宏国さんをさらったインディオは、ジャングルの中を移動して生活していたようで、部族の名前もその規模もはっきりしません。言葉も代表的な部族語と似てはいるようですが、半分も一致しない。榊先生は宏国さんと話をするのに、ポルトガル語と部族語のわかるインディオに通訳をしてもらったようですが、意志の疎通をはかるのに時間がかかって大変だったと話してました」

有沢は「ちょっと失礼」と言ってお茶を口にした。

「先生に聞いたところによると、宏国さんは部族を出て、一人で暮らしていたようです。そんな折、足に怪我をして死にそうになっていたところを、たまたま通りかかった旅行者に見つけられ、病院に連れてきてもらったようです。宏国さんは自分は幼い頃にさらわれてきた子供だということを知っていました。部族の大人にそう言われて育ったそうです。先生は自分が父親だと名乗り出て、一緒に日本に帰ろうと言ったそうですが、宏国さんは頑《かたく》なに嫌がっていたそうです」

有沢は目を伏せた。

「そんな時、治療のための定期的な検査で先生の肝臓に癌《がん》が見つかったのです。こちらのほうはかなり深刻で、予定の滞在を途中で切り上げて治療のために日本に帰国しなくてはいけなくなりました。長く生きられないなら、息子とできる限り一緒にいたいと考えて、先生は宏国さんを泣き落としに近い形で説得し、一緒に帰国させたそうです」

「そうだったんですか」

山村は心持ち低いトーンで相槌を打った。

「伯父さんも可哀想ですね。せっかく息子を見つけたのに、病気だなんて。……けど、伯父さんが亡くなったなら、宏国さんが日本にいる理由はないし、本人が希望するならブラジルに帰してあげてもいいんじゃないでしょうか」

「そこが難しいところなんです。今、ブラジルで原始インディオの置かれている状況は非常に厳しいんです。ダムの設置や森林開発でジャングルが減り、インディオは住む場所を追われている。街に出ても、価値観も違えば言葉も通じないので働くことができず、浮浪者のような路上生活を送るインディオが非常に多いのです。先生は、あと十年もしないうちに原始インディオも貨幣経済の社会に呑み込まれるだろうと言っていました。そうなった時、ポルトガル語も知らずお金の計算もできなければ、惨《みじ》めな生活に陥《おちい》るのは目に見えています。先生は息子をそんな目にあわせたくない、日本ならまだ自分の残した財産があるから、人並みな生活が送れると考えたのです。けれど病気の進行が予想以上に早く、自分が死んだあとを心配した先生は『誰かに宏国の世話をお願いしたい』と私に相談されたのです。先生がお亡くなりになったあと、赤の他人よりもまずはどなたかご親族の方をと思って探していたのですが、ご親戚で連絡がつく方はどなたも大変なご高齢でした。どうしたものかと思っていたところ、先生には弟さんがいらしたことがわかったのです。生前、先生は弟さんのことを話してはおられませんでしたが」

「父は放蕩息子でしたから。実家とは縁切り同然だったと聞いています」

噂《うわさ》はすでに耳にしていたのか、有沢は曖昧《あいまい》に笑った。

「宏国さんが日本語を覚え、就職して一人で生計を立てられるようになれたらというのが先生の遺志です。ブラジルにいた時から日本語は教えていたようですが、帰国後すぐに入院してしまったので、言葉を覚えさせられなかったと言っていました。なので宏国さんは簡単な単語は喋りますが、字は一切読めません。聞き取りも、知っている単語をゆっくり喋らないと理解してもらえません」

山村は温《ぬる》くなった茶を一口飲んだ。棚ぼたの遺産には、日本人であって日本人じゃない宇宙人みたいな従兄弟《いとこ》がついてくる。「さあどうする」自分に問いかけた。遺産は欲しい。上手《うま》くすればこれまでの借金が帳消しになる。時々返しているのに、じわじわと増えていく請求書の金額を「ヤバイよな」と思いながら放置している。いざとなったら自己破産の手があるけど、ブラックになるとカードが作れなくなる。綺麗な体でいられるなら、それに越したことはない。

世話と金が頭の中で堂々巡りを始める。なんか面倒くさいな……考えるのをやめかけた時、閃《ひらめ》いた。何も真面目に面倒を見る必要はない。世話を引き受けると見せかけて、遺産だけもらって逃げればいいのだ。今のアパート、仕事、人間関係、どれにも未練はない。

「事情はよくわかりました。けれどインディオにさらわれて育てられた従兄弟と聞いても、僕には彼がどんな青年なのかまったくイメージできないんです」

「お気持ちはよくわかります」と有沢は相槌を打った。

「私も先生に打ち明けられた時、嘘をつくような人ではないとわかっているのに、半信半疑で話を聞いていました。けれど実際に宏国さんに会って、こういうことなのかと身をもって知りました。彼はとても純粋ですが、それと同時に……言葉は悪いですが、短絡的で粗野《そや》だと思うのです」

二人の間に沈黙が流れる。有沢はどうか知らないが、この間《ま》は山村にとって意図的なものだった。いきなり『いいですよ、面倒見ましょう』と言うのは、奴の言葉を借りると「短絡的」だ。

そう思われるならまだマシだが、下手したらノリの軽さに、不信感を持たれるかもしれない。少し考えるような時間を作り、迷っている素振《そぶ》りを見せたほうが、真実味が増す。

「僕には兄弟がいないし、恥ずかしながら両親とも行方が知れません」

山村はうつむき加減に口を開いた。

「親戚との付き合いもない。人に話せば、煩《わずら》わしい人付き合いがなくていいと言われますが、いざという時に頼れる肉親が一人もいないというのは心細いものです」

そうですね……と有沢は真剣な顔で頷く。

「だから従兄弟がいると知って、とても嬉しいんです。だけど面倒を見るというのは正直、自信がありません。何をどうすればいいのか……」

「面倒を見るといっても、子供のようなことはありません。宏国さんは身の回りのことはできます。ただ言葉を覚えて、日本で働けるように少し手を貸してもらえたらと思うのです」

有沢は食い下がる。こいつも必死だよなと思うとなんだかおかしくなってきた。それもそうだ。もし自分が断れば、また一から世話人を探さないといけなくなる。

「私もできる範囲でサポートしていきますので」

目の前の弁護士は、固唾《かたず》を呑んで自分の返答を待っている。たっぷりと沈黙してから、山村はおもむろに口を開いた。

「伯父さんも亡くなったばかりで、誰よりも一番心細いのは彼なんでしょうね。ずっと面倒を見るというのは無理ですが、できる限り手助けしてあげられたらと思います」

途端、有沢の表情がパッと明るくなった。

「そう言ってもらえて嬉しいです。宏国さんに必要なのはお金ではなく、日本で暮らしていけるように導いてくれる人だと思うので」

声が弾《はず》んでいる。望むものが見つかり、肩の荷が下りたのだろう。こういうタイミングであれば、少しぐらい突っ込んだことを聞いても怪しまれない。

「伯父さんが亡くなったのは先月でしたよね。彼は今、アパートで一人暮らしをしているんですか？」

わざとアパートという言葉を盛り込む。違うなら否定してくるだろう。そうすれば持ち家の有無がわかる。伯父が所有している財産がいかほどのものなのか、早く知りたい。けれど「遺産はいくらある？　持ち家は？　土地は？」と面と向かって聞けるわけもなく、遠回しに探りを入れていく。

「都内にある先生の持ち家に、宏国さんは暮らしています。ガスの使い方は覚えたので、食材さえ渡せば煮る、焼くなどの単純な料理は自分で作ります」

都内に持ち家となると、売ればそれなりの資産だ。字が読めない男なら、家の権利書諸々《もろもろ》の管理ができるはずがない。世話をすると言って従兄弟の家に住み込み、権利書を探し出して土地ごと売り払って逃げる。日本語がろくにわからない男というのはこういう時に都合がいい。山村は胸の奥でほくそ笑んだ。

従兄弟とは来週の土曜日に会うことになった。具体的にどういう風に生活を援助していくかは、実際に彼という人間と接してから決めることになる。

……山村は猫の爪を見上げたまま、グッとビールを飲み干した。ここ最近、ずっとツイてないと思っていたけれど、ようやく運が向いてきた。都内の持ち家、土地ごと売れば最低でも一千万はくだらない。妄想で懐《ふところ》があったかくなる。

インディオにさらわれたという不幸な従兄弟など、どうでもいい。正直な話、そいつが生きていようが死んでいようが関係ない。存在していたことすら知らず、これまで自分の人生に関わることのなかった男のことを、これからも大して関わるつもりのない男のことを真剣に考えるだけアホらしかった。


地下鉄の駅を出て左に三分ほど歩くと、ビジネスマン向けの安価なホテルが見えてきた。三日前から従兄弟はこのホテルで暮らしている。

山村が有沢と会った翌日、伯父の家は火事で全焼した。幸い隣近所への被害はなかった。夜の十一時過ぎだっただろうか、有沢から連絡をもらった時、山村は右手をグッと握りしめた。火事で従兄弟が死んだら、面倒を見るという条件もなしに自分へ遺産が回ってくるかもしれない。はやる気持ちを抑え、山村は「彼は大丈夫なんですか」と聞いた。

『宏国さんは大丈夫です』

期待はあっさりと打ち砕かれる。従兄弟が庭で焚き火をしていたのが家屋に燃え移ったらしい。

従兄弟の事情が事情なだけに、有沢は近所の人に何かあれば自分に連絡をくれと名刺を渡していたようだった。そのおかげで、今回も消防署への通報とともに有沢へも連絡が来たようだった。無事で本当によかったです、と心にもない言葉を口にしながら、胸の内で舌打ちする。火事に関しては、すべて有沢が処理してくれるようだったが、山村も社交辞令的に「僕にも何か手伝えることはありませんか」と聞いてみると「大丈夫ですよ。新聞に出るかもしれませんし、そうなったらきっと驚かれると思ったので、とりあえずお伝えしましたが」と言われてホッとした。

ホテルのラウンジでは、有沢が先に来て待っていた。山村は駅に着いた時点で十五分ほど遅刻していたが、メールを一度入れただけで急がなかった。

「すみません、遅くなってしまって。出がけに仕事の電話があったもので……」

もちろん嘘だ。

「こちらは大丈夫ですよ。宏国さんも時間を気にする人じゃありませんし。では、行きましょうか」

有沢の二歩ほど後ろを歩きながら、山村は小さく欠伸《あくび》をした。電車の中でも居眠りしたが、まだ眠い。……遅刻の原因も寝坊だ。

「最初は先入観のないまま会ってもらったほうがいいと思っていたのですが、やはり先に少し言っておいたほうがいいような気がしてきました。そうしないと、わけがわからないまま顔合わせが終わってしまうかもしれないので」

エレベーターの前で、有沢は立ち止まった。

「宏国さんには、日本の常識と価値観が通じません。これは前にもお話ししましたが、それが衣食住すべてに及びます。言葉が通じないことよりも、そちらのほうが大変かもしれません。先生が日本の風習を教えていたようですが、自分が気に入らないことは聞いてはくれなかったそうです」

エレベーターの扉が開く。

「それは我《わ》が儘《まま》ということですか？」

「一概にそうとも言えないのですが」

有沢は乗り込み、階数ボタンを押す。我が儘な男ほど鬱陶しいものはない。けれどすぐに、どうでもいいかと思えてきた。長く付き合う相手でもないし、こっちの邪魔にさえならなければ性格がよくても悪くても関係ない。

五階で降りて奥へと歩く。午前十時過ぎとチェックアウトの時間と重なっているせいなのか、廊下の壁際には清掃用のカートが置かれ、客室のドアがいくつか開け放たれていた。

ノックしても、五一一号室の部屋からは返事がない。有沢はスーツのポケットを探ると、ホテルの鍵らしきものを取り出した。

「彼は部屋にいるんですよね？」

中から開けてもらえばいいのに、なぜ鍵を使うのだろう？　山村の問いかけに、有沢は苦笑いした。

「ノックしても宏国さんは返事をしてくれないし、ドアを開けてはくれません」

「えっ？」

有沢は「嫌がらせではありませんよ」と付け足した。

「そういう習慣がないのです。客人をもてなすという風習はあるようですが、日本人のように会えば『こんにちは』、別れる時は『さようなら』という、社交辞令的な挨拶はない。私がドアをノックしたのは、急に入って宏国さんを驚かせないようにと、合図のかわりにしているのです」

ドアが開き、有沢が先に中へと入った。部屋は六畳ほどと狭く、ベッドとテレビ、テーブルがあるだけの典型的なビジネスホテルだ。問題の従兄弟は、ベッドのかたわらにぽつんと立っていた。

映画や本のイメージで、頭に羽根飾りをつけたり、ボディペインティングをしているのではないかと思っていたが、そんなことはなかった。ただ上半身は裸で、カーキ色のワークパンツしか穿《は》いていない。背は百七十センチ前後だろうか、山村よりも低い。肌は浅黒く、細身だが筋肉の発達した綺麗な体をしている。顔はどこから見ても日本人そのもので、遺伝子は純国産なんだとある意味感心する。全体にスッキリした顔のパーツ、気の強そうな目。だけど怖いぐらい無表情だ。髪は短く、野球部員よりマシかという程度の坊主頭だが、坊主でも十分に見られる。いや、かなりいい線までいっている。

「彼が榊宏国さんです」

紹介されても、山村は何も言えない。相手にどう声をかければいいのかわからなかった。

「彼」

有沢は宏国に向かって喋りながら、山村を指さした。

「自分」

今度は宏国を指さす。

「親戚」

宏国は目を細め、眉間に気難しげな皺《しわ》を寄せた。

「し　ん　せ　き」

有沢がゆっくりと繰り返すと、ようやくその目が大きく見開かれた。

「僕が親戚だって、わかったみたいですね」

「おそらく」

山村はゆっくりと前に進み出た。

「こんにちは　僕は　山村仁史です」

有沢を真似《まね》て言葉を句切り、自分を指さしながら名乗った。

「これからは　僕が　君の　生活の　手助けをします」

宏国はじっと見ているけれど、無表情な上に何も言わない。山村は顔の上に浮かべた笑顔がだんだんと引きつれていくのを感じた。「はい」でも「うん」でもなんとでも言え、と内心毒づく。

沈黙に降参した山村は、有沢に助けを求めた。

「あの……宏国さんにはどれぐらい日本語が通じるんですか？」

「私にもはっきりとはわからないのです。榊先生は入院中に通訳のインディオに手伝ってもらって、宏国さんの言葉を日本語に置き換えた、辞書のようなものを作っていました。プリントアウトしたデータを私ももらっていたのですが、先生宅に置いてあったので火事の際にバックアップの取ってあったパソコンと一緒に焼けてしまったのです。慌てて書き出してはみましたが、食べる、寝る、寒い、暑いといった類の単純な言葉しか思い出せなくて、それだけで意志の疎通はなかなか難しいです。先生は宏国さんに限らず、先住民は語彙《ごい》が少ないと言ってました。家が焼けたあと、仮住まいのこのホテルへ移ると理解してもらうにも、身振り、手振りをまじえてずいぶんと時間がかかりました」

有沢はため息をついた。

「宏国さんは日本で暮らすことに同意したのですが、先生が亡くなられると、住んでいた所に帰りたいと言い始めました。なので宏国さんが日本語を覚え、日本で働いて、飛行機の代金を自力で貯めることができたら帰ってもいいと言っています。今はそれで納得してくれていますが、なかなか日本語は覚えてくれませんね。目に見えるものであれば紙に書いて伝えることもできるのですが、形容詞はとても難しい」

「紙に書くっていうのは、宏国さんの使っている言葉で筆談をするということですか？」

「いいえ、字ではなく絵を書くんです。バナナとか飛行機とか。宏国さんのいた部族に限らず、インディオは基本的に文字を持たないんです」

「文字が……ない？」

「そうなんです。ですから書き残す習慣がない。大事なことは、口から口へと伝え……」

携帯の着信音が聞こえる。電話を取り出した有沢は、番号を見て眉間《みけん》に皺《しわ》を寄せた。

「少し席をはずします。申し訳ありません」

有沢が廊下へと出ていき、部屋の中で二人きりになった。宏国の視線はまっすぐ自分に向けられている。その視線からは怒りや不機嫌さといった負の匂いは感じられなかったが、そのかわり遠慮のない不躾《ぶしつけ》さがあった。

こんなのと二人で残されてもなぁ、と山村は天井を見上げた。まともに話もできないし、話したいことも別にない。ふと、煙草が吸いたいなと思った。けど灰皿がない。

山村は部屋に備えられた小さなデスクに近づいた。すると宏国は慌ててベッドに飛び上がると、ヘッドボード側へと移動した。警戒する猫みたいな俊敏な身のこなし。表情も険しい。まるで自分のことを怖がっているように見える。

山村は椅子に腰掛けると、灰皿を引き寄せて煙草に火をつけた。沈黙の中、黙々と煙草を吸う。言葉の通じない男と、話をする努力など最初からしない。ふとベッドの上、脱ぎ捨てられたシャツが目に入った。今は五月で、裸でいたいと思うほど蒸し暑くもない。……まぁ、服を着てようが着てまいが、そんなことどうでもいい。

一本吸い終わっても、有沢は戻ってこない。二本目に火をつける。宏国がベッドの上に立ったまま、顎《あご》を突き出して周囲の匂いを嗅《か》ぐような仕草をしている。煙草の匂いが気になるらしい。自然の中で生活していたんだし、煙草のような匂いは珍しいのかもしれなかった。

鼻を鳴らす宏国を見ているうちに、鼻から大きく息を吸い込むような仕草を繰り返していることに気づいた。ひょっとして煙草を吸いたいのか、こいつは？

「吸う？」

宏国がこちらを見ているのを知って、煙草を指さし問いかけた。返事はない。「吸う」の言葉がわからないのか、本当に欲しくはないのか判断できない。試しに山村は新たに煙草を引き抜いて火をつけた。座ったまま腕だけ伸ばして煙草を差し出す。

宏国は煙草と山村の顔を交互に見ている。だけど近づこうとしない。この妙な緊張感は覚えがあった。小学生の頃、近所で見つけた野良犬に給食のパンをやったことがある。犬は後ろ足を怪我していて、歩くたびに片足を引きずっていた。その姿が子供ながら哀れに思えて、給食のパンを放ってやったのだ。犬はパンをじっと見ているけれど近づいてくることはなく、かといって離れていくこともなかった。山村は犬とパンに背を向け、少し離れた曲がり角まで歩いた。振り返ると、犬は足を引きずりながらパンに近づき、ガツガツと噛《か》みついていた。

山村は火のついた煙草を灰皿に残し、立ち上がった。ドアに近いユニットバスの前まで歩き様子をうかがう。距離を取ると、野良犬に動きがあった。ベッドの上を歩き、灰皿に近づく。頭を左右に何度も傾げ、灰皿を覗き込む。しばらく煙草を観察したあとで宏国は、おそるおそる煙草を手に取った。口にくわえ、息を吸い込む。むせ込むのではないかと思っていたけど、意外や上手く吸えている。目を細めて煙を吐き出すその表情は、喫煙という行為に満足している顔だ。

宏国は煙草をくわえたまま、ベッドの上に座り込んだ。白い灰になった煙草の燃えかすがベッドスプレッドの上にぽろぽろと落ちる。山村の脳裏に、宏国が火事を出して家を焼いたという事実が生々しく蘇《よみがえ》ってきた。

「お前、灰皿使えよ」

こちらを向くものの返事はない。煙草は吸い続け、灰は落ちっぱなし。山村はゆっくりと宏国に近づいた。前科者は煙草を吸いながら、じっとこちらを見ている。そばまで近づいても、さっきのように飛び跳ねて逃げたりしない。煙草をやったことで警戒心が和《やわ》らいだのかもしれなかった。

山村はデスクの上の灰皿を手に取ると、宏国の前に差し出した。

「灰と吸い殻はこれに入れろよ」

反応はない。

「灰　吸い殻　ここに　入れる」

喋りながら、宏国の吸っている煙草、そして灰皿と順に指さした。理解したかどうかはわからないけれど、これ以上説明するのが鬱陶しくて、ベッドの上にドンと灰皿を置いた。宏国は灰皿の中を覗き込み、煙草の匂いを嗅ぎ、そしてようやく手に取ったかと思えば、くるりとひっくり返した。吸い殻と灰がベッドの上にばらまかれる。

「うわっ、何してんだよっ」

大声で怒鳴ると、宏国は灰皿を放り出して頭側に飛び退《の》いた。その際、吸っていた煙草をプッと吐き出す。山村は絨毯《じゅうたん》の上に落ちた煙草を慌てて拾い上げると、ひっくり返った灰皿にグリグリと押しつけた。こいつ、危ない……。

背後でドアの開く音がする。電話を終えた有沢が戻ってきた。

「遅くなってすみませんでした」

部屋の中に漂う緊張感に気づいたのだろう「どうかしましたか」と聞いてくる。山村は大げさに肩を竦《すく》めた。

「宏国さんが煙草に興味があるようだったので僕のをあげたんですけど、ベッドの上を灰だらけにしてしまったんです。灰皿へ入れてって教えるんですけど、理解できないようで。言葉もなかなか通じない、意志の疎通もはかれないっていうのはキツイですね」

悩める表情で目を伏せる。少し関わっただけで、山村はもう宏国に嫌気が差してきていた。

「子供ならともかく、成人してから言葉も習慣も違う国で生活するのは難しそうですね。伯父さんには申し訳ないけど、ブラジルで生活をしたほうが彼のためでもあるんじゃないでしょうか。僕が後見人になって、向こうでの生活をサポートしていく形もあるんじゃないかと思うのですが」

厄介《やっかい》者はさっさとジャングルに帰して、金の管理と称して根こそぎ財産をもらい受ける。宏国もジャングルに帰れて満足、自分も金をもらえて満足。みんなが幸せになれる。

「私も宏国さんをブラジルに帰してあげたほうがいいんじゃないかと、ずいぶんと悩みました。けれど遅かれ早かれ、貨幣経済はインディオの中に浸透してくる。お金を扱うようになれば、計算ができないといけない。けれど宏国さんのいた部族は数字が一から五までしかないのです」

山村は「はっ?」と思わず問い返していた。

「一から五って、冗談でしょ。それよりたくさんになったらどうするんですか」

「五より大きい数は、どれも『いっぱい』ですね」

幼稚園児だって十は数えられるこのご時世に、信じられない。一から五までしか数字のない世界。どんな生活なのか想像もつかない。

「五までしか数字がなく、引き算、足し算、かけ算もない。文明化したインディオは学校へ通い、そこで学ぶので大丈夫ですが、宏国さんのような原始インディオは学校に通うことはない。大抵が数を五までしか数えられません。以前、私は宏国さんに言葉を覚えて、お金を貯められたらブラジルに帰っていいと言いましたが、その場限りの気休めではなく、本当にそうなってほしいと思っています。言葉を覚え、計算ができるようになり、日本で働けるなら、ブラジルに帰っても大丈夫だと考えたからです」

計算ができなければ、金は使えない。そして計算しようにも、数が五までしかないとなったら、いったいどこから手をつけたらいいのかわからない。最悪だ。

「私は日本で、宏国さんに頑張ってもらいたいのです。考え方は人それぞれだと思いますが、宏国さんがこれから先十年幸せで、それ以降の人生を苦労して過ごすよりも、若い今のうちに頑張って数字や計算、言葉を覚えて、十年後の人生をつつがなく過ごすほうが幸せだと思うのです」

有沢が宏国をブラジルに帰すつもりがないということがよくわかった。金が欲しければ、あのとんでもない男に多少なりとも関わっていかないといけないということだ。

「僕は宏国さんの事情をよく理解できていなかったようです」

山村はまっすぐに有沢を見た。

「ブラジルに帰したらなんて短絡的でした。彼、最初はこちらを警戒して怯《おび》えていたけど、煙草をあげると少し慣れてくれたみたいです。根気よく接してゆけば、色々なことに慣れていってくれるんでしょうね」

信頼のダメ押しに、山村は人好きのする顔でニコリと微笑んでみせた。

ホテルの中にあるティールームで有沢と今後のことを話し合った。本来なら宏国も同席したほうがいいのだが、有沢は「じっとおとなしく座っていることはできないと思います」と言い、部屋に残してきた。日本語がわからないのだから、実際いてもいなくても変わりはなかった。

まずは遺産の半分をもらい受け、そして残りの半分、宏国の分の遺産も世話人として自分が管理をできるものだと思っていた。しかし有沢が出した条件は、山村の思惑を裏切るものだった。

「遺産が月々の振込?」

思わず問い返していた。

「はい。今現在、先生の残した遺産は不動産を除いて約三千万円ほどになります。山村さんにお渡しするのは、この三千万円の半分、千五百万円になります。これを十年で分けて、月に約十二万円ほどをお支払いします。十年もあれば、宏国さんも日本での生活に慣れて、働けているのではないかと思っています。宏国さんの月の生活費も十二万円と考えています。あと定期預金の利子で私の顧問料を支払ってもらうことになっていますので、こちらは年ごとに明細をお送りします。金利も変動するので、もし利子でも私への支払いができなくなるようなら、残っている遺産からその分を差し引かせていただきます。逆に多いようでしたら、貯蓄に回します」

ぽんと千五百万円もらえるかと思えば、十年の分割払い。冗談じゃなかった。自分はあの面倒を月十二万円で、十年も引き受けなくてはいけないのだ。

「どうして月々なんでしょう?　振込代も無料ではないし、まとめてのほうが煩わしくないと思うんですが」

だけど正面切って嫌とは言わない。

「そうですね、確かに手間はかかりますが、これが先生の希望なのです。一括で遺産を分配した場合、使いすぎるというリスクがあります。宏国さんは働かない限り、貯金はなくなる一方なので、無駄遣いは絶対に避けたいと言われてました。それと万が一世話人の方が早死にしたり、面倒が嫌で世話を降りると言われた時には、次の世話人に払う賃金を残しておくために、月払いを考えたのだと思います」

あの息子なら伯父が心配するのも無理はないが、自分に言わせれば最悪だった。まとめて金をもらえないと、最初に考えていたように大金を手にして逃げることができない。

いや、まだ手がないわけじゃない。前借りだ。一、二か月だといかにもそれ目当てだと思われるかもしれないので、半年ぐらい世話をして実績を作ってから切り出す。大学の先輩とやっている事業が危なくなり、金が必要だとかなんとか、それっぽく聞こえるなら理由はどうでもいい。有沢は世話をさせている手前、むげには断れないだろう。

「しかし生活費が月十二万か……少なくはないですけど、正直多くもないですね」

有沢はファイルを見つめ、ため息をついた。

「そうですね、家を建て直すにしてもしばらくはアパート暮らしになりますから、家賃、食費、光熱費……と考えると確かにあまり余裕はない。今月は敷金、礼金もかかるので、少々もの入りになります。早く働けるようになってほしいと思うのですが、宏国さんはなかなか日本語を覚えてくれませんし」

「日本語を勉強しない、仕事もしないとなったら、昼間宏国さんは何をしているんですか？」

珍しく有沢が考え込むような素振《そぶ》りを見せた。

「私も仕事があるので、一日中宏国さんと一緒にいるわけではありません。今は週に二度食材を届けるのがせいぜいです。休みの日は日本語を教えるために通っていますが……そうですね、昼寝をしていることが多いでしょうか」

「昼寝？」

「廃品で矢のようなものを作っていることもありました。必要に迫られれば話をしますが、そうでなければ宏国さんから話しかけてくることはないですね」

察するに、家での宏国はおとなしいということらしかった。部屋でゴロゴロしているだけ、言葉もろくに通じないなんて、まるで犬猫だ。

有沢が上目遣《うわめづか》いに山村を見上げた。

「これは私からの提案なのですが、宏国さんは日本の常識、生活習慣がほとんど理解できていません。このままだと、言葉を覚えても日本社会で働いていけないと思うのです。なので……もし山村さんさえよければ、家を建て直す間だけでも宏国さんと一緒に住んでやっていただけないでしょうか。言葉で伝えるよりも、目で見て覚えるほうが早いと思うので」

「えっ……その……」

「今、お住まいのところが狭ければ、もっと広い場所に越してもらってかまいません。家賃や引っ越しにかかる費用はこちらで負担しますので」

「ちょっ、ちょっと待ってください。俺は働いているんです。そんな、一日中面倒を見るのは無理ですよ」

「面倒を見るというより、手本を見せると考えてください。言葉が通じないとなれば、何かをしてみせるというのが理解が早いと思うのです」

あんなのと一緒に暮らすなんて冗談じゃない。けど……けど待てよ、と山村は思い直した。引き取らなければ、自分への分け前は月々十二万。引き取れば宏国分の生活費十二万も合わせて倍額の二十四万が手に入る。アパートを新しく借りずに、自分のところに住まわせれば光熱費はそれほど高くならないだろうし、食費の分を多く見積もって月四万としても残り八万と分け前十二万を合わせて二十万はまるまる入ってくる計算になる。

昼間、自分は仕事で部屋にいない。帰りも遅いので、アパートには寝に帰るだけだ。部屋に人がいたとしても、喋らないならそれほど鬱陶しくないかもしれない。そして何より二十万と引き替えだ。

「わかりました」

山村の声に、有沢が顔を上げた。

「確かに離れた場所に毎日通うよりも、一緒に暮らしたほうが生活習慣を身につけるにはいいのかもしれません。ただ引っ越すとなると、僕も仕事が忙しくてなかなか時間が取れないので、もし狭くてもよければ、しばらく僕の部屋に宏国君も一緒に住んでもらってはどうかと思いますが」

「それは願ってもないことです！」

有沢の表情に、歓喜の色が浮かび上がるのを見逃さなかった。

「家賃は今まで通り僕が支払うので、宏国さんには食費と光熱費だけ折半《せっぱん》してもらえればと思います。浮いた金で家庭教師を雇う、もしくは語学学校へ行くのもいいかと」

余った生活費を巻き上げることは、おくびにも出さない。ここがポイントだ。

「乗りかかった船ですしね。僕にとっては唯一の親戚ですし、仲良くしていけたらと思います」

「本当にありがとうございます」

自分を見つめる有沢の目が、安堵《あんど》に緩《ゆる》む。

「正直言いますと、山村さんに最初に連絡を取った時は、こんな風に宏国さんを引き受けてもらえるとは思いませんでした。条件が厳しいし、若い方だし、他人の世話をしなくてはいけないと知ったらすぐに断られるのではないかと思って、最初の電話では宏国さんのことをお話しできませんでした。ですが同居の件まで了承していただけて、本当にありがたいです」

……早速その日のうちに山村は宏国をアパートに連れて帰ることにした。引き取りが早ければ、それだけ現金も早く手に入る。給料日まであと一週間あるが、財布の中はかなり厳しい上に、ローンの支払い期限も近づいてきていた。

有沢は宏国に「新しい家へ行き、親戚と一緒に暮らす」ことを伝えてくれた。そして宏国に通じる日本語一覧をコピーして渡してくれた。山村としては宏国が家でおとなしくしていればいいのであって、その他は何も期待していなかったが、「排泄《はいせつ》はトイレでできます」と有沢に言われた時は正直ぎょっとした。そういうことは当たり前にできるものだと思っていたからだ。

「風呂に入るのは自分が気が向いた時だけです。湯は嫌で水をかぶるだけなので、いわゆる行水ですね。外へ出る時は服を着るように言ってあるのですが、家の中だとすぐにシャツを脱いでしまいます。食事は具材さえ渡せば煮るなり焼くなり自分で作っていましたが、火事の件があるのでしばらく火は使わせないほうがいいと思います」

有沢とはホテルの前で別れた。「宏国さんを引き取ると言っても、部屋の片付けなどあるのではないですか。手伝いますよ」と言っていたが「あまり荷物を置いてないし、男二人だからすぐすみますよ」と丁寧《ていねい》に断った。手伝いなんかに来られたら、一間の散らかりきった薄汚いアパートを晒《さら》すだけではなく、出しっぱなしにした仕事のパンフなんかも見つかるかもしれない。詐欺《さぎ》まがいの訪問販売だと知られてしまう。

ホテルの外へ出ると、昼間にもかかわらずあたりはやけに薄暗かった。朝から雲は多かったが、これほど灰色にたれ込めてはいなかった。多分、もうすぐ雨が降る。

自分が先にタクシーに乗り込み、宏国がそれに続く。有沢はタクシーが見えなくなるまでホテルの前に突っ立っていた。シートに深く腰掛けてうとうとしていた山村は、タクシー運転手の「あーあーあ」という間延びした呟きで目を覚ました。案《あん》の定《じょう》、タクシーに乗っている間に降り出した。

宏国は窓の外に顔を向け、濡れ始めたなんの変哲もない街並みをじっと見つめていた。

「お客さん、着きましたけど」

運転手に声をかけられるまで、山村は後部座席で熟睡していた。

「先に出てろよ」

声をかけても宏国は動かない。こちらを見ているから聞こえているはずなのに反応がない。

「行けって」

手振りをまじえて、ようやく車の外へ出す。支払いをすませタクシーの外に出た山村は、アパートまで走った。見た目よりも雨脚が強い。庇《ひさし》の下に走り込んでから振り返ると、宏国もあとからついてきたけれど、タクシーを降ろしてから自分が走り出すまでの間、ずっと雨の中にいた。

宏国が右手に持っているビニール袋から、ぽたりと水滴が落ちた。焼け落ちた家からは何も持ち出せず、とりあえず必要だろうと有沢が買い与えた何枚かの下着と着替えが宏国の所持品のすべてだった。

「こっち」

声をかけ、鉄階段を上る。少し間隔を置いて、ガンガンとうるさい足音がついてくる。山村が階段を上りきって部屋の前までたどり着いても、階段はまだ耳障りな音をたてている。振り返ると、宏国は鉄の階段の中腹に立ち止まって、子供のように両足を踏み鳴らしていた。

「お前、何やってんの？」

嬉々《きき》とした表情は遊んでいるとしか思えない。こいつ、どっか頭のネジが緩いんじゃないかと薄気味悪さすら感じる。

「変なことしてないで、こっちに来い」

山村を無視して、足踏みは続く。おまけに奇妙な歌まで歌い出した。前の歩道を行く人が、例外なくこちらに振り返り、訝《いぶか》しむような視線を投げかけていく。恥ずかしさで居たたまれなくなり、山村は階段の中ほどまで駆け下りた。

「いい加減にしろっ」

夢中になっている男の腕を摑《つか》み、階段を引きずり上げた。

「階段で遊ぶな。うるさい」

怒った声を出しても、宏国はホテルでの無表情が嘘のようにニヤニヤと笑うばかり。小馬鹿にされているように感じて、腹が立つ。

これから階段を上るたびに昼夜おかまいなしにガンガンやられちゃたまったモンじゃない。山村は宏国の前に屈《かが》み込むと、踊っていた両足、膝下《ひざした》をバシンと叩いた。犬猫の場合、悪いことをしたらその場で叱るんだと、以前付き合っていた男に聞いた。言葉が通じない動物の場合、そうすれば「これは悪いこと」だと学習すると。

「二度と階段で遊ぶんじゃないぞ」

宏国はきょとんとした顔をしている。山村はフンッと鼻を鳴らし、セカンドバッグから家の鍵を取り出した。……タンタン、奇妙な足踏みが聞こえる。隣にいる宏国が両足を踏み鳴らし、時折屈み込んで膝下を叩く。多分……踊ってるんだろう。このアホは叱られたと思ってない。全然わかってない。犬猫以下だ。

山村は足踏みする男を部屋の中に連れ込んだ。隣に住んでる口うるさい中年女に目をつけられたら、あとあと面倒だった。

靴を蹴るようにして脱ぎ、部屋に上がる。頭をガリガリ掻くと、有沢の手前、いい子に見えるように整えていた髪が一瞬で乱れた。古雑誌やビニール袋、汚れた服を蹴りながら進み、伊達眼鏡《だてめがね》をはずしてテーブルの上に放り投げる。そして背広のままベッドの上に座り込んだ。

フーッとため息をつく。しょっぱなからこの調子じゃ、先が思いやられる。喋らないし、いても邪魔にならないかと思っていたが、何をしでかすかわからない。やっぱり早まったな……と山村は後悔し始めていた。

ミシミシと畳が軋《きし》む音がする。目を開け、宏国の足許を見た山村は目を剝《む》いた。

「靴を脱げ、クソッタレ」

宏国は濡れそぼったスニーカーを履《は》いたまま、部屋の真ん中に立っている。指を差したので、足のことを言われたのはわかるのか、下をじっと見ている。そして何を思ったのか、靴のまま畳の上で足踏みを始めた。怒りが腹の底からムラムラ込み上げてくる。

「脱げって言ってんだろっ。お前、日本に来て今まで何やってたんだよ。人ん家《ち》に上がる時は、靴を脱ぐのは常識だろ。そんぐらいのことも教えてもらわなかったのかよ」

怒鳴《どな》っても一向に脱ぐ気配はない。山村はドガドガと足を踏み鳴らしながら宏国へと近づいた。

「座れ」

単語だと理解できるのか、宏国はその場に膝を抱えて座った。山村は足首を持ち上げ、片足ずつスニーカーを脱がせると、これ見よがしに玄関へと投げつけた。玄関ドアが、ダン、ダンと音をたてる。

「靴は玄関で脱げ」

吐き捨てる。宏国は靴が投げつけられた玄関をじっと見ていたが、不意に立ち上がると、そのへんにあるビニール袋や紙くずを蹴っ飛ばし始めた。

「蹴るな、馬鹿っ」

宏国は部屋の中をうろうろと歩き回ると、キッチンに行って冷蔵庫を勝手に開けた。中を覗き込む。遠慮もない、最悪だ。

山村は上着からライターと煙草を取り出し、火をつけた。ニコチンが腹立たしさをわずかばかり吸収し、白い煙になって立ち上る。

宏国が冷蔵庫の扉を閉めた。卵を二つ右手に持っている。あんなモンがあったことも知らなければ、いつ買ったのかも覚えてない。下手したら、去年だ。宏国は卵をシンクの角で割ると、中身をつるりと飲み込んだ。もう一つも同じようにしてつるりと飲み込み、舌先で唇をぺろりと舐《な》める。満足そうな顔に「腹下して死ね」と山村は吐き捨てた。

午後五時過ぎ、昼寝から目覚めた山村を襲ったのは猛烈な空腹感だった。どうしてこんなに腹が減ってるんだ？　と首を傾げ、今日は朝も昼も食べていなかったことを思い出した。朝は寝坊し、昼は宏国のアホさ加減に猛烈に腹が立ってふて寝していた。

コンビニから帰ってくると、ベッドとハンガーの隙間から宏国がムクリと起き出した。上半身は裸だ。移動の間は着ていたけれど、いつの間にか脱ぎ捨てていた。

山村はテーブルの上にある雑誌やらボールペンやらを畳の上に落とし、かわりに弁当を二つ並べた。宏国には安いノリ弁当で、自分は幕の内弁当。食い物に差をつけたのはあからさまな嫌味だったが、宏国は気にする風もなく、与えられた弁当の包装をバリバリと剝《は》ぎ、手づかみでガツガツと食べ始めた。その姿は豪快というより、獣じみている。山村は自分の弁当を食うことも忘れ、獣の食いっぷりに目が釘付けになった。

ペットボトルの茶は、一度口をつけたけれど顔をしかめ、二度と手に取らなかった。ものの三分ほどで食事を終えた宏国は、汚れた手を丹念に舐めて、水道の蛇口に口をつけるようにして水を飲んだ。食べ終えると、宏国は畳の上のゴミを避けて横向きに寝転んで目を閉じる。餌を目にした途端がっつき、満腹になれば寝る。まさに動物だ。

坊主頭こそ閉口するが、黙って静かにしていたら手づかみでモノを食う男には見えない。ごく普通の二十二歳の男が寝ているようだ。

ザアザアと雨の音が大きくなる。カーテンも開けっ放しの窓に、雨粒が叩きつけられているのが見える。山村は冷蔵庫からビールを取り出す。

上から見下ろす宏国の小さな乳首が、固く尖《とが》っているのが見えてゴクリと生唾《なまつば》を飲み込んだ。中身がわかっていても、欲情するのは仕方ない。グラビアやAVを見て固くなるのと同じ、生理現象だ。これがアレも剝けてないようなガキとか、たるんだ腹の中年真っ盛りなら堂々圏外だが、見た目だけなら宏国は射程範囲内。細いけど体は引き締まって、尻の形も綺麗だ。

舐めるようにその体を見ていたことに気づき、山村は窓辺まで行くと壁を背に座り込んだ。遠くなったグラビアを眺《なが》めながら、ビールを一口飲む。

自分の性癖を自覚したのは中学生の頃だった。大多数のお仲間がそうであるように、自然に男を意識して、自然に男とセックスしたいと思うようになった。もちろん誰にも言わなかった。同じ学年にカマっぽい奴が一人いて、そいつは三年間、延々苛《いじ》められ続けた。校庭の隅に引きずっていかれるそいつを横目に、言えば自分もああいう目にあうんだろうなと思っていた。

十七の時に、初めて男と寝た。バイト先にゲイの奴がいて、あっさり性癖を見抜かれた。山村に経験がないと知ると、そいつは行きつけの店に連れていってくれた。その日、最初に声をかけてきた男と店のトイレでやった。相手の顔や名前は忘れてしまったのに、掠れた喘《あえ》ぎ声と、首筋から匂ってきた汗くさい雄の匂いだけは今でも鮮明に覚えている。

一度男の味を知ると、ある意味吹っ切れた。やりたくなったら、店へ行く。年が若いというだけで、相手に不自由はしなかった。向こうからお願いされ、何度かパートナーを決めて付き合ったこともあるけれど、どれも長続きしなかった。同じ相手だとすぐに飽きる。他のモノも食ってみたくなる。周囲を見渡すと誰も似たり寄ったりで、サイクルの短さは自分だけが特別ではなかった。

十代から二十代の前半はモノが擦り切れるかと思うほどセックスに夢中になったけれど、二十五を境にそっち方面への欲求がガクリと落ちた。どうしてもやりたくなったら店に行くが、回数は減った。セックスよりも競馬のほうが興奮するし、パチンコのほうが面白かった。

賭けごとは喜びと悲しみが表裏一体だ。勝っている時は気分も最高だが、負けると鬱《うつ》になる。はずれ馬券の舞い散る観客席で、怒鳴りながらモノに当たり散らす初老の男を目にすると、未来の自分を垣間見るようでゾッとする。ああはなりたくないなと思いつつ、馬券を買うのをやめられないのが現実だった。

口寂しくなったので、煙草に火をつけ灰皿を引き寄せた。まとまった金が入ったら借金を清算して、しばらく遊んで暮らす。浄水器を売るための、相手の顔色をうかがいながらの営業トークともさよならだ。

宏国がモゾモゾと肩を揺らし、寝返りを打った。こっちに向けられた足の裏は薄汚い上に黒ずんでる。

伯父は大学で教鞭《きょうべん》を執《と》るぐらいだから、父親と違って頭はよかったらしい。その遺伝子を引き継いでいるのだから、宏国もひょっとしたら頭がいいのかもしれない。残念ながら、ジャングルではその知性を発揮する機会はなかったわけだが。

前々から、ろくでなしの父親と無責任な母親に捨てられた自分は不幸だと思ってきたが、自分以上に不幸だと思える人間を久々に目の当《ま》たりにした。悲惨だよなぁと思いつつ、同情はしない。同情したところで、意味もない。可哀想と口にして、数時間後にはきれいさっぱり忘れている感情など、上からものを見ている奴の自己満足でしかなかった。


翌朝、山村が目を覚ましたのは八時三十分。遅刻になるかどうかの瀬戸際《せとぎわ》だった。慌ててスーツに着替え、鞄の中にネクタイを突っ込んだ。部屋を行き来するのに畳の上に寝そべる宏国を踏みつけそうになり、苛々《いらいら》する。

部屋を出ようとして、ふと鍵をどうするか迷った。土足で家に上がるような奴が、鍵のかけ方を知っているだろうか。いくら金目のものがないとはいえ、開けっぱなしは不用心だ。冷蔵庫の中には、バナナや古い卵がまだ残っている。トイレも水もあるし、閉じ込めたところで困ることはないだろう。

外側からしっかりと鍵をかけて、山村は地下鉄の駅へと走った。快速に乗って十分。電車を降り、そこからさらに走って五分。八時五十七分ちょうどに会社のある雑居ビルへと滑り込んでいた。朝の掃除とミーティングが始まるまであと三分。山村はトイレの洗面所で顔を洗い、歯を磨いた。こういう時のために、デスクの中に歯ブラシや髭剃りなんかを一通り突っ込んである。

九時ちょうど、髪と髭は後回しにして事務所へ戻った。朝の挨拶のあとでそれぞれ別れて十五分ほど掃除する。掃除場所は営業成績によって変化する。契約をたくさん取っていれば机拭《ふ》き、取れなければトイレとその周辺だ。掃除が終わるとミーティングになる。掃除もミーティングも全員参加が原則。さぼろうものなら、営業回りが終わったあとで課長に居残りを命じられて説教、ロールプレイングのダブルで責められる。遅刻が多い山村は、何度も社員曰《いわ》く「居残り部屋」の餌食《えじき》になった。この地獄のシステムのおかげで、山村は遅刻を……しないわけではないが、劇的にその数が減った。

十二畳ほどのオフィス、課長のデスクの周囲に掃除を終えた十五人の販売員が集まる。自分が一番最後だ。仁志田が山村に気づき「早く！」とでも言いたげな視線で小さく手招きした。うつむき加減にこそこそ近づいて、後ろのほうにそっと立つ。途端「山村っ！」と課長の怒鳴り声が飛んだ。

「お前、無精髭《ぶしょう》のまま営業に出るつもりかっ」

目ざとい奴だ。山村はザラリとした頬《ほお》を、軽く引っ掻いた。

「すいません、仕事に出る前に剃ります」

「気持ちの緩みが身だしなみに表れてるんじゃないか。あと三日で五月も終わるのに、お前は先月の契約件数の三分の二も取ってきてないじゃないか」

五十過ぎの課長は頭の天辺《てっぺん》がいい感じで禿《は》げ上がっていて、興奮すると禿げた地肌まで真っ赤になる。口の悪い奴は見たまんま「ハゲだこ」と呼ぶ。

「ほんと、すいません」

口答えするだけ無駄なので、ただただ謝罪する。謝らせて満足したのか、課長は苛立《いらだ》った顔をしながらもそれ以上は噛みついてこなかった。二十分ほどでミーティングは終了し、それぞれが車で営業地域へ出かけていく。トイレで髭を剃り、髪型を整えて事務所に戻ると、仁志田の他には誰も、販売員はおろか課長もいなくなっていた。

「お前、遅いね」

仁志田に声をかけると「課長と話をしてたんで」と肩を竦めた。少々あけすけなところはあるが、口の上手い仁志田は課長に気に入られている。個人的に飲みに行ったり、ゴルフに付き合ったりしてるらしい。課長の前ではいつもにこにこしているが、裏に回ると「あのオヤジ、ウザいんだよね」と冷めた口調で呟き「お付き合いもある意味、仕事のうちってことで」と笑う。性格がいいとは思わないが、その程度の処世術は普通だろう。何よりうるさいことを言わないので付き合いやすい。

「そうそう山村さん、気をつけないと課長に変なアポ回されるよ。『あいつはたるんでる』とか俺に愚痴《ぐち》ってたし」

訪問販売のノウハウは会社によってまちまちだが、山村の働いている「ユーリカ」は、事前に上の階にいる電話係の女性従業員がアポイントを取った客のところへ販売員が出掛けるシステムになっている。

『ただ今特別キャンペーン中でして、最新式の浄水器をモニターとして試してもらえませんか。もちろん無料ですよ。お時間のよい時に、おうかがいしますが』

優しい女性の声で「無料」を楯《たて》に電話係が訪問予約を取りつけてくれる。実際、無料ではないわけだが、これでとりあえず家の中に入る突破口ができる。一軒、一軒「浄水器を買いませんか」とあてどもなく訪ね歩くよりも効率がいいし、契約が成立する可能性も高い。

女性従業員が集めてきたアポイントを、販売員に振り分けるのが課長の仕事だ。態度が目に余ると、厄介そうな客をわざと回されると仁志田は言っているのだ。

「そんなん別にどうでもいいし。俺は苦手もないけど、得意もないからな」

ふーん、と呟きながら仁志田は鞄の中にパンフレットを詰め込んだ。販売員にもそれぞれ得意分野がある。子持ち主婦は得意だとか、一人暮らしのばあさんに妙にウケがよくて成約率が驚異の七割越えとか。山村にはそういった得意はないが、苦手もない。

「まぁ山村さんはしれっとした顔して契約取ってくるからなあ。課長が先月の三分の二しか契約が取れてないって言ってたけど、今月はみんな調子悪いし。それでいて山村さん、今月だってトップ三には入ってるし。どうやったら売れるのか、極意《ごくい》を教えてよ」

山村はウーンと天井を見上げた。

「本当にいいモンだと思って売ればいいんじゃないか？　誠意は伝わるってヤツだ」

「誠意って、市価の十倍近い値段をつけた浄水器の契約をさせた時点で駄目駄目でしょ」

「だから、誠意は契約のハンコ押すまでだよ」

人の移り変わりが激しいこの業界で、一年続けられる仁志田はこの仕事に合っている。トークセンスも悪くない。そして四年もダラダラ続けている自分はただの人でなしだ。

営業車に乗り込み、山村は自分の営業エリアへと出向いた。公園のそばで待機していると、課長から携帯電話にアポ振りの連絡が入った。

「はい、メモは準備できてます。お願いします。住所は……ですね、はい。名前は……はい。四十代主婦……っと。浄水器を三年ぐらい使ってる人ねえ。ちょっとせっかち？　あぁ、そういう女の人、いますからね。はい、はい……わかりました」

携帯を切ったあと、住宅地図で場所を確認する。ここから近い。山村は車のエンジンをかけ、右に方向指示器を打った。

社に戻ったのは午後七時少し前で、タイムカードを確かめると、まだ誰も帰ってきていなかった。七時から八時の間に仕事を終える販売員が多い。自分が少し早いのだ。

今日は午前と午後で一つずつ契約が取れた。すこぶる調子がいい。二つめの契約が取れた報告のあと、車中から課長に「俺、今日はもう帰ってもいいですか」と聞くと、駄目だとは言われなかった。

サッサと帰り支度《じたく》をしていると仁志田が戻ってきた。

「あれっ、山村さん早いね」

「契約、二件取ってきたからな」

「うわ、信じらんね。絶好調じゃん」

「じゃあな」と声をかけ、山村は鞄を手に取った。

「帰んの？　俺ももうすぐ帰れるんだけど、どっかでメシ食ってかない」

「悪《わり》ぃ、今日はちょっと用があるんだよ」

仁志田がニヤッと笑った。

「ひょっとして女？」

「性別は……まぁ、チンチンがついてるからオスだな」

仁志田が怪訝《けげん》な顔をする。山村は笑った。

「犬だよ犬。犬を飼い始めたら、こいつが頭悪くてもう大変なんだよ」

ふーん、と仁志田は間延びした相槌を打った。

「山村さんが犬と戯《たわむ》れてるって想像できないんだけど」

「戯れるって、上品な言葉も知ってんじゃないか」

「まぁ、犬とじゃ乳繰《ちちく》り合うもないだろうし。ってかあのアパート、犬とか飼っていいの？」

山村は意味深にフフッと笑うと「また明日な」と仁志田の肩をポンと叩いて事務所を出た。

外は霧雨が降っている。傘を差すほどではないので、足早に歩く。地下鉄の電車は、微妙な混み具合で座席は空いてない。乗車口で喋っている女子高生の集団がうるさかったので電車の中ほどまで進み、つり革に摑まった。

向かいには半袖シャツにタイの高校生が腰掛け、参考書をじっと見ている。真っ黒な髪に眼鏡は真面目そうで、全体に垢抜《あかぬ》けない。こいつ絶対に童貞だよな、と勝手に決めつける。

今日、契約を取りつけたのは四十代と三十代の主婦だった。四十代の主婦は、事前情報通り確かに気短だったがきっぷはよかったので、こちらの釣り糸にかかれば契約までトントン拍子《びょうし》に進んだ。三十代の主婦は子供がアトピーで最初から食いつきがよく、山村の説明を熱心に聞いていた。二人合わせて百六万円。

アホじゃないかと人事《ひとごと》ながら思う。売ってる自分もアホだが、買う奴はもっとアホだ。毎日毎日、アホを相手にしていると疲れる。健康のために、癌にならないために、家族のために……延々と繰り返しているうちに、自分がいったい何をしているのかわからなくなる。色々と考えるのがうざったくなって、考えることそのものをやめる。とりあえず判をもらえばいいんだと、シンプルな答えを自分に与える。

もし高校を途中で辞めてなかったら……真面目そうな童貞男を見下ろしながら考える。自分は今頃、何をしていたんだろう。もうちょっとマシな会社に就職していただろうか。給料だけ取ってみれば、今の会社はかなりいい。高卒で就職したとしても、下手したら大卒でも今ほどの収入を得るのは難しいかもしれない。ただやっていることが詐欺なわけだが。

歩合《ぶあい》制でムラはあるものの、そこそこの収入があるわりに生活はいつもギリギリだ。それを仁志田に話すと「そりゃ、入る分使うからでしょ。パチンコとか馬とか」とあっさり言われた。

確かに賭けごとは好きだ。もし明日、この世からパチンコと馬がなくなると言われたら、何を楽しみに生きていけばいいのかわからなくなる。我ながらどうしようもないと思うが、同じようなタイプの男は周囲にわりと多い。

契約を二件も決めて絶好調だったのに、妙に気持ちが沈んできて、つり革に掴まったまままため息をつく。体が大きく揺れる。止まっていた電車が動き出した。

久々に店で飲みたい気分だった。行きつけのゲイバーに行くには、次の駅で降りればいい。時間が早いから、客も少なくてゆっくりできる。そういえばずいぶん男とやってない。前の男と別れてからだからもう二か月になる。急に「もう会いたくない」と言われて振られた。それほど深い付き合いでもなかったし、やたらとベタベタしてきて鬱陶しい男だった。未練はない。

飲んで、やったらすっきりするだろうか。しかし経験上、セックスの高揚《こうよう》と快感は性欲と同じ一時的なもので、過ぎたあとはそれ以上の虚《むな》しさに捕らわれることが多い。結局、下はスッキリしても上はモヤモヤしたものが残る。

行くかどうするか迷っているうちに、肝心なことを思い出した。今日、仁志田の誘いも断って早く帰ろうとしたのは、宏国がいるからだ。夕飯を買って帰らないといけない。

行けないとわかると逆にすごく行きたかったような気がしてくる。獣の男が疎《うと》ましい。月二十万程度の金と弁護士の信用を得るためとはいえ、あんなのを引き取るんじゃなかった。昨日の自分を今頃後悔する。宏国が階段で踊った時、手づかみでご飯を食べた時……自分はずっと後悔しっぱなしだ。

自分の部屋が見える歩道まで戻ってきたが、窓に明かりはついていなかった。寝ているのかもしれない。

部屋の前に立った山村は鍵を取り出そうとして、ドアが三センチほど開いていることに気づいた。鍵をかけたといっても、内側からロックを解除すれば簡単に外へ出られるので、その程度の知恵はあったということだ。

家にいるのか出掛けたのか知らないが、鍵をかけないのは不用心極まりない。叱らないと同じことを繰り返すだろう。けど言葉の通じない相手に、いちいち説明するのが面倒くさい。

ため息をつきながらドアノブに手をかけた山村は「おっ」と声をあげた。ドアノブが右手にくっついてきたのだ。

「なんだこりゃ?」

山村は隙間に手を差し込んでドアを開いた。入ってすぐのところに、山村が握っているドアノブの片割れと十センチぐらいの厚さの箱がひっくり返っている。何かと思って見ると、DVDデッキだった。角が潰れ、挿入口のプラスティックが割れている。嫌な予感がした。ひょっとしてコレでドアノブを壊した……のか?

部屋の明かりをつけた山村は、目の前の光景に絶句した。もとから自分の部屋は汚い。けれど今は汚いというより、破壊されているという言葉のほうがしっくりくる。カーテンは破れて中途半端にぶら下がり、テーブルは横倒し。テレビもひっくり返って、DVDやゲームソフトが散乱している。

「どうしてこんなグチャグチャにすんだよっ!」

握りしめていたドアノブを玄関に叩きつけ、部屋に上がる。ユニットバスにいなければ、ほかに隠れる場所はない。宏国は嫌がらせのように部屋の中を破壊したあと、出ていったのだ。

「ざけんな、畜生！」

横倒しのテーブルを蹴ると、足が痛くてよけいに腹が立った。どこへ行ったか知らないが、勝手にやれ。のたれ死ね。俺には一切合切《いっさいがっさい》関係ない。その前に、カーテンとドアノブの弁償をしていけ。ＤＶＤデッキもだ。

宏国が弁償できるはずもないから、有沢に請求する。嫌とは言わないだろう。何せこっちは被害者だ。開いたままのドアから隣のババアがチラッと覗いていくのが見えた。いくら閉めてもドアはふわふわと開いて、無機質なものに対して意味のない殺意が芽生《めば》える。

針金のハンガーを細工してドアノブの穴に引っかけ、なんとかドアを閉じる。ハーッとため息をつきながら玄関先に座り込む。

しばらくそうしたあと、山村はふらりと立ち上がった。財布と携帯だけ持って外へ出る。遺産の担保《たんぽ》を探しに行く。たとえあんなモンでも、いないと金が前借りできなくなる。ダラダラと適当に道を歩く。正直宏国がどこに行ったのか見当がつかない。

近くの公園を一周し、明かりがついていた本屋とスーパー、コンビニを回り終える頃には、山村はやたらと疲れていた。昼間も働いて、どうして夜も自分がこんなことをしなくちゃいけないんだと理不尽に思えてくる。

川の向こうにあるコンビニを最後に、Ｕターンしてアパートに帰る。ドラッグストアの近くまで戻ってきた時に、ふだんは通り過ぎる派出所の存在に気がついた。このまま宏国が見つからなくても、警察に届けを出したと言ったら弁護士に言い訳ができる。

派出所に入り、家出人の届け出を出したいと切り出すと、そういった届けは本署に行ってくれと言われて、地図を渡された。捜索願いの受付は拍子抜けするほど簡単だった。書類を受け取る職員に「大変ね」といった同情はない。清々《すがすが》しいほど事務的だった。こっちも真剣に探しているわけではないが、そっけなさが気になって思わず食い下がった。

「全然日本語が話せないんですよ。それで保護されても、ちゃんと連絡が来ますかね」

五十過ぎだろうか、やや痩《や》せすぎの係の男はわずかに眉をひそめた。

「日本人でしょ。それどういうこと？」

「長く外国で暮らしてたから、日本語が不自由なんです」

「ふうん、じゃ何語なら喋れるの？」

「ブラジルの先住民の言葉で……んっとなんて言ったかな、聞いた気もするけど……」

係の男は呆れたように肩を竦めた。

「あなたも知らないって、なんなのよそれ。そんなんでアレコレ言われてもねぇ」

誰かに呼ばれたのか、係の男は振り返り「はいはい」と返事をする。

「じゃあね。一応、受け付けたから」

男は冷たく言い放つ。届けを出しに来ただけなのに、嫌な気分にさせられる。お前らは俺らの税金で食ってるんだから、もっとちゃんと応対しろっ、と心の中で吐き捨てる。

警察署を出て数メートルも行かないうちに、携帯電話が鳴り出した。覚えのない番号。出てみると『山村仁史さんですか。九我《くが》署の者ですけど』とさっきのそっけない男の声だった。思わず今出てきた警察署を振り返る。

『立川《たちかわ》市のスーパーで無銭飲食した男が捕まったんだよね。日本語がわからないうえに何語を喋ってるかわからないらしくてね。家出人の届けをされた従兄弟さんに、年格好はよく似てるんだけど……』

宏国はアパートから二十キロ離れた場所にあるスーパーマーケットで捕まった。テイクアウトのコーナーで、量《はか》り売り総菜《そうざい》を手づかみで食っていたところを従業員に取り押さえられたらしい。スーパーの事務室、宏国は手足を縛られた状態で隅っこに丸まり、ふて腐れたような表情でうつむいていた。

山村は宏国が言葉がほとんどわからず、家でも手づかみで食べる、土足で家に上がる、大変なんだとため息混じりに訴えた。それが多少なりとも責任者の同情を引き、かつスーパーの従業員にも怪我はなく、棚や皿を壊したという被害もなかったことから、食べた総菜の代金プラスα《アルファ》を支払うことで示談《じだん》にしてもらえた。

アパートに帰り着くと、午前一時を回っていた。部屋の明かりをつけると、帰ってきた時と同じ惨状が目に飛び込んできて、気持ちが一気に暗くなった。

不意にバンッと音がして山村は振り返った。宏国は脱いだ靴をドアへと投げつける。その反動で、ドアはフワッと外側へ開いた。

「何すんだよっ、夜中にうるさいだろ！」

宏国の腕を摑んで部屋の奥へと突き飛ばし、開いたドアを閉めて針金で引っかけて止める。フーッとため息をついていると、部屋の奥から何やらバリバリと音が聞こえてきた。宏国が、山村がコンビニで買ってきた弁当の包装を破っている。人が飯も食わないで探し回って、遠くまで迎えに行って、自分は悪くないのに謝って、へとへとになって帰ってきたと思ったら、人を待たずにお食事だ。

山村は宏国が食べていた弁当を取り上げ、窓の外へと放り投げた。弁当が暗闇をダイブする。宏国はダッと窓辺に駆け寄り、下を見下ろした。山村が、ざまあみろと思ったのも束《つか》の間《ま》、宏国はこともあろうかもう一つ残っていた山村の分の弁当を手に取り、バリバリと包装を破り始めた。

「それは俺んだろっ」

弁当を乱暴に取り上げる。宏国は山村の弁当をじっと見つめたまま、窓の外を指さした。外へ行って拾ってこいということだろうか。

「ざけんなっ」

座っている宏国の横腹をドガッと思い切り蹴り上げた。細身の宏国が背中を丸め、小さくなる。

「誰がお前の面倒を見てやってると思ってんだ。アホならアホらしく、おとなしくしてろ。手がかかることに関しちゃ、お前は犬猫以下だ。クソッタレ」

宏国は脇腹を押さえたまま、山村を睨《にら》みつけた。ふらりと立ち上がり、周囲を見渡す。ベッドサイドに近づき、目覚まし時計を鷲《わし》づかみにした。山村は背筋がザワリとした。

「エショ　ウヌ」

宏国の喋る現地語を初めて聞いた。何を言っているかさっぱりわからない。返事をしないでいると、殺気立った目でまた何か喋った。

「ナブルシ　シャクテ」

「何言ってるかわかんねえんだよっ」

突然「ホキァー」と大声で叫ぶと、宏国は目覚まし時計で殴りかかってきた。慌《あわ》てて防御するが間に合わず、頭にガツッと一発お見舞いされる。細い体からは想像もできないほど力が強い。摑まれた肩先に指先が食い込む。そんな馬鹿力で仰向けに押さえ込まれ、山村は目覚まし時計で勢いよく殴りつけられた。……死ぬ。

「やっ、やめろ。やめてくれっ」

三度目に殴られた時、目覚まし時計が壊れた。宏国は壊れた時計を放り出し、今度は素手で顔を殴りつけてきた。鼻血が出て、口の中が切れる。信じられないぐらい痛い。正直、自分は肉体派じゃない。運動神経も悪いし、喧嘩《けんか》も苦手だ。高校の頃につるんでた奴らも悪かったが、さぼりと煙草、女と夜遊びがメインで適度に冷めてて、腕力を誇示《こじ》して警察の厄介になるような頭の悪い集団じゃなかった。

「悪かった、俺が悪かったから」

山村は必死で謝った。けれど容赦《ようしゃ》のない暴力は続く。山村は顔の前で祈るように両手を合わせたが、右手ではたかれた。日本の神様もこの男には通用しない。こんなんじゃ本当に殺される。山村は右手に渾身《こんしん》の力を込めて宏国を突き飛ばした。宏国がひるんだ隙に起き上がり、玄関へと走る。自分が針金で作ったストッパーがはずれなくて、ドアが開かない。

そうしているうちに、背後から襟首《えりくび》を摑んで部屋に引きずり戻された。ものすごい力で首が絞《し》まり、息苦しさに喘いでいると、ようやく緩まった。酸素を求めて大きく喘いだところで体を反転させられ、顔面に止《とど》めの一撃を食らった。

山村は衝撃のまま後ろ向きに倒れ、ベッドの角にガッと頭を打ちつけた。痛みの感覚が薄れ、頭がフワッと浮く。そのまま目の前が暗くなり、山村は気を失った。

……水の流れる音がする。天井のライトが明るい。意識を飛ばしていたのが五分だったのか一時間だったのかわからない。とりあえず死なずに目が覚めた。顔が痛い。無茶苦茶痛い。宏国が水道を出しっぱなしのまま、流れに顔を近づけて水を飲んでいる。部屋の中でフッと風の気配を感じた。夜中にもかかわらず、玄関ドアと窓が大きく開かれている。

ジクジク痛む後頭部を撫《な》でると、ぴりっとした痛みと共に指先が滑った。血がついてくる。背筋がゾッとした。あの男は常識はずれの凶暴な獣だ。下手に関わったら殺される。

水を飲み終えた宏国が近づいてくる。山村は体を強張《こわば》らせたまま慌てて目を閉じた。しばらくそばでガサガサと物音が聞こえていたが、そのうち静かになり、規則的な寝息が聞こえてきた。

山村は物音をたてないように、そろりと起き上がった。頭と背中が痛い。そっと宏国の様子をうかがうと、両目を大きく見開いてこちらをじっと見ていた。足音を忍ばせていたのに、目を覚ました。蛇《へび》に睨《にら》まれたカエルさながら、山村の全身はガチガチと震え出した。

宏国の肩がピクリと動く、そんな些細《ささい》なことが引き金になった。山村は「うわあああっ」と声をあげると、玄関に向かって走った。部屋を飛び出し、鉄の階段を駆け下りる。怖くて振り返ることができない。あいつはヤバい。あんな奴のそばにいたら殺される。あいつの世界には、法律はないに違いない。でなければあんな風に容赦なく人を殴れるはずがない。きっとあいつは、人を殺すことをなんとも思ってない。

アパートが見えなくなる場所まで走ると、ゼイゼイと息切れした。振り返ったが、自分を追いかけてくる気配はない。男と遠く離れていく距離に安堵しながら、これからどうしようと考える。アパートには帰れない。あんな凶暴な男のそばにいたくない。

走りが歩きになると、ようやく息が整ってくる。腕時計を見ると午前二時三十分。夜の空気が肌寒い。逃げ出したはいいものの、行くあてがない。仁志田のアパートへ泊めてもらうよう連絡を取ろうとして気づく。携帯電話がない。財布も持ち出せなかったから、タクシーに乗る金もない。仁志田のアパートに行って、タクシー代を借りるという手もあるが、酔っぱらった時に一度泊めてもらったきりなので、場所がほとんど記憶にない。金がないから、カプセルホテルにも泊まれない。金、金、金……世の中はすべて金で回っている。

山村は夜中の公園に足を踏み入れた。木製で背もたれのあるベンチに座り、じわりと横になった。仰向けになると、星がぽつぽつと見えた。公園のベンチで寝るなんて、十七でアパートを追い出されて以来だった。行くあてもなく、一週間ぐらい公園のベンチで寝泊まりした。あの時も今と同じ、凍えるほどではないけど肌寒い夜だった。

これまでの人生で何が一番嫌だったかと聞かれれば、あの一週間だと答える。腹は空《す》くし、ベンチで寝るから背中が痛かった。何より朝、公園を横切って通学する学生を見るのが嫌だった。数日前まで、自分もそいつらの中に混ざって通学していた。だからこそよけいに切なかった。もうずっと忘れていたのに、思い出した。夜に公園のベンチで寝ているせいだ。あの男が自分に殴りかかって、殺そうとしたからだ。顔も痛い、胸も痛い。最悪だ。最悪……。

目を閉じ、山村は考えた。明日、病院へ行って診断書をもらう。それを持って有沢に訴える。自分はこんな暴力を受けた。もう面倒は見きれないと言う。そして慰謝料を請求するのだ。こんな目にあわされて、タダで引き下がれるはずがなかった。

体は疲れているのに頭の中がヒートアップしてなかなか眠れない。ようやく眠りの触手が近づいてきたのは夜が白々と明け始めた頃だった。

「あのおじちゃん、死んでるの？」

……甲高《かんだか》い子供の声で山村は目を覚ました。「指さしちゃいけません」と鋭い女の声が飛ぶ。視界から、こちらをチラチラ振り返る子供と、その手をしっかり握りしめた母親らしき女の後ろ姿が遠くなっていく。

時計を見ると午前十時を回っていた。公園の水道で顔を洗うと、顔が腫《は》れているのが触れてわかった。殴られた直後に比べれば痛みはマシだが、口を大きく開くと顎《あご》がズキリと痛む。

会社は必然的に無断欠勤。連絡したいが、その術《すべ》がない。何せ電話もかけられない。携帯電話と金がないと世界は動かない。

山村はいったんアパートに戻ることにした。アパートには食べられるようなものは何も残ってない。腹が空けば、宏国は外へ探しに行くんじゃないだろうか。きっと隙はある。財布と携帯電話だけ持ち出せればいい。

けれど見慣れたアパートの姿が見えてくると、山村は急に足が震え出した。昨日の圧倒的な暴力をまざまざと思い出す。自分の部屋の窓は大きく開いているが、中に人がいるかどうかはわからない。

アパートの鉄階段を、すぐに方向転換して駆け下りられるよう前屈みにゆっくりと昇る。音をたてないよう細心の注意を払う。一段ごとに上の様子を確かめる。自分の部屋のドアは外側に大きく開いたままだ。

足音を忍ばせ、開いたドアから部屋の中を覗き込む。宏国の靴がない。出掛けている。いや、まだユニットバスにいるという可能性がある。部屋の中に入り、クリーム色のドアに耳を押し当てる。音は聞こえない。もう何年もここに住んでいるが、ユニットバスのドアを開けるのにこれほど緊張したのは初めてだった。

部屋の中の荒れ具合は、昨日と同じ。山村の分の弁当は半分残されている。あとから食べるつもりなのかもしれない。財布をスラックスの尻ポケットに突っ込み、山村は携帯電話を探した。宏国を迎えに行った時はスーツのポケットに入れてあったのに見当たらない。四つん這いになって、雑誌やゴミを寄せつつ探しているると、ベッドの下に転がっているのを発見した。そばには赤黒いシミが点々と飛び散り、昨日の惨劇を生々しく証言する。

携帯を片手に考える。食べ物があるのにいないということは、昨日のように遠くへ行ってしまったんじゃないだろうか。だとしたら、自分が探さない限りここへは戻ってこない。放っておけば、永遠のサヨナラだ。途端、気持ちがスッと楽になった。

山村はベッドに腰掛け、まず会社に電話を入れた。インディオに育てられた従兄弟に殴られて公園で夜を明かしたなんて言わない。話したところで、笑われるだけだ。ドアノブの修理も家の片付けもあるので、とりあえず「風邪を引いて病院に行ってました」と嘘をついた。『お前、さぼりだろ』と課長に指摘されたが「風邪ですよ」と言い張る。

だらしなく垂れ下がったカーテンを眺めながら話をしているうちに、それがゆらゆらと揺れ始めたことに気づいた。風が吹き抜ける気配に、ふと玄関に視線をやった山村は「ひっ」と悲鳴をあげた。携帯電話の向こうから『おい？　どうした』と課長が聞いてくる。慌てて電話を切り、携帯をスラックスの尻ポケットに突っ込んだ。

宏国は玄関に立ったまま、じっと山村を見ていた。ワークパンツを穿いているが、上は裸。宏国は靴を脱いで玄関ドアに叩きつけた。バンッ、バンッという大きな音に山村の体は竦み上がった。

まるで山村を逃がすまいとするかのように、宏国は狭い廊下を両手を広げて近づいてくる。山村は震えながら立ち上がり、じわじわと後ずさった。そして窓まで追いつめられる。もう外に飛び出すしか逃げ道はない。

膝が、噛み締めた奥歯がガチガチ音をたてる。怖くて相手の顔を見ていられない。殴られるのは嫌だ。絶対に嫌だ。チラリと背後を確かめる。二階なので飛び降りても多分、死ぬことはない。けれど窓の下には低木の茂みがあって邪魔な上に、地面がよく見えない。

宏国はなぜか食いかけの弁当を手にすると、ズンズンと近づいてきた。そして窓を背に震えている山村の胸に弁当を突きつけてきた。変なことをしないでくれと言いたいけれど、怖くて言えない。振り払うこともできない。

「たべる」

宏国が日本語を喋ったことに驚き、おそるおそる顔を上げた。まっすぐに自分を見つめる目は、昨日のように凶暴な色はないが、不機嫌さは見て取れる。あの目が怒りに包まれて、自分に負の感情が向けられる時が怖い。

相手が何を考えているのかわからないけれど、この弁当を「食べろ」と言われている気がする。逆らわぬよう、山村は手づかみで食べられたぐちゃぐちゃの弁当の中から、漬け物を摘《つま》んで口に入れた。味などわからない。

食べたことで、宏国の眼差《まなざ》しが、幾分柔らかくなった気がした。

「たべる」

さらに強要される。山村はもう一切れ、漬け物を口に入れ噛まずに飲み込んだ。するとまた「たべる」と弁当を押しつけてくる。

「あ……もう、その、けっ、けっこうですから」

本当に勘弁してくれ。思わず拝むような真似事《まねごと》をしてしまう。すると押しつけられた弁当がスッと引かれた。宏国は弁当をテーブルの上に置き、山村に向かって「くる」と声をかけてきた。

「くる」は「来る」という日本語だろうか、それとも向こうの言葉だろうか、わからない。さっきの「食べる」が日本語だから、これも日本語のような気がする。そうだとしたら誰か「来る」ということだろうか。

「くる」

繰り返しながら、宏国は手招きのようなことをした。「来る」というのは、誰かが「来る」ということではなく、自分に「来い」ということかもしれない。そばに寄りたくないが、言うことを聞かないといつまた機嫌が悪くなるかわからない。それに逃げるんだったら二階から飛び降りるよりも、玄関から出ていったほうが危険が少ない。

山村は窓辺から離れ、ゆっくりと宏国に近づいた。一・五メートルほどの距離まで近づいた時、宏国に動きがあった。

飛び跳ねるようにして一気に距離を縮められ、正面に立たれる。「ひっ」と悲鳴をあげる山村の両肩をがっしりと摑み、宏国は上から押さえつける。ものすごい力で立っていられなくなり、山村はその場でぐずぐずと膝を折った。

座り込んだ山村は膝頭《ひざがしら》を上から押さえつけられ、両足を伸ばして座る形にさせられた。宏国は山村の両足を跨ぐと、向かい合わせになるよう太股の上にでんと乗っかってきた。宏国が何を

したいのかわからない。まったくわからない。そして次の展開も想像だにしないものだった。

宏国は山村に体をすり寄せると、ぎゅっと抱きしめてきたのだ。呆気《あっけ》にとられていると、宏国はだらんと垂れ下がった山村の右手を取り、背に回せとでも言いたげな素振《そぶ》りを見せた。おそるおそる宏国を抱くと、左腕も摑んで回される。結局、山村と宏国は二人とも背中に腕を回し、しっかりと抱き合う格好になった。

抱きついてきた体の熱の感触と、鼻を掠める汗と埃《ほこり》くさい体臭。ギュウギュウと抱きしめられる感触は、あまり経験したことのない種類のものだった。窮屈《きゅうくつ》なような、鬱陶しいような、怖いような……。抱き合っているうちに、宏国が山村に顔を寄せてきた。キスをされるのかと思い、反射的に目を閉じる。けれど触れてきたのは唇ではなかった。宏国は山村の鼻に自分の鼻先を、スリスリと甘えるように擦《こす》りつけてきた。鼻に、頰に、額に、何度も繰り返される。

しばらく抱き合ったあと、宏国は不意に山村の膝から立ち上がった。抱き合うのもそうなら、離れていくのも唐突だった。膝の上の熱が冷めず、どうにもこの状況を理解できない山村の隣で、宏国は残っていた弁当をガツガツと食い始めた。

抱きつかれたことで山村は毒気を抜かれ、獣の従兄弟をじっと見つめた。殺されるかと思うほど殴られたかと思えば、抱きついてきて犬みたいに鼻先を擦りつけてくる。わけがわからない。けど自分はもう宏国に殴られないような気がした。

こちらには苦痛でしかなかった弁当を強要する行為も、好意的に見ればわざわざ食べ物を残しておいて、自分に分けてくれようとしていたとも考えられる。

残り物の食事を終えると、裸足のまま宏国は通路へ出た。すぐに戻ってくると、今度は山村の手をぐいぐいと引っ張った。

「おい、ちょっと待て。靴を履いてないって」

強い力で引っ張られ、山村は靴も履かせてもらえないまま、裸足で外へと連れていかれた。宏国の目的地は、山村のアパートの隣にある月極《つきぎめ》駐車場。駐車場をぐるりと回った宏国は、そのうちの一台、白い車の前に立った。

「くる　くる」

何度も繰り返す。山村はそばにいるし、何かが「来る」のか、それとも「来い」なのかわからない。山村が理解していないと察したのか、宏国はロックのかかった車のドアに手をかけ、ガチガチと引っ張り始めた。

「おい、やめろよっ」

言っても聞かない。けれど開かないと悟ったのかスッとドアから離れる。ホッとしたのも束の間、宏国は人様の車のボンネットへとよじ登った。さらに上へ行こうとする。

「何やってんだよっ、降りろって」

車の持ち主に見つかってしまったら、そう考えると気が気じゃなかった。

「お前ら、何してんだっ」

遠くから怒鳴り声が聞こえた。山村は裸足の右足にしがみつき、強引に車から引きずり下ろした。バランスを崩してコンクリートの上に転がった宏国を、ワークパンツのウエストを掴んで引きずり起こす。

「こらっ、待て！」

怒鳴り声が迫り来る。ボンネットが凹《へこ》んでいたら、弁償しろと言われる。けど金はない。国産だが高級車。いくらかかるか想像もしたくない。

山村は宏国の腕を摑んで走った。アパートは近いから、部屋に戻ったら身許がばれる。前の歩道を突っ切って最初の角を曲がり、次の角も曲がる。追いかけてくる声が、遠くなり、そして聞こえなくなる。もう大丈夫だろう、だけど念のため……と思い細い路地に飛び込んだ時、脳天を直撃するような激痛が足の裏に走った。

「痛っ」

家の壁を背に座り込み、足の裏を見る。黒く汚れた足の裏から、血が出てくる。プラスティックの破片を踏みつけた。

「お前のせいだぞっ！」

山村は怒鳴った。

「お前が車に悪戯《いたずら》なんかするからこんなことになるんだ。ちきしょう」

足の裏からはダラダラ血が溢《あふ》れてくる。傷が深い。痛い。こんなんでもう歩きたくない。だけど靴を取りに戻れない。

「クソッタレ野郎！」

両手を握りしめ、路地で怒鳴る。涙まで出てきた。向かいに立っていた宏国は、しゃがみ込むと山村のシャツの裾《すそ》に手をかけた。スラックスから引き出す。こんなところで服を脱がされるのかと、山村は慌てて抵抗した。

「ちょっ……お前っ、何すんだよ」

シャツは呆気なくビリビリと引き裂かれる。細長く破かれたシャツで、宏国は山村の傷口を縛り上げた。二重、三重ときつく巻いていく。

宏国は自分のことを思って手当をしてくれたのだろう。それはわかるが、山村はシャツの臍《へそ》から下を引き裂かれ、ボロボロのとんでもない格好になってしまった。

「なんてことすんだよ」

山村はもう半泣きだった。こんなのはありがた迷惑だ。しかも怪我をしたのはほかでもない、宏国が車に悪戯をしたせいだ。うつむいて座り込んでいると、宏国が山村の腕を掴んで「くる」と言った。

「何がくるだよ。お前の言っていることはワケわかんねえんだよっ」

グイグイと腕を引かれる。宏国は力が強いので痛い。やめろと言っても、言葉が通じないからやめてくれない。山村は足を引きずりながら歩いた。

真っ昼間、上半身裸とボロ布みたいなシャツを着た男が二人手を繋いで歩いているなんて、ゲイとしか思えない。最悪に最悪の上塗りで、だんだんと何がどうでもよくなってきた。すれ違う人が、もの珍しげに自分たちを見ても、うつむいたまま無視する。

宏国に引っ張ってこられたのは、アパートの部屋だった。車の持ち主は車ごといなくなっている。部屋に戻ると、山村は真っ先に足を洗った。ちゃんと消毒して包帯をしたかったけれど、コンビニまで歩くのが嫌で諦《あきら》め、ティッシュを何枚か傷口に重ねてハンカチで縛った。

山村がユニットバスから出てくると、宏国が畳の上に寝転がっていた。

「くる」

腹這いになったまま、宏国が呪文のように呟く。

「くるってどういう意味だよ。わかんねえんだよ。お前さあ、日本語をもっと覚えろよ。でないとこっちがやってらんねえよ」

互いが互いの言葉に首を傾げる。山村は頭をガリガリと掻きながら、有沢にもらった紙切れを探した。あれに宏国がわかる日本語が書いてあったはずだが、どこにも見あたらない。時間がかかっても、車に悪戯をしないように言い聞かせないといけない。今日は逃げられたからよかったものの、捕まったら警察沙汰になる。

「どうして　車　あんなこと　した」

宏国はゆるりと首を傾げる。よけいな言葉を極力省《はぶ》いて、単語だけにして繰り返してもこの反応だ。だんだんと頭が痛くなってきた。正直、山村はこのぶつ切り言葉が嫌いだった。いつも流《りゅう》暢《ちょう》に喋る分、まどろっこしくて苛々する。

「俺の言葉がわかんないなら、お前から話せ。どうしてあんなことしたのか説明しろ」

山村は宏国を指さし「話せ」と命令した。一言にすら反応がない。「話せ　喋れ　説明しろ」と似たような言葉を羅列《られつ》する。その中の一つにようやく宏国が反応した。

「はなす」

「そう。お前　が　話す」

指を差し繰り返す。曖昧だった表情がはっきりとしてきたので「自分が話す」よう言われているのだと気づいたようだった。少し考えるような素振《そぶ》りを見せたあと、宏国は山村をじっと見つめた。

「じぶん　くる」

「来るって、どこに来るんだよ」

「じぶん　むら　じぶん　くる」

自分の村に自分が来る？　生まれた場所に帰るということだろうか。帰る……帰る……と考えているうちに、山村は閃いた。「くる」という言葉を、宏国は「帰る」のかわりに使っているんじゃないだろうか。そうだとしたら意味が通じる。

『自分の村に、自分は帰る』

宏国はアマゾンのジャングルに帰りたがってる。きっとそうだ。そういえば有沢も帰りたがっていたと言っていた。遠いから帰れない、飛行機に乗るための金が必要だから言葉を覚えて働けと言って説得したとも。

「じぶん　むら　じぶん　くる」

宏国が繰り返す。山村は顔の前で手を振った。

「駄目　無理　できない」

「だめ？」

最初の「駄目」の言葉が宏国の語彙にヒットした。

「自分　来る　駄目」

『村に帰るのは駄目』宏国の文法に合わせてそう告げる。途端、宏国の表情が険しくなった。

「じぶん　むら　じぶん　くる」

「駄目　駄目　駄目」

表情は険しくなるばかり。山村も「帰っては駄目だ」と一方的に言われても納得できない宏国の気持ちがわからないでもなかった。

「村　遠い」

結局有沢と同じ、山村は帰れない理由を距離に責任転嫁した。宏国は反論をせずにムッと唇を尖《とが》らせた。「遠い」という言葉は理解しているようだった。

宏国は唐突に山村の腕を摑んだ。強い力で玄関へと引きずられる。地面に右足が着くと痛いので「おい、ゆっくり歩け！」と言っても聞く耳を持たない。仕方なくあとについて外へ出たが、今度は靴を履くのを忘れなかった。

宏国は通路へ出ると、鉄の柵にもたれてどこかを指さした。指の先をたどると、隣の駐車場。白い車はなくなっているが、まだ何台か乗用車が止められている。

「むら　とおい」

宏国は車を指さし、続けた。

「はやい」

一連の奇妙な行動が、山村の頭の中でようやく繋がった。自分の村へ帰りたい。だけど遠いと知っている宏国は、車を使いたかったのだ。車を使えば早く帰れる。まあ、考え方の流れとしては、的をはずしてない。

山村は車を指さしたまま「車」と何度も繰り返した。そうするうちに、宏国も早く走るそれが「車」というものだと認識したようで「むら　とおい　くるま　ちかい」とちゃんと言葉の中に「車」を織り込んでくるようになった。

「車　駄目　自分　車　違う」

山村がばっさりと切り捨てると、宏国の表情が途端に暗くなった。

「そんな顔したって、仕方ないだろ。あれはお前の車じゃないんだし」

たとえ宏国が車を手に入れたとしても、それじゃ海は渡れない。こいつはどうするつもりなんだと考えを巡《めぐ》らせているうちに、山村は気づいた。

書き残す文字がない世界に、紙は必要ない。歩いていける範囲が世界のすべてだとしたら、世界地図なんて作れるはずがない。たとえ地図を見せられたとしても、それが世界だとこいつは理解できるんだろうか。

山奥で電気もないなら、テレビもラジオもないだろう。何も聞こえてこない世界で、こいつは何を考えて生きてたんだろう。こいつの頭で、世の中はどういう風に見えているんだろう。

なんにもわからない、何も知らない。知らない尽くしでも、この男は日本国籍を持つ日本人なのだ。哀れだと思うと同時に、山村はなぜか少し怖くなった。

壊れたドアノブのことを大家に話したら、その日のうちに修理してくれた。何やらこの前、下の階の住人のドアノブも壊れたとかで「老朽化《ろうきゅうか》かねえ」と大家はぼやいていた。もちろん修理代は無料。理由を話せば弁償ものなので、ラッキーだった。

夕方になり、コンビニまで弁当を買いに行ったついでに近所の本屋へもふらりと立ち寄った。歩いても足にはほとんど痛みを感じなくなっていた。

二階建ての本屋は、本だけでなくちょっとした文房具も扱ってる。南米の写真集と旅行用のブラジルのガイドブックに加え、大きさが十センチぐらいの地球儀も買った。平面の地図よりもわかりやすい気がしたからだ。

宏国に地球儀を渡すと不思議そうに見つめていた。それが回ると知るや否や、まるでミニカーのように床でコロコロ転がして遊び始め、慌ててやめさせた。目的と違う。

「えっとな、これが地球。地球じゃわかんないか……これは世界、そう　世界　の　村だ」

地球儀を手に説明する。案の定、宏国はぽかんとした顔をして、地球儀と山村を交互に見ている。何がなんだかまったくわかってないという顔だ。

「世界は丸いんだよ。で、自分　村　ここ」

指でアマゾン川の周辺を指さす。宏国はじっと指さす指先を見つめ、フーッとため息をつくと山村の腕を摑み、強引に窓辺へと連れていった。すでに日は落ちて、あたりはもう真っ暗。宏国は上を指さし「そら」と言った。

「じぶん　そら　つくる」

山村は「はっ？」と問い返した。

「じぶん　そら　つくる」

宏国は自分自身を指さす。これは言葉通り、宏国が「自分が　空を　作った」と言っていると解釈していいんだろうか。トンデモ宗教の教祖サマじゃあるまいし、自分が空を作ったなんて、何をどうやったら思い込めるんだろう。けどこいつ、本気なんだよな……と思うと、なんとも微妙な気持ちになった。自分が空を作ったなんて思える男に、どうやって地球は丸いと教えたらいいんだろう。山村が知っている常識とは明らかに違う、宏国の「世界」がいったいどういう基準であるのか想像もできない。

途方に暮れた山村だったが、あっさり結論を導き出した。相互理解など必要ないし、宏国に世の常識など教えなくてもいい。世界なんて知らなくても、騒いだりせず、人のものを盗まず、傷つけず、土足で部屋に上がらなければそれでよし。半年間周囲に、特に自分に迷惑をかけないで過ごせればいい。なぜなら半年後には遺産を前借りして逃げる。その後、この男がどうなろうと知ったこっちゃない。自分を神様だと思おうが、世界が丸くなくてもオッケーだ。

「じぶん　むら　じぶん　くる」

宏国が山村の目を見つめ、訴えてくる。くる、という言葉をまともに受け取ると混乱するが、山村の中ではスムーズに「帰る」に変換されるようになった。

「村　遠い」

「くるま　ちかい」

「だーから村は遠いんだよ。それに車って言っても、自分の車がないだろ。自分　車　違う」

相手に合わせて喋ることが鬱陶しくなり、山村は早口にまくしたてた。村が遠くて車で帰ることが不可能だと具体的に教えるには、地球が丸いことから始まり、大陸と海があって、その間がすごーい距離で、飛行機じゃないと駄目だと理解させないといけない。

考えただけでうんざりするから教えない。そんな無意味な苦労はしたくない。

「帰りたいなら、言葉を覚えて、働いて、金貯めて飛行機に乗れ。そんなに恋しいならこれでも見てろ」

山村は南米の写真集を宏国に渡した。途端、宏国の目の色が変わった。写真の猿を見ては叫び、写真をベタベタと叩く。ページを捲《めく》り、蛍光灯に照らしては覗き込む。たびたび奇声をあげるので、山村は気が気じゃなかった。隣のババアから絶対に苦情が来る。

「声、小さくしろっ」

注意しても効果はない。一瞬、タオルでその口を塞《ふさ》いでやろうかと思ったが、ページを捲るごとに奇声は小さくなっていった。

宏国の手が止まる。大きな蝶が飛んでいる写真のページで開かれたまま。山村は昆虫に興味はないが、鬱蒼《うっそう》とした緑の中を飛ぶ青い蝶は美しかった。

「その蝶、見たことあるのか」

そう聞いた途端、宏国は蝶のページをビリッと破いた。

「おいっ、やめろっ」

写真集を取り上げる。宏国は破り取ったページをさらに細かく手で千切《ちぎ》った。

「せっかく買ってきてやったのに、何考えてんだよ！」

宏国は怒鳴る山村を見もせずに、紙を千切ることに夢中になっている。そして蝶の形に千切った紙切れをパッと手から離した。空中に放り投げられたそれは、くるくると回りながら畳の上に落ちる。ぎざぎざな形の蝶。宏国は紙の蝶を拾い上げると、窓の外へ放していた。

奇妙な声が聞こえてきて、山村はギョッとした。窓辺で宏国が唸《うな》っている。どこか具合が悪いのかと思ったが違う。歌っているのだ。山村の知らない、奇妙な言葉で。右手で畳を叩き、リズムを取る。興奮してきたのか、次第にその声が大きくなっていった。

「お前、少し静かにしろよ」

歌声は止まらない。緩急《かんきゅう》をつけて、うねるような声を絞り出す。明るいならまだしも、聞いてると呪い殺されそうな気持ちになる。

「おいっ、いい加減にしろって」

肩を摑んで揺さぶると、払いのけられた。こちらを睨む鋭い目に、目覚まし時計での殴打《おうだ》が脳裏を過《よぎ》り、体がビクンと震えた。

「なっ、お願いだからやめてくれよ。うた　うるさい　やめる　なっ？」

下手《したて》に出ても同じこと。宏国は歌い、声はあたりに響き渡る。そしてこの男を止められない自分が取った行動は、財布を手に表へ出る、だった。

煙草を買って帰ってきても、奇妙な歌声は夜の街に響いていた。アパートの下にある塀の裏側で、煙草に火をつける。煙を吐き出しながら、なんで俺が？　と考える。どうして俺があんな男の暴力に怯《おび》え、かつ面倒を見ないといけないんだろう。……それは遺産の分け前が欲しいからだ。金のためだ。仕事と一緒、そう思うと気持ちが少しだけ楽になった。金をもらうには、それなりの努力が必要だ。売る努力、喋る技術。我慢することも、きっと遺産のうちなんだろう。そうとでも思わないとやってられるか。

二本目の煙草を吸い終える頃に、フッツリと歌声が消えた。思う存分歌って満足したらしい。やれやれと思いながら鉄階段を昇っていた山村は、ドアの前に不穏な気配を感じた。

隣室の赤毛のババアが、自分の部屋の前に仁王《におう》立ちしている。ある意味、来るべきものが来たかという感じだった。部屋を破壊され、殴り合って騒音をたてたであろう昨日の状況を考えれば、今回の登場は遅すぎるぐらいだ。

花柄と歳《とし》に似合わぬファンシーなネグリジェに身を包んだ隣人は、近づいてくる山村を射殺《いころ》さんばかりの勢いで睨みつけていたけれど、近づいていくとさらに眉をひそめた。

「あんたその顔、なんなのよ」

「あ、ちょっと階段で転んでしまったんです」

腫《は》れ上がった頬を押さえ、山村は苦笑いする。

「そんなことどうでもいいわ。あんたん家《ち》がうるさくて寝れないんだけど」

聞いておいて、どうでもいいとはひどい言い草だ。赤茶の髪が山火事状態、推定五十代後半のババアは、自己中心的でふだんから口うるさい。山村が煙草をポイ捨てしただけで、目くじらを立てて怒る。ババア主観の説教は、たかが煙草一つで自分が虫けら以下と勘違いしてしまうような、とてつもない人格破壊力を持っている。

「本当に申し訳ありません」

山村は痒《かゆ》くもない後頭部を掻き上げ、丁寧な言葉遣いで謝った。

「昨日まで娘のところで子守をやってて、ようやく家でゆっくり寝られると思ってたのに、あの変な声はなんなのよっ。近所迷惑でしょう」

永遠に娘の子守をして帰ってくるなと思いつつ「すみません」と平謝りする。

「今、外国で長く暮らしていた従兄弟が来てるんです」

「外国人がいるのっ！」

ババアの目がカッと見開かれる。戦闘モードだ。

「外国に住んでいたというだけで、日本人です。こっちの習慣に慣れてない上に、日本語もよくわからない奴でして。ご迷惑をおかけしてしまってすみません。あとで本人には俺からよく言い聞かせておきますので」

「どうしてそんな子を泊めたりするのよっ」

文句を言われても、部屋に人を泊めてはいけないという決まりはない。

「社会勉強ってことで、少しの間だけ預かってるんです。ご迷惑をかけて本当にすみません」

ぺこぺこと繰り返し頭を下げ「すみません」と繰り返す。こういう場合、口答えをしてはいけない。怒った相手の感情を逆撫でしてもいけない。

「お休みの邪魔をして、本当にすみませんでした」

頭を上げた山村は、ババアのファンシーネグリジェに目をつけた。子供に人気のイチゴキャラのバッタものだ。けれど見た感じが新しい。

「素敵なネグリジェを着られてますね」

山村は職業用の二枚舌にエンジンをかける。

「とても優しい色合いですね。そういう色が似合う人って、そうそういませんよ。色が白い人はやっぱり違いますね」

実際、ババアはそれほど色白ではない。けれど事実は大した問題じゃない。

「あ……あんた、何言ってんのよ」

頰が、その髪みたいに赤くなる。いくつになっても、女性は誉《ほ》められると喜ぶ。それが歯の浮くような世辞《せじ》だとわかっていてもだ。

「肌を焼かないように気をつけてらっしゃるでしょう。いや、感心だな」

ババアがノーメイクで買い物籠《かご》を片手にタラタラ歩いている事実も見なかったことにする。

「そんな面倒なこと、してるわけないじゃない」

「えっ、そうなんですか。それでその白さって、やっぱりすごいなあ」

べらべらと、あることないことでババアを誉め称《たた》え、相手の表情から気をよくしたのを確信すると「本当にすみません、気をつけますから」ともう一度頭を下げて山村は部屋へ引っ込んだ。ドアを背に、ハーッとため息をつく。

諸々の根源の宏国は、山村が出ていった時と同じ、窓のそばでじっと夜空を見ていた。

……翌朝、山村はいつもの出勤時間よりも三十分早くアパートを出た。宏国を近くの公園に連れていく。家の中には置いておけなかった。暴れ出したり、踊り出しても止める人がいない。公園はある程度騒いでも咎《とが》められることのない、数少ない公共の場だ。

嫌がるような素振りを見せたけど、シャツも着せたし、古い腕時計も渡した。昼用にとコンビニで弁当を買って渡すと、公園に着くなり手づかみで食べ始めた。昼用だと説明するのが面倒なので放っておく。朝の散歩や通勤の人は、手づかみの獣に関わるのを避けるように、遠巻きに行き過ぎる。

外へ連れ出したはいいものの、問題は帰りの午後七時頃に宏国がこの場所にいるかどうかということだった。山村は腕時計を使って「七時　迎えに　来る」と繰り返す。けれど宏国の顔は曖昧なままだ。十時間後と言っても反応なし。そこでようやく五までしか数のない世界に、十二進法の時計の概念などあるはずがないと気づいた。

それでも、帰りまでは公園にいてもらわないと、また捜索願いを出して探し回らないといけなくなる。あの状況だけは勘弁被《こうむ》りたかった。

ふといい手を思いついた。宏国はジャングルに帰りたがっている。「村へ連れて帰ってやる」と言えば、おとなしくここで待っているんじゃないだろうか。

「村　来る」

『村に帰る』山村がそう口にした途端、宏国の表情が変わった。

「むら　くる？」

「来る　来る」

宏国がニイーッと笑う。これほど満面の笑みを見たのは初めてだった。山村は宏国の前でしつこく腕時計の七の数字と短針を指さして「村　来る」と繰り返した。にこにこと上機嫌だし、意味もそこそこ伝わっている気がする。時間に余裕を持っていたはずなのに説明でえらく時間を食った。遅刻しそうになる。

「七時　村　来る」と宏国に言い残し、山村は駅へ向かって走った。


出社するなり、課長に「お前は風邪を引いてたんじゃなくて、ボクシングの試合に行ってきたのか？」と真顔で聞かれた。

「いえ、風邪です。これは階段から落ちた時の打ち身でして」

顔に残る痣《あざ》はどう見ても殴られた跡だったが、あくまで風邪で押し通す。課長はウーンと鼻を鳴らすと「お前はしばらく新入社員のロープレをやれ」と命令してきた。ここで働き始めて四年目の山村は、毎月のように入社してくる新入社員の教育、ロールプレイングを受け持つことがある。これは古株がローテーションを組んでやっていて、山村は先月も受け持っていたので、回ってくるにしてはいささか順番が早い。

この顔では、教育に回されても仕方なかった。今朝、鏡で見たら殴られた跡は、立派な青、黄、紫とバリエーションに富んだ痣になっていた。平和を愛する昼間の主婦が、ボコボコに殴られた販売員を見てどう思うか。

まあ、痣が素敵！　野性的！　なんてマニアックな路線はまずもってありえない。よって契約の確率は下がる。休めと言われず、教育、ロープレに回されただけ、マシだったのかもしれない。

渡された新人研修プログラムを見て、山村はハーッとため息をついた。九時までびっしりと予定が組まれている。この顔ながら販売には出るつもりでいたので、七時には帰れる心づもりでいた。前日も休んでいるこの状況で「予定があるので、早めに帰らせてください」とは切り出せない。でもまあ、仕方ないと諦めて山村はプログラムをデスクの上に置いた。宏国を公園で待たせることになっても、これは不可抗力。それを伝える文明の利器はないし、そもそも教育に回されたのだって、もとをただせば宏国が見境なく自分を殴ったせいだ。

案の定、山村が仕事を終えて会社を出たのは午後九時三十分だった。ロールプレイングをしている間、研修員の視線が自分の顔に集中するのがなんともきまりが悪かった。

外は雨が降っていた。研修室ではずっとブラインドを下ろしていたので気づかなかった。つい今し方降り出したという感じではないし、雨脚も強い。山村はもちろん、傘など持ってきてない。エントランスに置かれていた、誰のものか知らない透明のビニール傘を失敬する。

待たせているという若干《じゃっかん》の罪悪感と雨の相乗効果で、山村は駅まで早足に歩いた。けれど電車が来るまでに三分待たされたので、やっぱり歩けばよかったと後悔した。公園に着いたのは、午後十時。朝別れたベンチのそばに行くけれど、宏国の姿はない。雨の中、馬鹿正直にベンチで待たれていても怖い。けれどこの雨の中、探すのも面倒だ。

「むら　いく」

背後から聞こえてきた声に驚き、振り返ってギョッとする。ずぶ濡れになった宏国が上半身裸で、満面の笑みを浮かべながら立っていたからだ。

「おっ……前、どこにいたんだよ」

首を傾げ、そして濡れた手で山村の服を引っ張ってくる。

「じぶん　むら　いく」

「手ぇ離せよ。俺まで濡れんだろ。とりあえず帰るからな」

傘に入れてやる気はなかった。どうせずぶ濡れだし、そんなことをしていたら自分まで濡れる。山村は足早に歩き、その後ろを宏国は素直についてきた。途中、弁当を買うためにコンビニに寄ったが、宏国に外で待てと伝えられずに一緒に中に入った。だけど他人のふりをする。濡れたままの男と知り合いと思われるのが恥ずかしかった。

部屋に戻っても、山村は宏国を玄関から上がらせなかった。そのままだと廊下と畳が濡れるからだ。

「とりあえず服を脱げよ」

宏国は憮然《ぶぜん》とした表情のまま動かない。通路の蛍光灯の薄暗い中、その顔は怒っているようにも見えた。言ってもわからなければ、やってみせるまで。山村はウエストのボタンをはずし、ジッパーを下げ宏国のワークパンツを引きずり下ろした。パンツを穿いてないと知らなかったので、いきなり目の前に現れた現物に驚き、そして凝視した。

どちらかというと薄い茂みの中に、標準程度のペニスと陰嚢《いんのう》。しかもペニスは薄い色で、皮を被っている。暴力的な男とは思えないほど、下半身はおぼこい。その落差が逆に、山村を激しく興奮させた。

「んぶっ」

顔をなぎ払われ、山村は尻餅《しりもち》をついた。座り込んだ山村が見たのは、無表情に自分を見下ろす冷めきった視線だった。途端、山村は穴があったら入りたいと思うほど激しい羞恥《しゅうち》に襲われた。自分より下だと思っている奴から見下される視線はキツイ。

宏国はその場でワークパンツを足首から抜くと、全裸のままダンダンと両足を踏み鳴らした。鉄の階段で踊っていた時とは違う。あれは楽しそうだったが、今は全身から苛立つ気配が立ち上ってくる。

「じぶん　むら　いく」

約束を守らないと言って怒っているのだ。まずいなと思いつつ、山村は宏国を無視するように部屋の奥へ行き、服を楽なものに着替えた。宏国はあとを追いかけてきて「じぶん　むら　いく」と何度も繰り返した。

「こんな時間から帰れるわけないだろ。っていうか、どうやってもお前がジャングルに帰んのは無理なんだよ。うるさいこと言ってないで、サッサとパンツ穿いてメシを食え」

理解できないだろうなと思いつつ、宏国のレベルまで下げた言葉は使わない。山村は弁当を宏国の足許に放った。騒ぐ男を無視して、弁当を開く。

「じぶん　むら　いく」

繰り返される言葉がうるさいので、山村はテレビをつけた。ドッとにぎやかな笑い声が飛び出してくる。

宏国の行動は目にも止まらぬ早さだった。こっちに駆け寄ってきたかと思うと、いきなりテレビを蹴飛ばしたのだ。ブツッと配線コードが抜ける音がして、テレビがゴトッと床に転がる。

「お前っ、何するんだよっ」

テレビを起こそうとする山村を払いのけ、宏国は蹴飛ばしたそれを担《かつ》ぎ上げると窓を開けた。

「おっ、おい。ちょっと待て。待てったら！」

まさか、いくらなんでもそれはナシだろうと思うことを、宏国はやってのけた。投げ飛ばされたテレビと、「グワッシャ」と鈍い音。窓から顔を出した山村が見たものは、雨の歩道、外灯の薄明かりに見える黒々とした影。部品みたいなものも、あたり一帯に散らばっている。……あ……ありえない。

山村は頬を打つ雨の冷たさに我に返った。窓からずっと身を乗り出したままなのも忘れ、壊れ、雨に打たれるテレビを呆然と見ていた。

ダンダンッと玄関ドアを叩く音に振り返る。

「ちょっと山村さん。さっきから何騒いでんのよ。昨日も言ったでしょ。いい加減にしてよ！」

山火事ババアの声だ。玄関に行き、山村はドア越しに謝った。

「すみません、すぐ静かにします。もう騒いだりしませんから」

ドンッと大きくドアが叩かれた。

「すみません、すみませんって、あんた結局口先だけじゃないの。ちゃんと顔を見せて謝ったらどうなのよっ」

部屋の中には、真っ裸の宏国がいる。とても人には見せられない。だけどババアも顔を見せない限り、納得しないだろう。山村は玄関のドアを、ほんの十センチほど開けた。するとシミの浮いた手が差し込まれて、三十センチほど開かされた。ババアからはトイレの消臭剤みたいな古臭い花の匂いがした。

「これだから外国人は嫌なのよ！　常識がないのが多いったら。こんなことが続くようなら、私のほうから大家さんに話を……」

ババアが驚いたように口をあんぐり開ける。もしやと思って振り返ると、背後に全裸の宏国が立っていた。

「本当に、本当にすみません。次からは本当に気をつけますから」

慌てて玄関ドアを閉めた途端、後ろ髪を摑んで引きずられた。摑まれた髪は痛いし、背後に引っ張られるから足許がおぼつかない。腰から崩れ落ちるとそのまま引き倒された。

「じぶん　むら　いく」

上から山村を見下ろし、強い口調で言い放つ。ここに来てから何度も宏国は「村に帰る」と言っていた。言い換えれば、それ以外の希望を口にしたことはなかった。

「ん……なこと言っても、無理なんだよ」

破壊大王の恐怖政治を前に、山村の声は泣きそうにトーンダウンする。

「嘘ついたのは悪かったよ。けど本当に無理なんだよ。お前は知らないだろうけど、これからはジャングルに住んでても、計算できて、字が書けないと惨めなことになるんだよ。絶対そうなんだよ。だから今帰ったって将来困るのはお前なんだよ」

宏国が目を細めて、ムッと唇を引き結ぶ。

「じぶん　むら　いく」

納得させない限り、宏国は延々「むら　いく」と言い続けるんだろう。

「お前、言葉を覚えてくれよ。そしたら『じぶん　むら　いく』でいいからさ。有沢にも言われたんだろ。言葉を覚えて、働いて、金を貯めて飛行機で帰れってさ」

そう告げたあとで、宏国はどうやって日本語を覚えるんだろうと思った。誰かに習わないといけない。習うとしたら、誰に？

「俺……か？」

怪訝な宏国の顔。山村は頭を抱え「冗談だろ」と呟いた。

「あれ、山村さん？」

近所の本屋に立ち寄っていた山村は、小学生用の参考書を手にしたまま振り返った。背後に立っていたのは私服の仁志田。昨日、今日と仁志田は二連休を取っていた。

「仕事の帰り？」

「ああ」

「休みの日まで山村さんの顔を見るとは思わなかったな……って、そのフクロ叩きにあったみたいな顔、どーしたんですか。かなりキツイっすよ」

苦笑いするしかなかった。

「まあ、色々あってな」

「ひょっとしてその顔で営業に行ってたの？」

「昨日から教育のほうに回されてる」

「あー、やっぱりね。ひどいもんなぁ」

仁志田が遠慮がないというのは知っているが、面と向かってひどいと言われると気になる。これでも一昨日《おととい》に比べたらずいぶんとマシになったと思うのだが……。

「そんなにひどいか、俺の顔」

「ひどいって、鏡見てないの？」

「いや、見てるけどさ」

「でもまぁ、教育のほうをやってるなら別にいいんじゃないの。それよりも……」

仁志田は山村の手許をひょいと覗き込んだ。

「小学一年生の国語って、何に使うの？」

「んっ、まあ色々とな」

参考書を本棚に戻し、さりげなく売り場を離れたのに、仁志田はあとから追いかけてくる。

「ひょっとしてバツイチの子持ちと再婚とか考えてたりする？」

「んなわけないだろ。お前こそどうしてこんなトコにいるんだよ。家は四谷《よつや》だろ」

「あ、彼女送ってった帰り。『雀《ジャン》パラ』買おうかと思って」

『雀パラ』は、麻雀《マージャン》漫画の週刊誌だ。仁志田は無類の麻雀好きで、前に山村も付き合ったことがあるが、いい具合にカモにされた。

「お前、彼女いないって言ってなかったか？」

「できたんですよ、一昨日の合コンで。山村さんにも誰か紹介しようか？」

「あーいい。面倒だし」

面倒どころか、女は大迷惑だ。

「確かに手はかかるけど、タダでやれるよ。風俗より経済的だし」

世の女性が聞けば半殺しにされそうな台詞《せりふ》をさらりと吐き出し、仁志田は肩を竦めた。

「でさ、あの参考書ってなんにするの？　教えてよ。すっげ気になるんだけど」

山村はハーッとため息をついた。

「お前さあ、誰にも言わないって約束できるか？」

「言わない、言わない。俺、口固いし」

「本当か」

念を押すと「信用ないなあ」と苦笑いしている。山村は本屋の階段脇に仁志田を連れていき、ことの経緯を簡単に話した。

「遺産が一千万超えてるって、それ真面目な話？」

仁志田は素《す》っ頓狂《とんきょう》な自分の声に気づいたのか、慌てて口を閉じ周囲を見渡した。

「遺産っていっても、さっき話したように十年の分割だから月々十万ちょいなんだよ」

「ありがたみも微妙って感じだけど、いーんじゃない。今から年金が入ってきてるような感じでさあ」

「年金なんて年寄りみたいなこと言うなよ。れっきとした遺産だ、遺産」

むきになって訂正する。

「けどもらうなら、やっぱまとまった金のほうがいいけどね。そしたら今の仕事も辞められるし」

仁志田は天井を見上げて息をついた。

「給料はいいけどまともな商売じゃないし、摘発《てきはつ》とか訴訟とかなってきたら、やっぱりうちってヤバイし。まぁ、そうなった時はとっととばっくれちゃえばいいいんだけどね。調子いい時にガンガン稼いどいて、何か自分で商売するってのが、理想だよなぁ」

「お前でも一応、将来設計みたいなの考えてたりするんだな」

「つーか、それが普通じゃないの。山村さんだって、あの会社が十年後もあるなんて思ってないでしょ」

山村も人を騙《だま》す今の仕事がいいとは思ってないが、いつ辞めるか、将来どうするかなんて改めて考えたことはなかった。自分と同じ、その日暮らしだと思っていた仁志田が意外に堅実だったということに、山村は微妙に取り残されたような感覚を味わう。

「給料はいいから、ハマったら辞められなくなるけどね。それはいいとして、引き取ったジャングル育ちの従兄弟ってどんな感じなの。キョーミあるなぁ」

「裸族《らぞく》だったみたいですぐ服を脱ぐし、階段で踊るし、モノは手づかみで食うしな。言葉は通じないわ、暴力的だわ、はっきり言って最悪だな」

仁志田はハハッと笑った。

「キョーレツだなぁ。けどそれだったらさぁ、遺産だけもらってそいつはアマゾン河に捨ててきたら？」

山村は肩を竦め首を横に振った。

「できりゃこんな苦労はしてねぇよ。俺だってずっと面倒見るつもりはないしな。半年ぐらい様子を見て面倒を見てるって実績を作ったところで、お前の言うように遺産の前借りして、サヨナラするつもりでいるけどな」

「そいつって他に身寄りとかいないんでしょ。いっそのこと死んでくれたら丸儲《もう》けなのにね」

背筋がゾクリとしたのは、店内の冷房が効きすぎているだけではなさそうだった。

「あー、俺って今、ちょっとブラック入ってた?」

「かなり黒がきてたな」

「まーでも正直、山村さんもそう思ったんじゃないの?」

自分が頭の中でぼんやりと想像しているのと、他人の口から聞くのとでは印象が違う。人から言われると無責任さが生々しい。結局、三十分ほど話をして仁志田と別れた。前々から自分と仁志田は似ていると思っていたけれど、そういう後ろ暗い部分まで同類だと、自分の鏡を見ているようでなんとも居心地《いごこち》が悪い。

アパートに戻ると、玄関のドアは閉まっていたが、鍵はかかっていなかった。家にいる時も鍵をかけろと言ったけど、通じているようなのにやらない。腹が立つ。もし泥棒が入ってきたら……と想像する。宏国は黙って見ているかもしれない。ただ、泥棒が危害を加えてきたら、相手を半殺しの目にあわせるだろうな、と思うと一人おかしくなってクッと笑った。

玄関先でグズグズしていると、ガチャリと隣の部屋のドアが開いた。しまった……と思っても遅い。予想通り「ちょっと、あんた」と声をかけられる。山火事ババアは、胸にGIRLとラメ模様のロゴが入った紫色のTシャツを着ていて、「そりゃ犯罪だろ」と思いながらだれきった胸の膨《ふく》らみから視線を逸《そ》らした。

「あんた、大丈夫なの?」

どんな文句を言われるかと身がまえていたが、予想に反してババアは心配そうな目で自分を見ていた。

「あの変な男に脅迫《きょうはく》されてるんじゃないの？」

「はっ？」

「昨日もあのあとしばらく、音がしてたでしょ。私、もう怖くって怖くって、ずっと続くようなら警察を呼ぼうと思ったぐらいよ。それに最近のあんたの顔、ひどいものね。こういうことはね、我慢してないで早いうちに警察に行ったほうがいいのよ」

ババアが真剣だとわかり、山村は慌てて首を横に振った。

「そんな、大げさですよ。宏国は言葉がわからないから自分の気持ちを伝えられなくて苛々して俺にあたることはあるけど、大したことないですから」

「本当に大丈夫なの？」

「ええ。ご心配おかけして、すみませんでした。じゃあおやすみなさい」

山村は早々に部屋へと引っ込んだ。口うるさいのは知っていたが、いらぬ節介《せっかい》も焼くタイプだったらしい。

山村が帰ってきたことに気づくと、宏国は部屋の奥から駆け寄ってきた。視線は弁当の入ったコンビニの袋へと注がれている。袋ごと渡してやると、ありがとうも言わずに受け取り、部屋へと持っていって素手でガツガツと食べ始めた。仁志田とだべっていたせいで、帰りがずいぶんと遅くなった。腹が減っていたんだろう。

宏国がワークパンツを穿いていることに安堵する。昨日はあれから一晩中、宏国は裸で過ごした。パンツをそばに置いてやっても穿こうとせず、山村の出社前は全裸だった。今もパンツは同じ場所にある。ワークパンツはよくても、パンツを穿くのは嫌なようだった。

ぺちゃぺちゃと、宏国の品のない咀嚼《そしゃく》音だけがあたりに響く。それが嫌で、何か音が欲しいなと思ったけれど、昨日窓の外に放り出されたテレビは再起不能で、玄関先に放置している。それを見て、少しは申し訳なさそうな顔をするかと思ったけれど、すぐに期待はずれだと思い知る。宏国は壊れたテレビを見もしない。

すぐにでも新しいテレビは欲しかったが、宏国が感情を昂《たか》ぶらせるたびに窓から放り出されたんじゃたまったもんじゃないので、購入は見合わせている。

ふと思い立ち、部屋の隅に置いてある段ボールの中からラジカセを取り出した。小学生の頃、父親に買ってもらったものだ。ラジオをつけっぱなしにしていると、宏国がラジカセの周囲をうろうろし始めた。明らかに落ち着きがない。その表情が苛々しているように思えて、山村は慌ててラジカセを段ボールの中に片付けた。

風呂に入ったあと、山村は買ってきた一年生用の国語の参考書を取り出し、無表情の宏国に「勉強するぞ」と声をかけた。山村は平仮名表を指さして「あ」「い」「う」……と口に出した。

「お前も俺について、声を出してみろ」

宏国は鬱陶しそうな表情で首を傾げる。「俺のあとについて声を出す」という言葉を伝えるのに、軽く十五分かかる。ようやく宏国もついて声を出し始めたと思ったら、ナ行にかかったところで、声を出さなくなった。腕を摑んで揺さぶると、壊れかけた機械みたいに二、三語は喋るけど、すぐに黙り込む。どうも勉強が退屈になったようだった。

「お前さあ、真面目にやれよ。誰のために教えてやってると思ってるんだよ。俺だって仕事から帰ってきて疲れているのに、お前に付き合ってやってんだぞ」

宏国はふわっと盛大な欠伸をした。山村は参考書を放り出し、ベッドで横になった。真面目にやっている自分がアホらしいことこの上ない。

このままだと、宏国は言葉を覚えない。けれどそれは自分のせいじゃない。一応、教えてやろうとはした。やるだけのことはやってみた。

午後十一時と、以前の生活では考えられないような早い時間に山村は明かりを消した。テレビもラジオもない夜は退屈で、寝るほかにすることがない。最近、パチンコにも競馬場へも行ってない。貴重な娯楽が奪われる。アホな従兄弟に手がかかるせいだ。

宏国は畳の上で丸くなる。固いとも布団《ふとん》が欲しいとも、ベッドに寝たいとも言わない。部屋が狭いので、宏国用の布団を買わなくてもいいのは楽だった。

ふと昼間、宏国が何をしていたのか気になった。外へ出掛けていたかもしれないし、一日中家にいたのかもしれない。興味はあったが、それを聞き出すのに膨大《ぼうだい》な時間と労力を必要とする気がする。そこまでして知らなくていい。

ふだんはもっと遅いので、明かりを消してもすぐに眠りは訪れない。そうでなくても、寝付きはすこぶる悪い。布団に入ってからも、一時間、二時間起きていることなどザラだった。そのせいで、いつも嫌な思いをした。眠れてさえいたら、聞こえてなかったし、わからなかったと思うからだ。

いや、それは違う。夜中の大喧嘩を襖越《ふすまご》し、布団の中で聞かなくても、両親の不仲はとっくにわかっていた。昼間から喧嘩をしていたし、酒が入れば父親は母親を殴った。

「あんたさえいなきゃ、とっくにあんな男、見限ってたのに」

興奮すると母親はよくそんなことを言っていた。けれど落ち着くと「あんただけが頼りなのよ」と小学生の山村に縋《すが》ってきた。不仲な両親だったのに、たまに夜、獣の声が聞こえてきた。襖の隙間から見える両親の睦《むつ》み合いを、いつも不思議に思いながら覗いていた。共に夜を過ごした翌朝も、母親は父親の姿が見えなくなると「ろくでなし」と罵《ののし》った。

ろくでなしの父親を見限れなかったのは、子供の有無だけではなく母親の気持ちも曖昧で吹っ切れなかったんだと知るのは、もう少し大きくなってからだった。

山村の父親は、女の上にあぐらをかいて暮らす典型的なヒモ体質の男だったが、本人にはその自覚がなかった。働いていたこともあるが、気短で堪《こら》え性《しょう》がなくすぐに辞めてしまう。それを繰り返しているうちに、失業している期間のほうが長くなり、酒とパチンコと女に溺《おぼ》れていった。明るいうちから酒を飲み、くだをまく。口をついて出るのは他人や会社や世間への恨み言で「いつか俺はやるからな」が口癖《くちぐせ》だった。そして「いつか」を子供に見せないまま、山村が小学五年生の時に失踪した。

母親は父親は事件に巻き込まれたんだと大騒ぎしていたが、隣県で女と一緒にいるのを見たと親切な知人が教えてくれてからは、ぴたりと口を閉ざした。そして山村が中学に上がる前に父親と離婚した。

いつ見た父親が最後だったのか、山村は覚えてない。これが最後だと意識して見たわけではないからだ。山村は父親にぶたれたことがなかった。父親は自分に無害なもの、興味のないものにはあからさまに無関心だった。そして賭けごとに勝って懐《ふところ》が暖かく、機嫌のよい時だけ遺伝子の存在を思い出し、山村を呼び寄せては頭を撫でていた。気まぐれで単純な男だった。

離婚したあとは、しばらく母方の祖母の家で三人で暮らした。けれど母親は祖母と折り合いが悪く、山村が中学二年生の時にアパートへと引っ越し、二人だけの生活が始まった。

母親はパートで働いていたが、仕事がきつい、休みがない、上司が意地が悪いと文句ばかり言っていた。ある意味、母親と父親はよく似ていた。その頃、山村は男を意識するという性癖に気づきつつあった頃で、自分のことだけで精一杯だった。我が身の苦しさばかりを訴え、泣き言ばかり言っている母親は鬱陶しかった。

夕食で顔を合わせると、必ず愚痴《ぐち》られる。それが嫌で山村はわざと食事の時間をずらしたり、食べなかったりした。毎月、小遣いをもらう時だけ右手を差し出す。母親も山村に避けられていることに気づくと、会話はどんどん消えていった。それでも山村は寂しいとも思わなかったし、逆にせいせいしていた。アパートで暮らし始めた翌年に祖母が亡くなり、高校二年の六月、母親は山村を置いて家を出ていった。

離婚して母子家庭というのはよくある話だが、山村の不幸は母親にも捨てられたという点にあった。書き置きの一つもなかったので、最初は母親が出ていったと気づかなかった。自分が捨てられたと気づいた時、山村は呆然とした。母親は部屋の中にある家具同様、息子をぽんと置いていった。金という愛情も残してはいかなかった。

父方の親戚は会ったことがないからどこにいるのかわからず、母方の親戚は死んだ祖母しか知らない。十七歳にして無一文で山村は社会に放り出されたのだ。背は高く、体つきだけ見れば大人と変わらないし、再来年には高校を卒業する。親に捨てられたからといって、他人から心底同情される容姿、年齢でもなくなっていた。

……ガサガサとベッドの下で物音がする。どうせ宏国がトイレに起きたんだろ、と気にせず目を閉じた。

けれど物音は止まらない。おまけにやたらとそのへんを這いずり回っているようだ。寝ぼけているのかと思っていたら、今度は「ハァハァ」と独特の忙《せわ》しない息遣いが聞こえてきた。

まさか……と思いながら闇の中に目を凝《こ》らす。宏国は飛ぶ直前のカエルの体勢で、腰を卑猥《ひわい》に動かしていた。男だし、マスターベーションは当然と言えば当然だが、人が寝ている横で、こんなリアルな体勢でやられるとは思わなかった。

好奇心を抑えきれず、山村は腰を動かす宏国を凝視した。カエルの体勢のまましばらく腰を振っていたが「ウッ」と小さく呻《うめ》いて動かなくなる。どうやらイッたようだ。青臭い独特の匂いが部屋に漂う。宏国はそのままごろりと横になると、二、三分もしないうちに規則的な寝息を立て始めた。

今度は別の意味で眠れなくなり、山村は前屈みになってトイレに行った。妄想でカエルの体勢の男を背後から激しく突く。けっこういい感じに興奮する。妄想のオカズは単にオカズでしかないので、罪悪感はない。興奮すればするほど終わったあとのギャップが激しく、後始末して手を洗いながら、やたらと冷めた気持ちになった。自分が宏国を犯すことはないし、迫った日には殴り殺されそうな気がする。

翌朝、山村は畳の上をくまなく見て回った。昨日宏国がやっていた名残を掃除したかった。突然のことに注意するのを忘れていたが、出す時はティッシュを使えと教えないといけない。でないとこれから先、宏国がアレをするたびにもれなく掃除がついてくる。

けれどどれだけ探しても痕跡が見当たらない。本人に聞けば早いが、オナニーとか精液を説明している間に見つけられそうな気もして、絶対に見つけてやると意地になる。イッてもアレは出ないとか、夜のうちに自分で片付けたとか、あれこれ考えてるうちに、ソレに気づいた。一昨日、雑誌の類《たぐい》は全部ベッドの足許に片づけていたのに、一冊だけテーブルの下に置かれている。山村は出した覚えがなく、宏国が本を読むとも思えない。

パラパラ捲ってみると、独特の匂いと共にベタリとくっついて開かないページがあった。夜は暗くて見えなかったが、どうやら雑誌の中にアレを突っ込んでシコシコしていたらしい。想像すると滑稽《こっけい》で、山村は雑誌を叩いて大笑いした。

宏国《ひろくに》は日本語を基本の平仮名から覚えるよりも、単語でそのまま覚えるほうが好きなようだった。とりあえず字は読めなくても、語彙《ごい》が増えればスムーズな意志の疎通がはかれる。図鑑だと絵や写真入りなので楽しいらしく、山村《やまむら》は色々な図鑑を買い与えた。毎日、三十分ぐらい勉強に付き合った。勉強といっても、宏国が指さした図鑑の絵や写真の名前を日本語で言うだけだ。

『日本語を覚えて、働いて、金を貯めて飛行機に乗らないと帰れない。車では帰れない』

宏国はとりあえず納得している。日本語も覚える気はあるようだが、自分が気に入らないやり方だと受け付けない上に集中力がないようで、すぐ畳の上に寝転がって欠伸《あくび》をした。

六月の半ばだった。宏国に殴られた顔の痣《あざ》も一週間ほどで引き、山村は販売員に復帰していた。その日は契約を一件取って、午後七時には仕事を終えて会社を出た。アパートまで帰り、階段を昇り切ったところで「ねえ、ちょっと」と待ちかまえたような隣人の声が聞こえてきた。山火事ババアの今日のいでたちは、偽《にせ》アルマーニのヒョウ柄Tシャツに、全身から安っぽい消臭剤のような花の匂い。視覚にも嗅覚《きゅうかく》にもかなりきつい。

「ちょっとあんたに話があるんだけど、いいかしら」

嫌な予感がする。ババアの話で、いいことだった試しがない。けれど見つかってしまった以上、無視することもできない。

「あの、なんでしょう?」

「外じゃなんだから、ウチに来てくれる」

こちらが「はい」と言う前に、ババアは部屋に引っ込んでいった。部屋に入りあぐねていると

「ほら、さっさとしなさいよ」とドアの向こうから急《せ》かされ、仕方なく入りたくもない隣人宅に足を踏み入れた。

「部屋にお上がんなさいよ」

玄関先ですませようと思っていたのに、中へと促《うなが》される。山村の部屋と同じ間取りだ。玄関の脇に洗濯機、そして右側がキッチンで左側にトイレとバス。その間にある細い廊下を抜けると、六畳の和室になる。

壁際に和簞笥《わだんす》が一つと三段ボックスが二つ。ボックスの上にはテレビ。部屋の中央には座卓が置かれ、足許には花柄のパッチワークの敷布が敷かれている。壁には和風の布で作ったタペストリーがかかっている。仕事柄よく目にする、典型的なおばちゃんの部屋だ。

敷布の上に山村は正座した。叱られるのに、足を崩しては座れなかった。座卓の向かいに座ったババアは、山村が畳に置いたビニール袋をチラッと横目に見た。

「それ、コンビニのお弁当?」

「あ、はい」

「あんた、この前もそんなの食べてなかった?」

「料理ができないもので」

「コンビニのお弁当には、体に悪い防腐剤が山ほど入ってるものがあるの。今はよくても、歳《とし》を取ってから後悔するわよ。どうせ食べるなら、スーパーの総菜《そうざい》にしなさい。石坂《いしざか》ストアっていうのが南《みなみ》三丁目にあるんだけど、あそこなら夜遅くまでやってるわ。総菜はどれも手作りで薄味だし、あんたみたいに帰りが遅い人だったら、割引で買えるわよ」

山村は「はあ」と相槌《あいづち》を打つ。自分はここにコンビニ弁当を非難されるために呼ばれたのではないはずだ。しかも総菜の安売り情報なんて、教えてほしいとも言ってない。

「あぁ、こんな話をしに呼んだんじゃないわ」

ババアは姿勢を正すと、山火事の髪を妙なシナを作りながら撫《な》でつけた。

「私は二年前に主人に先立たれてから、一人暮らしなのよね。生活にも困ってないし、たまに寂しい時はあるけど、誰かとお付き合いってことは考えてないのよ。もう五十七だし」

山村には、話の展開がいまいち読めない。

「だからあなたの部屋にいる、長く外国で暮らしてたっていう従兄弟《いとこ》の男の子に言ってほしいのよ。私に色目を使わないでって」

真剣な顔でそう告げたババアに、山村は「はっ？」と問い返していた。体型はずんぐりとした小太り。化粧しても隠し切れない顔面の大きなシミ。頬《ほお》や瞼《まぶた》もフレンチブルドッグ系のたるみが激しい。どの面《つら》下げてそんなこと言ってるんだと呆《あき》れてものも言えない。

「こんなおばちゃんじゃなくて、もっと若い子探しなさいって言ってやってよ」

恥じらうように頬を染める。この女、頭がおかしいんじゃないかと山村は本気で疑った。

「そりゃあ私は独《ひと》り身《み》だけど、嫁に行った娘もいるし。それにあんなに若い子が相手だと逆に恥ずかしいのよね。人様に破廉恥《はれんち》だと思われそうで」

破廉恥なのはお前の頭ん中だろうと思いつつ、山村は必死に冷静を装《よそお》った。

「宏国が、あなたに気があると言ったんですか？」

「あの子、日本語があまり喋《しゃべ》れないんでしょ。はっきり好きだと言われたわけじゃないけど、あいうのって目を見てたらわかるのよ。最初は私が買い物に行くたんびについてきて、帰りは重たい荷物を持ってくれてたりしたのよ。けど昨日は部屋に連れ込まれそうになっちゃって」

山村は顎《あご》がはずれそうになった。冗談だろう！　と言いたいけど言えない。

「宏国が、その……あなたを部屋にっていうのは、本当ですか」

「そうよ。嫌だって抵抗したら、すぐに諦《あきら》めてくれたけど。あの子はかわいいと思うけど、やっぱり歳の差がねえ。あの子も何を間違ってこんなおばちゃんに惚《ほ》れちゃったのかしら」

山村は悪い夢を見ているような気分だった。もしくは気持ち悪いだけで、ちっとも酔えない酒を飲んだあとのような……。

「あぁ、安心して。公《おおやけ》にするつもりはないから。こんなおばさんに本気になって振られたなんて噂《うわさ》になったら、あの子が可哀想《かわいそう》だし」

自信満々な表情のババアに、山村はなぜか敗北感を覚えていた。

「話ってのはこのことなの。ほら、内容が内容なだけに、外で話すのもちょっとね」

山村は型通り「あいつには俺がよく言って聞かせますから」と言って立ち上がった。今聞いた話の衝撃が強すぎて、立ち直れない。

「あぁ、そうそう」

ババアは台所へ行き、靴を履《は》いた山村にタッパーを差し出した。

「私が作った筑前煮《ちくぜんに》だけど、余ったからあげるわ。あの子と一緒に食べなさいよ」

ショックのまま筑前煮まで手渡されて、山村は隣人宅をあとにした。部屋に帰るまでのほんの数歩の間に、頭の中には推測される可能性が浮かんでは消えていった。
①ババア、気が触れた説　②宏国、ババ専説
気が触れた説であれば、まぁ問題はない。隣でババアが年甲斐《としがい》もなく桃色の妄想しているなで終わる。けれどババ専だった場合、そこには山村の理解しがたい嗜好《しこう》が存在する。

世間一般的に見て、女は若いほうが断然好まれる。年上好きもいるかとは思うが、それにも限度ってものがあるだろう。インディオというのは、ハツモノとか未成熟とかよりも、経験豊かで熟《う》れきった熟女がいいのだろうか。けどいくら熟女がいいといっても、あれじゃ出産は無理だ。

悶々《もんもん》としたまま山村は部屋に戻った。弁当を待っていたのだろう、玄関まで出てきていた宏国が、急にムッツリと不機嫌な顔になった。弁当を受け取らずに部屋の奥へと戻る。いつもだったら、弁当を奪い取っていくのにおかしい。ひょっとして隣の部屋での会話が聞こえていたのかもしれないと思ったが、聞こえたところで宏国は内容を理解できない。

ババアからの伝言をいつ切り出そうか考えたが、込み入った話になりそうだったので、とりあえず夕飯を食べる。テーブルの上に弁当を広げると、部屋の隅に行っていた宏国も近づいてきた。相変わらず表情は厳しいままで、気のせいだろうか……睨《にら》まれているような気がする。

ババアの作った筑前煮もとりあえずテーブルに出す。煮物は好きではなかったけれど、宏国に手をつけられる前ににんじんを一つだけ自分の弁当に寄せておいた。宏国は弁当よりも先に筑前

煮を手づかみで全部食べた。山村も最後の最後ににんじんを食べてみたが、なんの期待もしていなかったせいか、わりと美味《おい》しかった。

　夕食が終わったあとも、宏国の妙にチクチクした視線はなくならなかった。話はわからなくても、ババアからのサヨナラの雰囲気は感じ取っているのかもしれない。そして山村の頭の中では「ババア、気が触れた説」の可能性がどんどん小さくなってきていた。普通ならありえない。二十歳そこそこの男が六十近いババアが射程範囲内なんてまずありえない。だけど宏国なら……ひょっとしたらと思ってしまうのだ。

「おい、話　する」

　山村がそう声をかけると、宏国はそばにやってきて膝《ひざ》を抱え座った。向かい合ったはいいものの「あのババアはお前が若すぎるからノーサンキューだってさ」と普通なら十秒もかからない言葉を、どう説明すればいいのか悩む。

　まず女はなんて言うのか、好きという言葉をどう表現すればいいのか。考えているうちに面倒くさくなって放り出したい衝動に駆られたが、これをきちんと説明しておかないと、宏国が隣のババアを襲って強姦罪なんてことになったら、さすがに笑えない。

　とりあえず女からだな……山村は隣との境の壁を指さし、胸の膨《ふく》らみをジェスチャーで表現してみた。そして「女」と言ってみる。宏国は固い口調で「おんな」と繰り返した。

　隣を指さし、もう一度「女」と言ってみる。宏国も「おんな」と答える。隣のババアが「女」という言葉に当てはめられるということは、理解したようだった。

「女　歩く　自分　あと　歩く」

宏国にわかる言葉で『女のあとをついて歩いたか』と聞いてみた。すると宏国は首を横に振った。やっぱりアレはババアの妄想か！　と思ったところで、宏国が「じぶん　まえ　あるく」と言ってきて肩の力が抜けた。前後は問題じゃない。ババアについて歩いたかどうかが肝心なのだ。そしてどうやら宏国がついていったというババアの証言は事実のようだった。

次は好きかどうかだ。山村自身、聞きたいような、聞きたくないような複雑な心境だった。しかも「好き」なんて抽象《ちゅうしょう》的な事柄を、どう聞けばいいんだろう。目で見てわかるものの名前は覚えてきても、感情や感覚にまつわるような言葉を宏国は遅々《ちち》として覚えられない。

「好き」ということを突き詰めるなら、最後に行き着くのはセックスだ。こうなったら、少々露骨でも原始的な方法で聞いてみようと思い、山村は左手で輪を作って女のアレに見立てた。そこを右手の人差し指で貫《つらぬ》く。隣を指さし「女」と言い、左手を上げる。そして「自分」と言って宏国を右手で指さし、その指で左の輪を貫いた。

同じ動作を二度繰り返した。それをじっと見ていた宏国が「おんな」と言い、激しく腰を突くような動作を見せた。

宏国に『伝わった』ことよりも、宏国が隣の女に性欲を示したことがある意味、ショックだった。女性という点ではノーマルだと思うが、どうしてあの腹も顔もたるんでるババアがよかったのか、山村はやはり理解できなかった。

宏国は「おんな　おんな」と繰り返しながら、山村を指さした。

「俺がなんだよ」

宏国は、山村がさっきやったのと同じこと、右手と左手を使っての性交のシュミレーションをして見せた。ただし、右手の人差し指で輪を突く前に、山村を指さした。

「おんな　おれ　くう」

宏国の言う「俺」は山村を指す。『おんなを山村が食う』。「食う」を単純にセックスと考えると……山村は真っ青になった。

「俺　ババッ……いや　女　食う　ない　ない　ない！」

あんなババアを「食う」わけがない。山村は力強く否定した。それでも宏国の不機嫌な眼差《まなざ》しは消えない。山村のそばにやってくると、鋭い目で「おんな　おれ　くう」と繰り返した。

宏国が自分の体の匂いを嗅《か》ぐ。鼻先が動物みたいにヒクヒクと動く。匂い……匂い……。もしかして……理由に思い至った時、山村は愕然《がくぜん》とした。ババアのつけていた消臭剤のような花の匂い。あれは相当キツかった。隣の部屋にいたのは長い時間ではなかったけれど、あの匂いが自分に移っていたとしたら？　抱き合ったわけじゃないし、普通だったらそばにいたぐらいで香りなんて残らない。けれどジャングルでずっと生活してきた宏国は五感が発達していて、山村の衣服に残ったわずかな匂いを敏感に嗅《か》ぎ取ったんじゃないだろうか。そして嫉妬《しっと》したのだ。隣のババアをこいつは犯《や》ったんじゃないか、お気に入りに手をつけたんじゃないかと疑っているのだ。

「俺は男が好きなんだよっ。女なんて絶対に食わないって」

宏国に伝わらないと知りつつ、つい早口に弁解してしまう。宏国は山村をじっと睨んだあと、フーッと呆れたようなため息をついた。

「おれ　おんな　くう　じぶん　おんな　くう　だめ」

お前は女を食ったくせに、どうして俺は食うのが駄目なんだ？　そう聞かれている気がする。そもそも『山村が食った』ことからして誤解なのに、信じてもらえない。山村は頭をガリガリ掻いた。

「だーから、俺はババアとやってないんだって。そんでもって、ババアはお前とどうこうなるつもりはないんだってさ。厳密に言うと、歳が離れすぎてんだよ」

やぶれかぶれ、宏国以外の日本人には大抵通じるであろう日本語で訴えた。けれどやはり宏国は眉をひそめる。歳が離れすぎていると言いたくても、五までしか数字がない宏国の社会で、五十後半なんてどう表現すればいいいんだろう。五を十一回と二が一回か。いや、五までしかないんだから、五を五回が二回と五が一回と二か。そんなん自分でもわけわからん。頭が禿《は》げそうだ。悩み悶《もだ》えるうちに、神の啓示のように頭に閃《ひらめ》いた。事実なんてどうでもいい。この際、後回しだ。宏国にもわかる倫理観で、これだったら納得させられる気がする。

「男」

山村は自分の股間を指さし、そう言った。宏国はこっちを無表情に見ている。

「男」

宏国の股間も指さし、同じことを言う。宏国は自分の下半身を覗《のぞ》き込み、首をやや傾《かし》げたあとで、何を考えたか自分の穿《は》いてるジーンズのジッパーを下ろそうとした。

「いっ、いい。見せなくていいっ。駄目、駄目っ」

山村の「駄目」が伝わり、宏国はジッパーから手を離した。少々惜しかったような気もするが、自分の欲望はとりあえず置いておく。

自分と宏国を指さし、もう一度「男」と言ってみる。今度は股間を指さない。男を陰部だと認識されても困るので、一手間かけた。宏国の表情をうかがう。考えるようにやたらと首を捻《ひね》っていたが、山村を指さして「おとこ」と口にした。「男」が股間にペニスのついた性別だと、ちゃんと認識されたようだった。

「自分　女　食う　駄目」

『お前は女を食っては駄目だ』ここで山村は、爆弾を落とした。案《あん》の定《じょう》、隣のババアの所有権を主張していた宏国の顔が変わった。

「じぶん　おんな　くう！」

「女　食う　駄目　女　男　ある」

『女を食っては駄目。女には男がいる』……宏国の表情が苦虫を噛《か》み潰《つぶ》したような渋いものになり、山村は自分の言葉が宏国に正確に伝わったと確信した。

「おんな　おとこ　ない」

宏国が『女に男はいない』と反論する。実際、隣に住んでいるのはババア一人で、夫には先立たれて独身。けれど男がいることにしないと、宏国は絶対にババアへのアプローチをやめない気がした。

「男　村　遠い」

『男の住んでいる村は遠い』と、ババアの男は遠くにいる設定にする。お星様になっているので、ロマンティックな言い方をすれば『遠い村＝天国』で間違ってない。宏国は口をむーっと引き結んで、悔しそうな顔をした。男のある女を奪うようなことは、宏国の常識でもまずいことのようで、心底ホッとする。

宏国は部屋の隅へ行くと、背中を丸めてしゃがみ込んだ。声をかけても返事をしない。あのババアを抱けないことが、男がいたことがそれほどショックだったのかと思うと、滑稽《こっけい》だが笑えない。

宏国は見た目も悪くない。髪型さえどうにかすれば、けっこういけてるほうだ。歳も二十二と若い。何を好きこのんであんな年増を好きになったのだろう。見た目でないことだけは確かだ。それとも宏国の社会ではあの顔が「美人」になるんだろうか。

宏国にとって恋愛とか結婚はどんなものなんだろう。興味はあるけど、聞き出すのが面倒だ。腕時計を見ると「ババアはお前とどうこうなるつもりはないんだってさ」と伝えるだけで二十分もかかっていた。

「まぁ、そのなんだ、女は他にもたくさんいるわけだ」

山村は小さく丸まった背中に声をかけた。

「あと一週間したら給料日だからさ、そしたら風俗に連れてってやるよ。若い綺麗な女と思う存分やらせてやるからさ」

しばしの沈黙のあと、山村は付け加えた。

「……それともやっぱ熟女系のほうがいいか？」


前の日から、体がだるいなという自覚はあった。けれど疲れがちょっと溜《た》まってるだけ、一晩ゆっくり寝たら治るだろうと、気にしなかった。けれど翌日の給料日、昼過ぎ頃から寒気と吐き気と倦怠感《けんたい》が三つ巴《みどもえ》になってのしかかってきた。

「うちって、そんなに暑いかしら？」

客に首を傾げられるほど、適温の部屋の中でダラダラと冷や汗を流した。これはもう駄目だと確信して社に戻り、事情を話して早退した。見た目もひどい顔をしていたのか、欠勤、早退にうるさい課長が「夏風邪は馬鹿が引くっていうからな」と嫌味を言いつつ「とっとと帰れ」と解放してくれた。

給料は毎月、現生《げんなま》手渡しで支給される。帰る前、今月分をくれと言ったけれどまだ計算ができてないと言われてしまった。給料がないと、財布の中は非常に寂しい。結局、タクシー代をケチッて電車で帰った。

電車の座席に座っているだけなのに、ひどく疲れる。顔や頭は熱でカッカしているのに、手足は変に冷たい。どんどん具合が悪くなっている気がする。ぼんやりした頭で、給料が出たら、宏国を風俗に連れていってやるつもりだったことを思い出す。振られた宏国は、その直後こそダメージを受けていたけれど、あとはふだん通りでさほど落ち込んでる風にも見えなかった。

帰り道、薬だけは買って帰ろうとドラッグストアへ向かう路地へ入ると「落合《おちあい》診療所」という看板が目に飛び込んできた。建物は小さくて土壁、看板は木製。五十年ぐらい時が止まっていそうな病院だ。

ドラッグストアは駅からアパートへの最短コースから離れている。ふだんならどうってことのない距離だが、今日ばかりはきつい。

診療所の専門は「内科」とあった。前に誰かが「薬局で下手《へた》に薬を買うよりも、診察を受けたほうが安くつく」と言っていたことを思い出す。幸い保険証も財布の中にあった。もう歩きたくない、腐っても医者、腐っても診療所。それが後押しになって、山村はふらふらと落合診療所のドアを押した。

外観同様、六畳ほどの待合室も白壁に木枠の窓とえらくレトロだった。椅子も木製。そして客……いや、患者は一人もいない。寂れた診療所ならこんなものかもしれないが、受付にも人がいないのは、どういうことだろう。

受付の窓口に「不在時にはこのベルを〜」と書かれた黄ばんで変色した紙を見つけた。もう帰ろうかと思ったが、ドラッグストアまで歩くのが嫌で、微妙な敗北感に包まれながらベルを押した。

チリンチリンと鳴ってから、一分……二分経《た》っても反応はない。腹が立って、十回ぐらい乱暴にチリチリ押してやる。すると扉の奥のほうからドタドタと忙しい足音が聞こえてきた。

「はいはいはい、えらくせっかちだねえ」

受付に姿を現したのは、事務服を着た女性ではなく薄汚い白衣を着た男だった。歳は六十過ぎだろうか、背は低いが恰幅《かっぷく》がいい。中途半端に伸びてぼさぼさの白い髪は清潔感に欠け、口周りの髭《ひげ》はクマみたいにモッサリしている。

「テレビを見ながら昼を食べてたから、ベルの音が聞こえなくてね。患者さんもあまり来ないものだから……あぁ、そこのドアから中に入って」

受付も雇えないような貧乏診療所。いい加減うんざりしてたが、ここまで我慢して帰るのも癪《しゃく》だった。ドアを開けると、そこはもう診察室になっていた。四畳半ぐらいだろうか、えらく狭い。

「どうぞ」と医者の向かいにある丸椅子を勧められ、ふらふらしながら腰掛けた。

「さあて、今日はどうしたかな?」

ようやく医者が医者らしいことを聞いてくる。

「昨日から具合が悪かったんだけど、昼前からすごくだるくなってきたんです。頭痛いし、気分悪いし、風邪だと思うんですけど」

「ふうん。ご飯は食べられる?」

「ええ、まあなんとか」

「じゃあ熱でも測ってみるか」

古い診療所だが、体温計は耳で測るタイプのものがあった。

「熱は三十八度。じゃあ胸を大きく開けて」

医者は胸や腹の音を聞いて、最後に喉《のど》の奥を覗《のぞ》き込んだ。

「君が言うように、風邪だろうねえ。家に帰ってご飯食べて、二、三日も寝てたら治るよ」

医者はカルテにサラサラと何か書きつける。そして思い出したようにペンを止めた。

「君、名前はなんだっけ？　あぁ、その前に保険証持ってる？」

山村は財布から保険証を取り出した。

「歳は……えっと二十八歳ね。あぁ、家もうちから近いねぇ」

医者は保険証を返すと「向こうに行くと面倒だから、ここで払ってくれる」と診察代を請求してきた。山村の払った金を財布にしまい、医者は「じゃあ気をつけてね」とニコリと笑った。山村は思わず「あの」と問いかけていた。

「その、薬とか……は？」

「あぁ、そんなのいらない、いらない。喉もそれほど腫《は》れてないし、咳《せき》も痰《たん》も出ないんでしょ。熱は出るかもしれないけど、すぐ治るよ。でもま、熱が三十九度を超えたり、どうしてもつらくなったらまたおいで。夜中でも診《み》てあげるよ。あぁ、夜は家にいるから、裏にある自宅の呼び鈴を鳴らしてね」

「けどやっぱり何かちょっと薬があったほうがいざって時に安心なんですけど」

山村が食い下がると、医者は肩を竦めた。

「風邪薬は精神安定剤じゃないんだよ。効かないモノを持ってても仕方ないし、医療費の無駄だからね。君は若いんだから、難しい病気じゃなきゃすぐ治るよ」

……結局、チョチョッと診ただけで、薬ももらえないまま診療所をあとにする。診察料は、ちょうど会社からアパートまでのタクシー代ぐらい。入り口のドアを、これ見よがしに乱暴に閉じる。夜中、高熱で死にそうになっても絶対にここにだけは来るもんかと心に誓う。

結局、ふらつきながらドラッグストアまで歩いて風邪薬とレトルトの粥《かゆ》を買う。アパートに戻ると、部屋には鍵がかかっていた。先週は鍵がかかったりかからなかったりだったが、今週はちゃんと鍵をかけてる。ようやく覚え込ませることができた。けれどそれは「防犯」を認識してというより、山村が口うるさく言うから従っているだけのような気もする。

宏国は部屋にいなかった。山村は着替えだけして布団の中に潜《もぐ》り込んだ。粥を買ってきたけれど食べる気にもなれない。あのヤブ医者の口調を思い出すだけで、ムカムカと腹が立ってくる。診察は適当だし、薬もくれない。あんないい加減な診療所、流行《はや》ってなくて当然だ！　と天井に向かって吐き捨て、目を閉じた。

どれだけうとうとしていただろう。目を覚ますと、あたりは薄暗かった。部屋の隅でガサガサと物音がする。宏国が帰ってきていて、冷蔵庫に入れてあった弁当を引っぱり出して食っていた。

山村も腹が減ったので起き出した。汗をかいたようで、全身がじっとりと汗ばんでる。服を着替え、顔だけ洗って粥をレンジでチンする。

粥を啜《すす》っていると、宏国の視線を感じた。すでに空《から》になった弁当を抱え、じっとこちらを見ている。

「食べたそうな顔しても、これはやんねーぞ。お前は病人から食いモンを奪うような人でなしじゃねえだろ」

視線のプレッシャーを無視して、山村は黙々と粥を食べた。正直、座っているだけで体がだるくて、食べ終えるとすぐにベッドに入った。熱が上がってきたのかもしれない。寝ていても目が回る。

顔に影ができた気配に、目を開ける。宏国が上から山村をじっと見下ろしていた。粥を分けてやらなかったのを恨んでいるのだろうか。鬱陶《うっとう》しい。山村は犬を追い払うようにシッシッと右手を振ってみせた。

「あっちに行け」

宏国が何か言った。「シャワ　ワイア　ニノ」繰り返されても、山村には意味がわからないし、推測してやるのもだるい。

「俺はね、具合が悪いの。静かにして寝かせろよ……喋る　駄目」

最後の言葉は伝わったのか宏国は静かになった。目を閉じると、また熱のこもった眠りの中に引き込まれていく。

……嫌な夢を見る。高校生の時、母親が出ていった頃の夢だ。その日、学校から帰ってくると、家に母親がいなかった。どこかへ出掛けて、帰りが遅くなるのはよくあることだったので、おかしいとは思わなかった。

腹が空いたので、戸棚にあったカップラーメンを食べた。それから部屋にこもり、ゲームをした。喉が渇いて台所に行き、まだ母親が帰ってきてないことに気づいた。夜の十二時を過ぎていた。遅いなと思ったけれど、そのうち帰ってくるだろうと気にしてなかった。

ゲームをやりながら眠り、目を覚ましたのは翌日の十一時過ぎ。目覚まし時計を見て驚き、慌《あわ》てて部屋を飛び出すと、やはり母親はいなかった。帰ってきた形跡もない。さすがにおかしいと思ったけれど、とりあえず学校へ行った。

帰り、遊びに行こうという仲間の誘いを断って、家に帰った。部屋の中は相変わらずの沈黙。学校にいる間も漠然《ばくぜん》とした不安はあったが、帰ってきてそれは確信に変わった。何かおかしい。どこか変だ。

事故にあったとか、事件に巻き込まれたとか。山村は携帯電話を持っているが、母親は持っていないので、連絡が取れない。こういう場合、どうすればいいのだろう。問い合わせるにしてもどこに？　職場？　けどレジ打ちのパートは辞めたと先月言っていた。あの人が今働いているかどうかも知らない。母親の知り合いに聞いてみるとか。けど自分は母親の知り合いなんか一人も知らない。

どこかにアドレス帳のようなものがないかと、山村は母親のドレッサー周辺を探した。引き出しを開けると、中は妙な具合にスカスカしている。簞笥を開けてみても、半分ぐらい隙間がある。山村は母親の持ち物を全部調べた。いつも使っていたお気に入りのバッグが見当たらない。

事件や事故に巻き込まれたんじゃなく、母親は出ていったような気がした。でなければ愛用品がこれほどごっそりなくなっているのはおかしい。旅行なら書き置きの一つぐらいしていくだろう。

「え……でもあの人、そのうち帰ってくんだよね？　俺、未成年だし……」

思わず口をついて出る。自分はまだ学生で、高校に通っている。金もない状態で、放っておかれるとは思えなかった。

けれど一週間経っても二週間経っても、母親は帰ってこなかったし連絡もなかった。山村は小遣いを貯めてなどいなかったので、早速食べることに困った。金がなくても、毎日定期的に腹は減る。それは不思議で惨《みじ》めな感覚だった。みんな簡単にハンバーガーやらコンビニの菓子を買うのに、自分にはそれを買う金がない。街の中にいて、自分だけが貧乏のエアポケットに入ってしまったようだった。

お金を得るために、山村は動いた。まずは家の中にある本やゲームを売り払った。放課後、アルバイトも始めた。まさに食べるためのアルバイトだったが、仲間には母親が出ていって金がないんだとは言えなかった。洗濯をしないから、服が臭くなる。どうにもならなくなって、初めて洗濯機を使った。アイロンのかけ方がわからないから、服を皺《しわ》のまま着た。生ゴミが臭いけど、いつどうやって捨てればいいのかわからなかった。

学校の帰り、駅の隅にホームレスのジジイを見た。今までは汚い、臭いとしか思わなかったのに、そこにいる人間に自分がだぶって見えて、恐ろしくなった。金がないと、人間は駄目になる。汚く、臭くなっていく。母親は鬱陶しいだけだと思っていたけれど、それでもいるだけで自分の生活が守られていたんだと、初めてわかった。

母親が出ていって四週目に、大家が部屋に来て「半年、家賃を滞納している。今月こそ払ってくれ。でなければ出ていってくれ」と言った。三十九万という金額を聞いて、頭が真っ白になった。山村の時給は七百円で、学校が終わってから夜まで働いても、三千五百円にしかならなかった。

「お母さんが出ていって、今うちにはお金がないんです」

山村が正直に告げると、眼鏡《めがね》をかけ、神経質そうな男の大家は眉をひそめた。

「君、いくつ？」

「十七……」

ハーッと、大家の大きなため息が胸に痛い。

「誰か親戚の人に連絡取れる？」

「うち、親戚とかいないんです。おばあちゃんも二年前に死んだし、お母さんには兄弟とかいなかったから」

「親父さんのほうはどうなの」

「両親は離婚してて、父も、その、親戚付き合いとかしてなくて」

「離婚してても、父親は父親でしょ。親父さんの連絡先を教えてよ」

「父も五年前に失踪《しっそう》して……」

大家がチッと舌打ちした。

「……一人になって気の毒だと思うけど、こっちも慈善事業をやってるわけじゃないんだ。支払いをしてもらえないと、月々それだけ赤字になっていくんだよ。一人なら、どっかもっと安いとこを探して、越してくれないかな」

母親に捨て置かれたと言えば、多少なりとも同情してもらえるんじゃないかと思っていた山村は冷たい反応にぐっと奥歯を噛み締めた。

「でも俺、急に引っ越しとか言われても困る」

「困るって言われても、ここは君の家じゃなくて、ウチの賃貸だから。支払いができなくなったら出ていくっていうのは当たり前なんじゃないの。うちに住むより、もっと安いところで家賃を節約したほうがいいと思うよ」

「引っ越すお金もないんです。それに学校だってあるし……」

山村と大家の間に、短い沈黙があった。

「惨《むご》いようだけど、はっきり言うよ。こっちにはお金がないとか、捨てていかれたっていう君の事情は関係ないんだよ。ただ君をこのまま住まわせたら、今以上の赤字が出るっていうことはわかる。中学を出て就職する人もいるんだし、君も甘えてないで働けば？　立派な体格してんじゃないの」

ことともなげにそう言われ、次の週にはアパートを追い出された。家財をすべて売り払うと十五万ぐらいになったけれど、そのうちの十四万を大家に取り上げられた。

山村に残されたのは現金が一万円とスポーツバッグ、父親にもらったラジカセ、そして服が少しだけだった。どこにも行くあてがなく、山村はふらふらと街を彷徨《さまよ》った。とうとう自分はあのホームレスと同じになった。汚く惨めな大人の予備軍になった。あの大家は鬼だ。まだ自分は未成年なのに、学校に行ってたのに追い出した。信じられない、信じたくない。自分がとんでもない不幸に見舞われているんだと思いたくない。

街の中に居場所がなくて、公園に向かう。途中にあったコンビニで、おにぎりを一つだけ買う。金を使うことが不安で、それだけしか買えなかった。この金がなくなったら、本当に無一文になる。何も食べられなくなる。次のバイト代が出るまでは、一万円でしのいでいかないといけなかった。

ベンチにぼんやり座っていると、学ランの中学生が二人、アイスを食べながら目の前を横切った。あいつらには家に帰ったら当たり前にベッドがあって、当たり前にご飯が出てくるのだろう。ふだんならなんとも思わない平凡な光景に激しく嫉妬して、そばにあった空き缶を投げつけた。

夕方からバイトに行き、終わってからは公園のベンチで横になって寝た。少し肌寒かった。アルバイトだけでアパートを借りて住むのは難しい。学校を辞めるしかない。学校に行くのはダルイ、高校なんかなくなればいいと思っていたのに、いざ行けなくなると泣きたいぐらい悔しかった。

ぐずぐずと泣いて、だけど泣いても仕方のないこともだんだんと体に染みてきた。誰も同情してくれないし、助けてもくれない。明日は昼間に働けるところを探そうと思った。アパートを借りるお金はないから、最初は寮付きとか住み込みでないと無理だ。そして働く場所は、この街から遠いところにしようと思った。

朝、公園の水道で顔を洗っていると、見慣れた高校の制服が公園の中を突っ切っていくのが見えた。それだけで涙腺《るいせん》が熱くなり泣きたくなった。

公園で寝泊まりするようになって三日目、住み込みのバイトを探すけれどなかなか見つけられなくて、昼間にベンチでボーッとおにぎりを食っていると仲間の一人がふらりと現れた。高校の友達とは顔を合わせたくなかったのに、ずいぶんと近づいてから気づいたので無視することもできなかった。

「あれー、山村ぁ」

間延びした、緊張感のない喋り方をする男だった。

「最近ガッコ来てないだろ。ケータイも繋がんねえって長倉《ながくら》が言ってたぞ」

携帯電話は解約した。人と話せなくなることより、飢えのほうがつらかった。けれど解約にも金がかかるとあとで知って、真剣に腹が立った。

「あー悪い。電源切ってること多いから」

頭が痒《かゆ》くなり、乱暴に引っ掻いた。アパートを出てから風呂に入ってない。水で一度洗ったけれど、また痒くなってきた。

「で、こんなトコで何してんの、お前」

さりげなく核心に触れてくる。

「別に何も。ガッコ、ウザイし」

するとそいつは「ふわっ、ふわっ」と笑った。笑い声まで間延びしている。

「確かにウゼーけど、適当にやってりゃいいんじゃねーの」

「俺、ガッコ辞めるわ。タルイし」

メシを食いに行くとか、遊びに行くとか、それと同じ軽い調子で口にする。

「えー本気？」

浅く頷《うなず》く。そいつはちょっと首を傾げ、肩を竦《すく》めた。

「まぁ、それもいいんじゃね。勉強もテストもなくなるわけだし」

仲間が学校へ帰る後ろ姿を見送りながら、山村は惨めになった。同情されたくなくて格好をつけた。けど辞めたくて辞めるわけじゃないし、好きでこんなとこにいるんじゃない。どうして俺だけ、どうして俺だけがこんな風になって、みんなみたいに普通じゃないんだと、怒りを覚えた。

泣いても怒っても時間が経てば腹は減った。山村は公園生活一週間目で、隣町に住み込みで働ける工場を見つけた。そこには半年しかいなくて、以後は仕事とアパートを転々とした。普通にバイトをしていれば、なんとか食べていける。ただ、高校の制服を見るたびに覚える虚《むな》しさは、しばらくの間なくならなかった。

……ふと気づくと、山村は高校生に戻っていた。制服を着て母親の住んでいたあのアパートの部屋にいる。ドアが開いて「ただいまぁ」と母親が帰ってくる。スーパーのビニール袋を携《たずさ》えて、キッチンに向かう。「帰り、遅くなってごめんねぇ」とエプロンをかけながら言う。ああ、あれは悪い夢だったんだ。母親は出ていってないし、自分は高校を辞めて働いたりなんかしなくていい。よかった……本当によかった。

「そう、お母さん明日ここを出ていくから」

リズミカルな包丁の音に声が重なる。

「えっ」

部屋の中が暗転する。真っ暗闇の中に、自分と母親だけが浮かび上がる。母親は振り返り、悪びれた風もなくにっこり笑った。

「だってあなたのこと嫌いなんだもの。仁史《ひとし》だってお母さんのこと嫌いなんでしょ」


ヒイーッと大きく息を吸い込んで目を覚ました。目尻から、汗とも涙ともつかない水分が流れ落ちる。心臓がバクバクと激しく鼓動し、山村は両方の目許を手のひらで押さえた。

嫌な夢だ。アパートから出ていった母親とは、あれから会ってない。探してもないし、今さら会いたいとも思ってないのに、まだあんな未練がましい夢を見る。

全身が汗びっしょりで、喉が渇く。水が飲みたい。よろよろとベッドから起き上がり、台所まで歩く。両足が重たい。冷蔵庫の中にはペットボトルのお茶すらなくて、水道の蛇口を捻り、流れに口をつけて飲んだ。カルキと土の匂いのする臭い水だった。

汗ばんだTシャツと半パンを着替えようと、ハンガーへ近づく。固い丸太みたいなモノを踏みつけると同時に「ぎゃっ」という鋭い叫び声があがる。右足が浮き、バランスを保てないまま山村はドッと後ろ向きに転がった。痛い、しんどい。最悪だ。

仰向けに転がったままでいると、視界いっぱいに人の顔がヌッと現れてギョッとした。宏国が間近から自分の顔を見下ろしている。目玉だけが光って、猫のようだ。

「……なんだよ」

近いと圧迫感があって落ち着かない。

「あっち行けよ。踏んだから怒ってんのか？　どこ踏んだか知らないけど、悪かったよ。悪かった。ほら、謝ってんだろ」

喋ると頭の芯がズキリと痛んだ。

「ほらどけって」

宏国の肩を押すと、その手をパシリと払われた。反動で右腕は畳の上にパタリと落ちる。宏国の手が近づいてきて、殴られると思った瞬間、山村は目を閉じた。歯も食い縛ったが、与えられたのはパンチではなかった。額に触れるひやりとした指先に目を開ける。汗ばんだ額を撫《な》でたあと、宏国は首筋に触れてきた。

「お……まえ、何してんの？」

宏国は曖昧《あいまい》に首を傾げ「おれ　しぬ」と口にした。宏国が俺というのは、山村のことだ。

「……勝手に人のこと殺すんじゃねえ、馬鹿」

弱った体に言葉でむち打たれ、よけいに脱力する。山村はくらくらする頭で半身を起こし、ベッドに上がろうと四つん這いで這いずった。不意に強い力で後ろ向きに引っ張られる。襟首《えりくび》を摑まれたせいで喉許がグッと締まり「おぐっ」と喘《あえ》ぐと同時に、畳の上に仰向けにされた。

「何……すんだよ」

引っ張られたり、倒されたり、頭がグルグルする。山村のＴシャツの裾《すそ》を摑んだ宏国は、それを勢いよく引き上げた。脱ぎたくないけれど、引っ張る力が強くて脱がざるをえない。上半身裸になった山村の、今度は半パンに宏国は手を掛けてきた。ここまで来て初めて山村は身の危険を感じた。

「……やっ、嫌だって」

訴えも虚しく、下着ごと半パンを引きずり下ろされる。もう全裸だ。同性相手なら、裸を見るのも見られるのもＯＫだ。けどそれも時と場合と人による。

「冗談じゃねえ」

山村は両手で股間をガードし、背中を丸めた。宏国は細身だが、山村よりも明らかに筋肉は発達している。熱で体力を消耗しているこの状態で襲いかかられたら、抵抗もできずに犯られてしまう。セックスは好きだし、相手が宏国でもオッケーなのだが、犯されるのは嫌だ。今までアソコは誰にも突っ込ませたことはない。

あ、でもこいつのは小さいから……と考えて、妥協《だきょう》しそうな自分を叱咤《しった》する。セックスに抵抗はない。攻守も話し合いの上なら、妥協していい。それはいいが、どうして自分がこんなに弱っている時に、このバカは発情して襲いかかろうとするのだろう。それに……。

「お前、ババ専じゃなかったのかよ」

宏国はワークパンツを脱ぎ捨てた。薄暗がりの中でもわかる、その細く引き締まった美しい体から、思わず目が離せなくなる。宏国は山村の前に、華麗とは言いがたい股開きでしゃがみ込み、

低い声で唸《うな》り始めた。唸りながら立ち上がり、両手を奇妙に動かして踊り始める。

「お……前、何やってんの」

山村の頭や首に触れると、宏国は窓の外へ行って何かを捨てるような仕草をした。歌い踊りながら、何度も同じことを繰り返す。いつ隣のババアが起き出して、文句を言いに来るか気が気ではなかった。

「勘弁してくれよ、もう夜中だぞ。騒いだり、歌を歌ったりするなよ。お願いだから……」

真っ裸にされ、息も絶《た》え絶《だ》えに訴える山村をよそに、踊りと歌は延々と続く。歌には節《ふし》のようなものがあるらしく、声が大きくなったり小さくなったりとうねるように変化する。何を言っているのかさっぱりわからない陰鬱《いんうつ》な歌声を聞いていると、自分が呪い殺されようとしているような気がしてくる。最悪だ。

熱の力に抗《あらが》えず、腹の底で宏国への呪いの言葉を吐きつつ、真っ裸のまま山村は畳の上で眠りに引きずり込まれた。

翌朝、七時過ぎに山村はパッチリと目を覚ました。顔にあたる朝日がキラキラと眩《まぶ》しかったからだ。畳の上で寝たので背中は痛かったが、頭はスッキリしている。起き上がると、昨日までの体のだるさが嘘のように消えていた。体が軽い。真っ裸で寝ていたのに、一晩で治ったのだ。信じられなかった。

昨日ドラッグストアで買ってきた風邪薬は飲むのを忘れていたので、自力で完治したらしい。「寝てれば治るよ」というヤブ医者の言葉通りなのが癪だったけれど、治ってよかった。

真っ裸のまま窓際で寝ている宏国を蹴り飛ばしたい衝動を抑えつつ、山村はシャワーで汗を流した。熟睡していた山村は、あの歌と踊りがいつまで続いていたのか知らない。ババアからの苦情は覚悟しておかないといけない。それにしても、人が具合が悪い時にあんな悪ふざけをするか？　思いやりや優しさが欠片《かけら》もない男だ。

気分も晴れ晴れ、元気に出社すると、課長に「昨日がアレだったから、今日は休むかと思ってたよ」と言われた。そんなことなら仮病で一日休めばよかったと思ったが、あとの祭りだ。

体の調子がいいと、メンタルにも影響してくる。いつも以上に調子よく舌が回る。ここ三日は空振り続きだったのに、午前と午後で一つずつ契約が取れた。

「昨日は調子悪くって早退したって聞いたのに、今日は絶好調じゃない？」

仁志田《にしだ》にもそう言われ、「まあな」と肩を竦める。今日は何をやっても負ける気がしなくて、久々にパチンコに行った。宏国が腹を空かして待っているのはわかっていたが、昨日の悪行に少しばかり報復してやりたかった。

午後十一時、五千円を六万まで増やして、気持ちも懐《ふところ》もホクホクでアパートに向かっていると、公園前の歩道で「あら、あんた」と背後から声をかけられた。

「仕事の帰り？　ずいぶんと遅いわね」

「ええ、まあ」

ヤバイのに摑まったな、と内心舌打ちする。昨日の夜中の騒ぎを絶対に責められる。先手必勝、とりあえず服でも誉《ほ》めて向こうのやる気をくじいておくかと、ババアのいでたちを観察する。今日は趣味の悪さが影を潜《ひそ》め、微妙によそ行きの格好をしている。大きめの鞄《かばん》も目につく。

「綺麗な柄のブラウスをお召しですね。どちらかへお出掛けでしたか？」

まあね、とババアは鼻を鳴らした。近づくと古くさい花の匂いがして、あまり距離を詰めないように気をつけた。宏国に嗅ぎつけられると厄介《やっかい》だ。

「娘が寝込んだっていうから、泊まりで子守に行ってたのよ」

今帰っているということは、宏国が夜中に騒いでいた時は留守だったんじゃないだろうか。やっぱついてる、ついているぞ……とうつむき加減にニンマリ笑う。

「あれから宏国はご迷惑をかけていませんか」

ババアはきょとんとした顔をしている。色目がなんとか言ってきたくせに、もう忘れたのかと思っていると、「あぁ……」と頷いた。

「あの子、宏国って名前なのね。あんたに話をしてから、見かけなくなったわ。きっとあたしのこと避けてるのね。ちょっと可哀想なことをしちゃったかしら」

ババアが頬に手をあて、ため息をつく。古くさい花の匂い同様、じわじわと放出される自意識過剰のオーラが歯がゆくてたまらないが、宏国がこのババアに惚れていたのは恐ろしいかな事実だ。

「そういえばあんた、またコンビニの弁当なのね」

目ざといババアに発見され、山村は苦笑いした。

「石坂ストアのこと、せっかく教えてあげたのに」

「あ……もう遅くて閉まってってですね。この次は行ってみます」

ババアは「今の若い人は、あたしらの言うことなんかちっとも聞かないんだから」とため息をつくと、バッグの中からビニール袋を取り出した。中にタッパーが透けて見える。

「これあげるから。あの子と食べなさいよ」

「あ、いえ。そんな申し訳ないので」

「遠慮しなくていいわよ。ただのカボチャの煮物だから。娘のところで作りすぎたのよね」

ありがた迷惑だが、くれるというものを強固に断って今後の人間関係に影響してもいけないので、素直にいただいた。

ババアとは玄関先で別れた。ドアを開ける。部屋の中は電気がついてない。外灯の薄暗い明かりで、玄関に宏国の靴があるのは見えた。

廊下の明かりをつける。奥の部屋に、雑誌や本に混ざって生足が見えた。死体かと思って一瞬ギョッとしたが、宏国が寝ているだけだとすぐにわかった。

山村はわざと足音をたてながら廊下を歩いた。部屋の明かりをつけても、宏国は起きる気配がない。部屋の隅で、うつぶせたまま打ち上げられた魚みたいにだらけきった姿で寝ている。真っ裸のままで。この時間までぐずぐず寝ていたのかと思うと、腹が立つ。

山村が弁当を食べ始めても、宏国は動かない。いつもならこちらを待たずにガツガツ食べ始めるので、調子が悪い。ふだんの、待ったの利かない宏国のほうが非常識だとわかっているのに、慣れというものは恐ろしかった。

「おい、メシ買ってきたぞ」

渋々声をかけても、反応がない。

「お前が大好きなババアにもらったカボチャもけっこう美味《うま》いぞ。お前、こういうの好きなんじゃないか」

大きな声で話しかけているのに、ピクリとも動かない。この段になって、ようやく宏国の様子がおかしいことに気づいた。足音や物音に対してあれほど敏感なのに、帰ってきても顔も上げなかった。いくら夜中に起きていたと言っても、もう夜の十一時過ぎ。半日以上経っている。いくらなんでも寝すぎだ。肌が浅黒いのでよくわからなかったが、よく見ると赤みがかってないだろうか。

「おい」

顔を覗き込むと、息遣いが荒かった。額に汗が浮かんでいる。確かに涼しいとはいえないが、こんな汗をかくような気温じゃない。肩に触れるとギョッとするほど熱かった。

「おいっ、宏国、宏っ、宏っ」

体を揺さぶると鬱陶しそうに目を開き、山村の手を払った。けれどその力も弱々しい。山村は明らかに具合の悪い、弱り切った男を前に心臓がバクバクしてきた。自分の風邪がうつったのかもしれない。自分も熱が出たけど、宏国の体はそれよりもっと熱い気がする。あんまり高い熱だと、頭が壊れておかしくなったりしないだろうか。

「あ……う」

掠れた呻《うめ》き声に、山村はビクリと肩を震わせた。宏国は苦しそうに小さく身悶える。病院に連れていったほうがいいんだろうか。いや、それより先に頭を冷やさないとバカになるかもしれない。けど氷枕なんて持ってない。体温計もないから、熱も測れない。

宏国は財布を摑んで部屋を飛び出した。コンビニに氷枕はなく、体温計も在庫切れ。額に貼るタイプの冷却剤ぐらいしか使えそうなものはなかった。ドラッグストアはもう閉店している。

冷却剤を鷲《わし》づかみにして、走って帰る。体温計ぐらい買っておかなかったことを激しく後悔する。部屋の前まで戻ってきた時、ババアの部屋の小窓に明かりがついていることに気づいた。気づけば山村は、隣室のドアを忙《せわ》しなく叩いていた。ババアは「誰なの、こんな夜中に」とドア越しに不機嫌な声を投げつける。

「隣の山村です。宏……従兄弟の具合が悪いので、体温計を持ってたら貸してもらえませんか」

ドタドタと足音がしたかと思うと、すぐさまドアが開く。

「これでいいかしら」

「あ、ありがとうございます。すみません」

差し出された体温計を引ったくるようにして、山村は部屋に戻った。畳の上で丸くなっている宏国を抱きかかえてベッドに移す。脇に体温計を挟んで、冷えピタの包装を破いているとピピッと電子音が響いた。熱が測れたのだ。

四十度。山村は体温計が四十度を超えるのを初めて見た。間違いじゃないかと思ってもう一度測ると、四十・五度。よけいに上がって、山村は手が震えた。

慌てて冷えピタを額に貼りつけるものの、宏国は嫌がってすぐにむしり取る。

「やっとかないと頭がアホになるんだって！」

言っても聞かない。山村のほうが泣きそうになった。病院に連れていったほうがいい。宏国の状態は昨日の自分よりも明らかに重症だった。

近くにある診療所が脳裏を過《よぎ》ったが、あんないい加減な医者のいるところには連れていきたくなかった。家から近い病院……けど、どこが夜間救急を受け付けてくれるかわからない。山村は固定電話がないので、電話帳が来ない。病院を調べたり、電話して聞くこともできない。パソコンも持ってない。携帯で検索してみるといくつか出てくるけど、場所がわからない。

「シャマリウェ　トコ　トコエ　パタシゥエ　トト　トコエ……」

宏国が意味不明の言葉を吐き出す。山村はへたりと座り込んだ。もう何をどうすればいいのかわからない。救急車、救急車を呼ぼうと携帯電話に手をかけた時だった。

ドンドンとドアを叩く音が聞こえた。こんな時に誰だと思いながら、玄関まで走る。

「なんだよっ」

自分の中の苛立ちのまま、山村は怒鳴《どな》った。

「あの子は大丈夫なの？」

ババアの声。山村は慌ててドアを開けた。ババアの手には、山村が幼い頃によく見た氷枕が携えられていた。

「体温計もないなら、こういうモンも持ってないんじゃない？　いるなら貸してあげるわよ」

ババアの顔を見て安心したわけでもないのに、山村は両目がじわっと熱くなった。

「ひっ……宏の熱がひどくて、四十度もあって病院に行きたいけど、どこ行ったらいいのかわかんなくて……」

縋《すが》るように訴える。ババアは眉をひそめ、苦虫を嚙み潰したような顔をすると「あんた、車は持ってるの？」と聞いてきた。

「持ってません」

「この近くだと、中央総合病院が夜中でも診てくれるから、そこがいいわね。タクシーはあたしが呼んであげるから、その間にあんたはあの子を連れていけるように準備しなさいよ」

「あ……その……準備って？」

「保険証とかあるでしょ。ぐずぐずしない。まったく……男ってのは、こういう時にてんで駄目なんだから」

山村はババアに命令されるがまま、有沢《ありさわ》から預かった宏国の保険証を取り出した。体が熱いためなのか、宏国は服を着るのを嫌がったけれど、抵抗する力は弱いので強引に着せた。着せ終わったところで玄関ドアの向こうから「タクシーが来たわよ」とババアの声がした。

軟体動物のようにぐにゃぐにゃ、力のない体を横抱きにして山村はタクシーに乗り込んだ。座ってもいられない宏国は、タクシーの中でもぐずぐず横になる。自分の膝に預けられた小さな頭を見ながら、胸がギリギリと痛んだ。パチンコなんかせずにもっと早く帰ってくればよかった、最初から様子がおかしかったのにすぐ気づいてやればよかった……後悔はあとからあとから押し寄せてくる。

総合病院の夜間診療は意外に人が多くて、受付してから順番が来るまで一時間ぐらい待った。ようやく宏国の名前が呼ばれる。山村は宏国を抱いて診察室に入り、軟体動物の宏国を座らせて椅子の背後から支えた。医者は三十代後半だろうか、眼鏡をかけた細身の男だった。全体の雰囲気が柔らかいので、ホッとする。高圧的なタイプは苦手だ。

「こんばんは、今日はどうされました？」

問いかけられても、宏国はうつむいたままだ。

「こいつ、日本語がほとんど喋れないんです。今朝までなんともなかったのに、家に帰ったらぐったりしてて……俺が風邪を引いてたから、うつったのかもしれない。熱が四十・五度もあるんです」

山村はまくしたてるように喋った。

「熱があるんですね。咳はしてますか？」

「俺も遅く帰ってきたからよくわかんないけど、ゴホゴホは言ってなかったような」

「下痢とかはされてなかったですか？」

「す……すみません。そこまでよくわかんなくて……」

「いえ、いいですよ。ご本人さんじゃないですからね。じゃあまずは熱と血圧を測らせてもらいますね」

看護師が近づいてきて、宏国の耳に体温計をあてた。ピッと電子音がすると同時にそれまでうつむいていた宏国が顔を上げ、看護師の手を払った。威力はそれほどなかったものの、払われた看護師はキャッと声をあげ、体温計が床に転がった。

「こらっ、宏。何すんだよっ」

宏国は体を左右に揺らしながら、それでも立ち上がろうとした。山村が上から体を押さえつけると、嫌がって両手をばたつかせる。

「おとなしくしろって」

このままだと診察をしてもらえない。山村は焦《あせ》った。

「大丈夫ですか？　どうしたのかな」

医者が身を乗り出してくる。医者を見た途端《とたん》、宏国は豹変《ひょうへん》した。カッと目を大きく見開き、これまで以上に暴れ始める。

「おいっ、宏。暴れるなって」

宏国は闇雲《やみくも》に両手を振る。それを避けようとして山村はうっかり支えていた手を離してしまった。宏国の体は大きく右に傾き、そのまま床の上にドッと倒れ込んだ。

「だっ、大丈夫ですか」

医者が差し延べようとした手を、宏国はこともあろうか足で蹴った。山村が触れたり支えたりする分にはマシだが、医師が聴診器をあてようとしたり、看護師が血圧を測ろうとすると、全身で攻撃してくる。犬のように歯を剝く。もう手に負えなかった。

「困ったな。血圧が測れないとなると座薬を使うのも怖いし、その前に薬を入れさせてくれないだろうね。この分だと点滴も駄目だろうし」

しみじみとため息をついたあと医者は「彼が落ち着くまで、少し待ちましょうか」と呟《つぶや》いた。とても診察してもらえる状況ではなく、山村も頷くしかなかった。応急処置として、熱冷ましだという錠剤をもらう。山村が飲ませようとしても、宏国は頑《かたく》なに口を噤《つぐ》む。最終手段として、鼻をギュッと摘《つま》むと口を開けたが、錠剤を口に投げ入れた途端にペッと吐き出した。何かしようとすると暴れて言うことを聞かないのに、宏国は山村の膝は欲しがった。膝を抱え込むようにして頭を預け、目を閉じる。

宏国が診察室を出されて三十分ほどした頃、先ほどの医者が待合室に出てきた。

「彼はどうですかね。薬は飲めましたか？」

山村は「吐き出しちゃって……」と呟いた。宏国は横になっていたくせに、医者の声に気づいたのか顔を上げ、睨みつけた。蹴っ飛ばそうとするように両足をブラブラさせる。医者は苦笑いしながら宏国を見下ろしていた。

「彼、日本語はわからないと言っていたけど何語ならわかりますか？　通じる言葉で説明をしたら、治療を受けてくれるかもしれない」

「えっと、あの……それが、その……ブラジルの先住民の言葉で、俺もこいつが何言っているかよくわかんないんです。とにかく俺が押さえつけてるんで、治療してやってください」

医者は驚いたように目を見開いた。

「それはインディオ語ということですか」

「あ……そうなるかな」

「お住まいは松井町《まつい》でしたね」

「はい」

「近くに落合診療所というのがあるのをご存じですか？」

なぜあの診療所の名前が出るんだと思いつつ「……はい」と答える。

「私の父がやっている診療所なのですが、父は昔、アマゾン河流域の遠征調査隊に医師として参加していたことがあります。その後も何度か個人的に渡航して部族との交流もあったようなので、ひょっとしたら彼の言葉もわかるかもしれません。私から連絡しておくので、一度そちらへ行かれてみませんか？」

山村はおそるおそる聞いてみた。

「その診療所って医者は一人だけですか？」

「私の父だけですね。今の状態だと、うちで診療するのは難しそうですし、押さえつけるにしても夜なので人手も少ない。なので朝になって改めて受診してもらうしか……」

いい加減な医者のところに行くのは嫌だ。けど宏国を熱が高いまま朝まで置いておくのは怖い。

「……行きます」

医者が電話で連絡しておくと言ってくれたので、山村はタクシーで診療所へと向かった。十分ほどで着いたものの、入り口には鍵がかかっていて明かりもついてない。

「連絡しとくって言ってたじゃないか！　クソッタレ」

吐き捨てる。腕の中の宏国がモゾモゾと動いたかと思うと、山村の首筋に熱い額をくっつけてきた。早く診てほしいという気持ちだけが焦る。ふと、自分が診察してもらった時に「夜は裏にある自宅の呼び鈴を……」と言っていたことを思い出した。急いで裏口に回り呼び鈴を鳴らすと、毛玉だらけの青色ジャージを着たヤブ医者が「はいはい」と欠伸をしながら出てきた。山村の顔を見て、首を傾げる。

「何か用ですかね」

「息子さんから紹介してもらいました。従兄弟を診てもらいたくて」

怒りを押し殺し、山村は唸るように喋った。

「あれっ、もう来たの？　早いねえ〜。話は聞いてるよ。インディオだって？」

ヤブ医者は山村の腕の中でぐったりしている宏国の顔を覗き込んだ。

「日本人みたいな顔をしているねぇ。まぁ、インディオもモンゴロイドなんだけど」

「こいつは日本人で、育ったのがジャングルだったってだけなんです。早く診てやってください」

ヤブ医者は「はいはい、君はずいぶんとせっかちだねえ」と肩を竦める。病人を前にせっかちも何もない。顔を上げたヤブ医者が、山村の顔をじっと見つめる。

「君はどこかで会ったことある？」

「昨日、もう一昨日《おととい》か、風邪でお世話になりました」

ヤブ医者は左の手のひらを拳《こぶし》でパンと叩いた。

「あぁ、薬、薬ってうるさかったサラリーマンか。君のほうはすっかり調子がよさそうだねえ」

山村は奥歯を嚙み締め、右手を握りしめることで、怒鳴り出したい衝動をやり過ごした。

「じゃあ君の風邪がうつったのかねえ。彼も難儀《なんぎ》なこった。とりあえず中にどうぞ」

母屋《おもや》も診療所に負けず劣らず古い建物だった。ギシギシと軋《きし》む廊下を抜けると、診療所へと繋がっている。診察用の細長いベッドに宏国を横たえた途端、それまでぐったりしていた宏国がカッと目を開けた。周囲を見渡し、鼻をヒクつかせる。そして狭いベッドから無理に降りようとした。

「おとなしくしろっ、馬鹿」

山村が宏国と奮闘しているのに、ヤブ医者は少し離れてフンフンと興味深そうに見ているだけだ。

「うーん、病院が嫌いかねえ。まあインディオは大抵そうだけどね。どれどれ　ノポティ　シマ」

ヤブ医者が変な片仮名言葉で話しかける。けれど宏国は見向きもしない。

「ううむ、こっち系じゃなかったか。そんな感じの雰囲気だったんだけどなぁ」

山村は脱力した。せっかくここまで連れてきたのに、言葉が通じないんじゃ意味がない。

「あんたもわかんないのかよっ！」

まあまあ……とヤブ医者は食ってかかる山村の肩を叩いた。

「彼のいた部族の名前はわかるかね？」

「そこまで知るかよ。ヤはついてたみたいな気はするけど……」

「おお、あっち系か。よしよし」

ヤブ医者が再び片仮名で喋り出すと、ようやく宏国が反応を示した。暴れるのをやめ、医者をじっと見つめる。そして片仮名言葉でボソボソと喋った。

「ふむふむ……」

医者は相槌を打ちながら聞いている。山村はその光景を、固唾《かたず》を呑《の》んで見守った。

「あっち系はあまり使わなかったからなぁ。忘れちゃって、よくわからんよ」

せっかく連れてきたのに、こりゃないだろ。ヤブ医者のぼやきに、山村は卒倒しそうになった。限りなくいい加減なコミュニケーション状態にもかかわらず、宏国は暴れるのをやめた。あれほど拒絶していたのに、熱も血圧も素直に測らせ、胸に聴診器をあてられても動かなかった。

「熱も高いし、風邪だろうねえ。座薬をやって、点滴でも一本いっとくかね」

宏国は尻に座薬を入れられてもおとなしくしていた。点滴が準備されてきた時には、さすがに顔色が変わっていたが、ヤブ医者に説得されたらしく渋々腕を差し出した。座薬を入れて、点滴をして、とりあえず治療らしきものを受けられて、ホッとする。診察室の時計を見上げると、午前四時を過ぎていた。

「点滴、どれぐらいかかりますか」

「うーん、二時間ぐらいかな」

点滴が終わって午前六時。夜が明ける。山村は診察台で横たわっている宏国のかたわらで、丸椅子に腰掛けたまま小さくため息をついた。

「ここ、入院とかできるんですか?」

「点滴が終わったら、帰っていいよ。君と同じで、寝てたら治るだろうし。けど彼の場合は、ちょっと長引くかもしれないねえ」

宏国の点滴が終わるのを待って帰ったら、寝る時間はない。一睡もせずに仕事かと思うとうんざりするが、それも仕方なかった。

「トイレってどこですか」

「あ、待合室の奥だよ」

トイレ本来の目的というより、無性に煙草《たばこ》が吸いたかった。山村が丸椅子から立ち上がると、宏国が点滴の入った手で服の裾を摑んできた。

「そっちの手を動かすなって」

振りほどこうとしても、手を離さない。

「寂しいから、そばにいてほしいんじゃないかな」

ヤブ医者がのんびりと答える。

「えっ」

「誰だって病気の時は気弱になるだろう」

そう言われてしまうと、行きづらくなる。山村は無言のまま椅子に座り直した。

「あれ、トイレはいいの?」

「……いいです、別に」

「我慢すると膀胱炎《ぼうこうえん》になっちゃうよ? 彼にはおしっこだって話してあげるから、ほらほら行ってきなさい」

山村は耳までカーッと赤くなった。

「いいです、煙草吸いたかっただけだし」

本音が漏《も》れて、きまり悪くなる。ヤブ医者はさほど気にした風もなく「あ、煙草ね」とサラリと流した。話し声が消えると、診察室にある古めかしい柱時計のカチコチという音がやたらと大きく響いた。

「事情がよくわかんないけど、彼はどれぐらい向こうで暮らしてたの?」

欠伸を噛み殺しながら、ヤブ医者が聞いてきた。

「二歳から二十二歳までです」

「日本人なのに、そんなに長い間インディオと暮らしてきたの?」

「それって治療に関係あるんですか」

挑戦的に問いかけると、自信満々に「ある」と言われた。仕方がないので、山村は宏国の話を——自分が引き取ることになった経緯だけは伏せて——簡単に話した。

ヤブ医者は「ほうほう」と妙な相槌を打ちながら興味深げに話を聞いていた。

「昔はインディオが人をさらったって話はよく聞いたけど、八十年代に入ってから日本人が、それも原始インディオにっていうのは、珍しいねえ。彼、君と暮らし出してから耳が痛いとか頭が痛いとか言ってなかった?」

宏国の言ってることはわからないが、具合が悪そうな仕草を見たことはないので「ありませんけど……」と答える。

「一度、大怪我をして街に降りてきてたなら、街の洗礼は受けてたってことかな」

「洗礼って、キリスト教の？」

おそるおそる聞く。山村は宏国が十字を切っているのを見たことはない。

「あぁ、洗礼っていうのはものの例えだよ。小さな部族で森の中でひっそり生活していた原始インディオは、街へ降りてきていろんな人と接触し始めたら、大抵の人が体の具合を悪くするんだよ。病原菌に一気に攻め入られちゃってね。純粋培養《ばいよう》、深窓《しんそう》の令嬢を、狼の檻《おり》の中に放すようなモンだね。ははははっ」

ヤブ医者は笑うが、山村は少しも笑えなかった。

「先住民とかって、東屋《あずまや》みたいな家で、蚊とか虫とかたくさんいるところで生活してるんでしょ。それで純粋培養なんておかしくないですか」

「先住民は伝染病に弱いからねえ。天然痘《てんねんとう》や結核《けっかく》はアマゾン流域にはない病気だし。ブラジルがポルトガルに侵略された時も、ポルトガル兵は天然痘の患者が使ってた服やシーツを、インディオの喜びそうな鉈《なた》や鍋なんかと一緒に置いて、村まで持ち帰らせて集団感染させた。それで何万人も死んだっていうのは、有名な話なんだよ。今でいう細菌兵器かな」

山村は言葉を失い、ヤブ医者はフーッとため息をついた。

「それがキリスト教圏の国のやったことだから、神様もびっくりしただろうねえ。いつの世も、人のやることが一番えげつないねえ」

山村とヤブ医者が好き勝手に喋っているにもかかわらず、かたわらの宏国からはスウスウと寝息が聞こえてきた。顔の赤みも幾分、マシになってきた気がする。

「彼、これからずっと日本で暮らすのかな」

「ええ、まぁ」

「言葉もわからないのに、大変だねえ」

「大変なのはこっちのほうですよ。昨日は俺が具合悪くて寝てるっていうのに、人のこと真っ裸にして一晩中横で踊り狂ってた。何を考えてるのかまったくわかりませんよ」

「踊ってたの？」

「踊ってましたよ。ウーウー唸りながら」

ヤブ医者は腕組みをして、考え込むように首を傾げた。

「はっきり確かめたわけじゃないけど、彼は呪術師《じゅじゅつし》みたいだから、君の悪霊《あくりょう》払いをしてたんじゃないのかな？」

山村は背筋がゾッとした。

「俺に何か憑《つ》いてたっていうんですか、気持ち悪い」

「インディオの世界の宗教とでも言えばいいかなあ。彼らはすべてのものに精霊が宿っていると考えてるんだ。具合が悪くなるのは、悪くなった場所に悪霊が取り憑いたせい。だから具合が悪くなった人は、呪術師のところへ行って、呪術師の守り神である精霊の力を借りて悪霊を追い出すんだよ」

「悪霊払いとか、そんなんで病気が治るわけないじゃないですか」

「それがね！」

ヤブ医者が身を乗り出してきた。

「私も何度か呪術師が病人を治療しているのを見たんだけどね、一概《いちがい》に全部が全部、気休めとも思えないんだよ。超常現象系の力は認めたくない人が多いから、はっきり口に出しては言えないし、呪術の力が及ばないことも確かにあるけど、確かに……治っちゃうことがあるんだよ。現に君だって治ったんだろう」

確かに風邪の治りは異常に早かった。けど山村はそんな非現実的なことを認めたくなかった。

「ちょうど治る時期だったのかもしれないし」

「いやいや、君は一晩かけて彼に自分の中の悪霊を追い払ってもらったんだ。きっとそうだよ。感謝しなきゃ」

どんどん近づいてくるヤブ医者の顔から視線を逸らし、山村は眠っている宏国を見下ろした。人を死ぬかと思うほど殴りつける男が、そんな情をかけてくるとは思えない。追い払うというより悪いものを呼び寄せてたんじゃないかと思ってしまう。

「悪い精霊とか、呪術師とか、こいつらの感覚はどっかおかしいんじゃないの。この前も隣に住んでる六十近いバ……おばさんと付き合いたいって言い出すし」

山村としては驚いてほしかったのに、ヤブ医者の反応は驚くほどあっさりとしたものだった。

「日本人は若く見えるからねえ」

「ちょっと待って、普通に考えてみてよ。六十近いんですよ」

「いやいや、ありうるねえ。アマゾンインディオは一夫多妻制がほとんどだから、一人の男が何人もの妻を持つと、男があぶれちゃうんだよ。女性はモテモテで、未亡人でも、バツ一、バツ二、バツ三、子供がいても孫がいても全然平気、引く手あまたなんだけどね。男は……特に少人数の部族は嫁取りが切実な問題で、生まれたばかりの女の子にツバをつけたり、他の部族からもらってきたり、里に下りて小さい女の子をさらってきたりしてたんだよ。そう、インディオにさらわれるのは、女の子が多かったはずなんだけどね。あぁ、でも最近はキリスト教に改宗して、妻を一人しか持たないインディオのほうが多いらしいけど」

インディオの結婚事情を聞いても、やっぱり六十近いババアは納得できない。ヤブ医者は顎《あご》先に親指をあてた。

「孫のいる女の人が平気っていっても、どっちかっていったら若い子のほうを選ぶんじゃないかとは思うけどね。彼は日本に独身の女の子がたくさんいるってことを、知らないんじゃないの？たまたま近所に一人暮らしの女の人がいる。早く捕まえとかなきゃって感覚だったんじゃないのかな」

「それって、本物の恋愛感情なんですか」

ヤブ医者は面白そうに目を細めた。

「本物とか偽物っていう考えは彼らの中にはないような気がするなあ。欲しい、したいと思ったらそれが真実、みたいなね。兄弟愛も夫婦愛もペットへの愛も『かわいい』でまとめちゃう、おおらかな人たちだから、思考がシンプルなんだよね」

わけがわからん……と思いつつ、点滴を見上げる。まだ半分ぐらい残っていて、薄いピンク色の液体がポツポツと針の先から落ちていく。

「君、ビールは好きかい？」

山村は「はっ？」と問い返した。

「ビールだよ」

「好きですけど」

医者は診察室を出ていくと、グラス二つと五百ミリリットルの瓶《びん》を一本持ってきた。

「そろそろ夜が明けてくる。一日の始まり、夜明けのビールっていうのは、なかなか乙《おつ》なモンだよ」

驚いて呆気にとられる山村にグラスを渡し、なみなみと注いだ。診察室で乾杯する。ヤブ医者はグラスについだビールを一息に飲み干し、プハッと息をついた。

何が夜明けのビールだ。要は一日の始まりから駄目駄目ってことだろ。変なオヤジだな……と思いつつ、山村もビールを飲む。よく冷えた炭酸は、寝不足の脳に染み入るようだった。

「君はいいねえ。診察室で酒に付き合ってくれる人なんて、滅多《めった》にいないよ。人間にはね、そういう柔軟《じゅうなん》な思考が必要なの。うちの息子は頭が固い上に下戸《げこ》でねえ、つまんないったらないんだよなあ」

そうですか、と山村は気のない相槌を打った。酒飲みの言い訳が柔軟な思考とはものも言いようだと逆に感心する。

「そういえば彼は日本語がわからないみたいだけど、習ってないの？」

「教えてますけど」

「誰が？」

「俺です」

ヤブ医者はふーんと鼻を鳴らした。

「君は彼の言葉を知らないんだろう？」

「知らないけど、宏は単語だったら日本語もいくつかわかるんです」

「なんならさ、私が彼に日本語を教えてあげようか。完璧なものじゃないけど、彼らの部族の語彙表もあったはずだ。もっと効率よく教えてあげられるよ」

ただの酒飲みじゃなかった！　棚からヤブ医者……いや、ぼた餅《もち》か。少ない言葉で意志の疎通をはかることがストレスだっただけに、それは願ってもない申し出だった。

「昔はよくアマゾン河流域をフィールドワークしてたんだよ。免疫と感染症の研究も兼ねてたんだけどね。彼がどこに住んでいたかは知らないけど、今はどんな状況なのか、彼の部族がどうなのか話も聞きたいしねえ」

「言葉を教えてもらえると、本当にありがたいです」

「授業料はね、一回につきビール一本でいいよ」

山村はムッと口を閉ざした。無料とは思ってなかったが、こっちから「礼をします」と切り出すのと、向こうから「礼をくれ」と言われるのでは、心証において大きな差ができる。が……この絶好の機会を失いたくなかった。

「……わかりました。ビール一本ですね。よろしくお願いします」

「あ、ビールは五百ミリリットルの瓶にしてね」

山村の頭に『重い』という言葉がバッと浮かぶ。

「どうして缶じゃいけないんですか」

「ポリシーなんだよ。瓶でよろしく」

ヤブ医者はニッと笑うと「あぁ、終わったねえ」と立ち上がった。点滴を抜くと、宏国は小さく呻きながら目を開けた。もう一度熱を測ると、三十七度まで下がっていた。「ひょっとしたら、また熱が出るかもしれないからね」と座薬を処方される。

宏国を担《かつ》いで裏口まで回るのはつらいので、靴を持ってきて診療所の入り口から外へ出た。宏国は熱こそ下がったものの、発熱で体力を消耗したのかぐったりして歩けない。それほど距離もないので、背負って帰った。

ヤブ医者は「彼、いつでも好きな時にうちに来させていいからね」と言っていた。仕事中でもいいのかと思ったが、あえて聞かなかった。明け方にビールを飲むような、非常識な男だ。「いいよ」と言いそうな気がする。

夜は明け、外は朝のひんやりとした空気に包まれていた。車もわりと走っている。公園の脇を通ると、朝早い時間にもかかわらずシャワシャワシャワと蟬《せみ》の鳴き声が聞こえた。

背中に背負っていた宏国が、モゾモゾと動いて山村の胸許に回した手に力を入れた。背中の男は重たくてうざったいが、一生懸命くっつかれてるその感触は悪くない。

距離は短くても、人を背負って歩くのは足腰にくる。部屋に着く頃、山村は肩で息をしていた。宏国をベッドまで運び、寝かせてから靴を脱がす。

山村は携帯でアラームをかけた。宏国にベッドは譲ってやったので、畳の上で仮眠を取る。気休め程度でも、寝ないよりマシだ。きっかり三十分で起きて、仕事に出掛ける準備を始める。スーツに着替え、目が赤いなぁと思いながら髪型を整える。背中に視線を感じて振り返ると、宏国がじっとこちらを見ていた。

「お前、具合はどうなんだよ？」

上から見下ろし、聞いてみる。返事はない。

「自分　具合　いい？」

「具合」がわからないのか、宏国は首を傾げる。

「自分　体　いい？」

返事もないし、表情も変わらない。早々に意志の疎通は諦《あきら》める。まともにやり合ってたら遅刻する。

「俺は仕事に行くけど、昼にいっぺん帰ってくる。お前の飯《めし》がねえからな」

宏国は瞬《まばた》きもせずに、じっと山村を見ている。

「熱も下がってきてるし、もう心配ないだろ」

山村が額に触れると、宏国がスッと目を閉じた。手を放すと目を開け、じっとこちらを見つめる。診療所でのように服の裾を引っ張られたりすることはないけど、見つめる視線に引き止められているような気がした。

「お前さ、ひょっとして一人でいるのが寂しい？」

宏国は返事をしない。

「俺もそうそう休むわけにはいかないんだよ。今日は我慢しろ」

言い残し、山村は部屋を出た。鍵をかけていると、隣の部屋のドアがガチャリと開いた。Tシャツ、半パンと男みたいな格好のババアが顔を見せる。昨日は宏国の発熱にうろたえて、思わず助けを求めてしまった。ババアのおかげでずいぶんと助かったのだが、顔を合わせると微妙にきまりが悪かった。

「お……はようございます。昨日はすみませんでした。色々と」

「別にいいのよ。で、あの子の具合はどうなの？」

「おかげさまで、熱も下がりました」

「そりゃよかったわね。これを機にあんた、体温計ぐらい買いなさいよ」

それだけ言うと、ババアは部屋に引っ込んだ。宏国の具合を心配して顔を覗かせただけのようだった。

アパートの階段を下り、歩道に出る。診療所から帰る時は晴れていたのに、一時間もしないうちに空は灰色の雲が多くなってきている。雨が降るかもしれない。何げに振り返ると、自分の部屋の窓が開いているのが見えた。自分は開けた覚えがない。宏国が開けたのだろうか？　立てないぐらいふらついていたのに……と気になって山村は来た道を引き返した。

開かれた窓の枠《わく》に、宏国は生首みたいに頭を乗せている。下の歩道まで戻ってきた山村をじっと見下ろす。

「窓を閉めてベッドで寝てろ。また熱が上がるぞ」

怒鳴っても、宏国には伝わってない。だから部屋の中にも戻ろうとしない。

「具合が悪くなっても、俺は知らないからなっ」

山村は再び歩き始めた。窓はわかる。宏国はやたらと窓を開けたがる。空気が流れてないと嫌なようで、たまに玄関も開けたりするからだ。けど座っているよりは、寝てるほうが楽なはず。宏国の考えていることはわからない。風にあたりたいから？　けど風なんてほとんど吹いてないのに。

ひょっとして……と思った時、山村の足は自然と止まっていた。どうしようか迷って、結局踵《きびす》を返す。歩きながら携帯で会社に電話をかけ、風邪がぶり返したから休ませてほしいと嘘をついた。コンビニで弁当と、果物をいくつか買う。来た道を戻る。アパートの二階、自分の部屋の窓が見えてくる。

宏国は相変わらず窓際にいた。首だけ出して、帰ってくる山村をじっと見下ろしていた。

午後七時、営業から会社に帰る車の中、携帯電話にメールが入った。ヤブ医者の落合からだ。

『宏ちゃんがうちに来ています。帰りにビール二本買って迎えにいらっしゃい』

信号が青になり、山村は携帯電話を助手席に放り投げた。

「授業一回につき一本だったただろうが。あのヤブ」

ぼやきながらアクセルを踏む。風邪を引き込んだ宏国は、落合に診てもらった翌日も少し熱が続いたけれど、三日もしないうちに回復した。やれやれと思っていると、四日目に落合から山村の携帯に電話がかかってきた。宏国の具合を聞いたあと『明日、病院も休診なんだよ。予定もないし、宏国君は日本語の勉強に来ないかなあ』と言ってきた。

日本語を教えるというより、自分が宏国に色々話を聞きたいんじゃないかと思ったが、どんな形にしろ言葉を教えてくれるなら……と思い、仕事に行くついでに宏国を診療所に連れていった。宏国は病院と白衣が大嫌いのようで、消毒薬の独特の匂いがすると梅干しを食ったみたいに顔をしかめていたが、自分の部族の言葉を喋る落合には興味があったらしく、出迎えた落合に部族の言葉で声をかけられると、山村のわからない言葉で返事をしていた。

連れていった最初の日、宏国がアパートに帰ったのは山村と同じ時間だった。一日中、落合の家で過ごしたようだった。それから毎日、宏国は落合の家に通うようになった。落合が診療中でも、母屋のほうで過ごしている。そして夕方になると、決まって落合から『宏ちゃんのお迎えに来てね。ビール持って』というメールが届くようになった。

近くの酒屋で瓶ビールを二本買い、診療所へと向かう。毎日ビールをお届けするのは癪だが、落合のおかげで三週間も経たないうちに宏国の語彙は飛躍的に増えた。

「宏ちゃんは飽きっぽいけどね。でも若いからかなあ、覚えるのが早いよ」

前は山村がぶつ切り言葉で、しかも単語を厳選して喋らないと意志の疎通ははかれなかったのに、普通に喋っても、言っていることが理解できているような表情をするようになった。実際に山村が言ったことを正確にやる。聞き取ることはなんとなくできても、喋るほうは難しいらしく、聞いたことに返事はしても、自分からは滅多《めった》に喋らなかった。

落合が宏国に教えたのは、言葉だけではなかった。山村はある夜、宏国がフォークで弁当を食べようとするのを見て驚いた。言葉だけではなく、生活においてのマナーまで落合は教えてくれているようで、どんどん宏国が文明人らしくなっていってるような気がした。

「おーい、先生」

滅多に返事は返ってこないと知っているので、声をかけただけでガラガラと母屋の引き戸を開ける。住居部分の玄関は大抵鍵はかかっていない。今日もそうだった。

宏国の小汚い運動靴が、ハの字形になって置かれている。最初に山村がやったのを真似《まね》て、靴を脱ぐと必ず玄関ドアに叩きつけていた宏国だが、落合のおかげで普通に脱いで置けるようになっていた。ただ普通に脱げてもそろえることまではしないが……。

廊下を歩いていると、居間から「ビールやーい、早く早く」と急《せ》かす声が聞こえてくる。すでにグラスと栓抜きを用意して待っていた落合は、ビールを手渡すと「おーご苦労、ご苦労」と目を細め、ニコニコしながら栓を抜いてグラスに注いだ。

宏国は落合の隣で、グラスの中でプチプチと弾《はじ》ける泡をじっと見ている。落合は毎日のようにビールを飲んでいて、泡も珍しいものではないのに、宏国はいつも固唾を呑んで見守っている。

「ちゃんと宏ちゃんの分もあるからな」

診察中は白衣を着けているが、それを脱ぐと落合は基本ジャージなので、競馬場で馬券を握りしめてたむろしているオヤジと見た目的に差はない。

「山村君の分もね」

「俺も頭数に入ってんのかよ」

「飲まないの？」

「……いや、飲むけど」

「あ、台所にスープとサラダの残りとご飯があるから、食べたかったら食べていいよ。僕は宏ちゃんと一緒に、先に食べちゃったからね」

山村は勝手知ったる他人の家よろしく台所に入った。小さなダイニングテーブルの上は、茶碗やスープ皿が一人分だけ、トレイの上に伏せて置いてある。宏国は落合の診療所に来ると、山村の帰りが遅いせいか、決まって夕飯をご馳走《ちそう》になる。その残り物に山村もありつくことが多くなった。鍋のスープを皿に移してレンジでチンし、ご飯をよそいトレイごと居間へと持っていく。そこではすでに、オヤジが宏国とビールと昨日の残り、さきいかとチョコをつまみに飲み始めていた。

「なあ先生、これなんか不味《まず》いんだけど……」

山村はやや緑色がかったスープを口に運びながら、ぼそりと呟いた。

「そう？　美味しかったよ。なぁ、宏ちゃん」

宏国は無表情のまま、もっともらしく頷く。お前、本当に意味がわかってんのか、と聞いてみたくなる。

「すげえ青くさいんだよ。何入れた？」

「あぁ、青汁入ってるから」

山村は思わずスープを吹き出しそうになった。

「なっ、なんでそんなモン入れるんだよっ」

「栄養満点だろう。嫌いなら別に食べなくていいんだよ？」

口を閉ざし、黙々とスープを飲む。不味いは不味いが、食えないほどじゃない。山村は目の前にいる二人の味覚が、信じられなかった。山村は母親が出ていってから自炊をしたことがない。落合は二十年前に妻が亡くなり、息子も独立し、十年ほどこの家で一人で生活をしているようだが、自分で料理を作っている。

簡単にできるものがほとんど、そして一風変わった味のものが多い。最初は残り物を分けてもらっているんだしと思い、その味については言及しなかったが、あまりにもあまりなことが続き、ちょっとずつ小出しに不満を言い始めた。そして今ではもう遠慮なく「不味い」と作った本人に言い放つ。落合はまったく気にした風もなく「そう？　僕は美味しいけどね」と言って、また性《しょう》懲《こ》りもなくクソ不味い料理を作るのだ。

「あのさぁ先生、いちいち買ってくんのが面倒だから、ビールをケース買いして配達頼むから」

「いいよ。じゃあビールがなくなったら、山村君に言えばいいんだね」

「一日につき一本以上絶対に飲むなよ！」

結局、山村は不味いスープも付け合わせのサラダも完食した。汚れた食器は流しに持っていって洗う。いくら不味いとはいえ、タダで食わせてもらっているので、それぐらいの気遣いはする。洗ってから居間に戻り、残りのビールを飲んだ。

落合の家はクーラーを使わない。網戸にして窓を開け、扇風機を回す。宏国が極端に冷房に弱いからだ。宏国の異変に気づいたのは落合で「暑いだろうけど、アパートでも極力控えたほうがいいね。でないとまた風邪を引いちゃうかもしれないし」と言われた。なので山村も今年はアパートでクーラーを一度も使ってない。そのせいか、例年に比べて暑さを肌に強く感じる。

向かいにいる宏国が、座卓から離れて隅っこで丸くなった。酔っぱらったのかもしれないし、眠いのかもしれない。どちらにしろ自由奔放《ほんぽう》、勝手気ままだった。

チリンと風鈴が鳴る。母屋は道路から少し奥まっているので部屋の中は静かだ。「テレビとラジオを『悪霊の箱』だって、宏ちゃんの守護霊であるジャガーの精霊が言ってるらしいんだよね」と診療所に通い始めた頃、落合が教えてくれた。

何をもって『悪霊』と認定したのかわからない。落合もテレビやラジオがどういうものか説明をしたらしいが、宏国の中で『悪霊の箱』という考えは変わらなかった。仕方がないので、宏国の前では音の出る機械には電源を入れないようにしている。

「今日もね、宏ちゃんは『帰りたい』って言ってたよ。車じゃ帰れない、飛行機でないと駄目っていうのは、わかってくれてるんだけどね。向こうの事情も説明するんだけど、そっちは理解しづらいみたいだねえ。まぁ、お金がどういうものかまだよくわかってないし」

ぽつりと落合が呟く。

「アマゾンって、ここより暑いんだろ」

「暑いねえ」

「帰りたいっていう気が知れない」

落合はハハッと笑った。

「確かに暑いけど僕は好きだねえ。同じ日没でも、向こうでは景色が違うんだよ。ああいうところにいると、太陽を神様として信仰する気持ちがわかる気がするんだ」

山村は座卓の上に置いてあった煙草に手を伸ばし、火をつけた。「僕にももらえる」と言うので、一本分けてやる。

「もし生まれ変われるなら、僕は原始インディオになってみたいんだよねえ」

山村は「はぁ」と気のない相槌を打った。

「宏みたいに、手づかみでメシを食いたいの？」

「そういうことじゃなくて、時間の概念がない生活って、素晴らしいと思わないかい。それにね、宏ちゃんの部族じゃ『急ぐ』って言葉がないんだよ。そういう言葉を必要としない、のんびりとした生活をしてるってことなんだよね。何かを『貯める』という考えがないから、よけいなものを持たない。無駄にしない。お金がないから、貧富の差もできない。学校がないから、落ちこぼれもできない。多くを持たず、なんのために生きるかなんて難しいことは考えずに、生きるために生きてみたいんだよね」

「じゃあ宏を連れて、アマゾン行ってみたら」

皮肉も込めてそう言ってやると、落合は「無理だよ」と笑った。

「僕も文明にドップリつかっちゃってるからね。虫も大の苦手だし。それにジャングルはもう楽園じゃない。向こうにいたがった宏ちゃんを、お父さんが強引に連れ帰ったっていうのも、よくわかるんだよ。美しき原始インディオは、きっと絶滅する運命にあるんだ」

「絶滅とかなんとか言っても、別に俺らは関係ないでしょ」

山村はフーッと煙草の煙を吐き出した。

「関係あるよ。目に見えないだけでね」

落合は意味深に呟いた。

「例えば、ビール缶はアルミでできているだろう。そのアルミをどこから輸入してるか、山村君は知ってる？」

「……さあ」

「ブラジルは世界有数のアルミの産出国なんだよ。しかもその産地がアマゾンのジャングルときている。アルミの採掘《さいくつ》場を作るために、そこに住んでたインディオを追い払ったんだ。アルミの精製にはすごく電力を使う。電力をまかなうダムを作るために、建設地に住んでいたインディオをまた追い払った。ダム建設には、日本の企業が出資してたんだ。アルミのほとんどを輸入しているのは日本だからね。アルミの採掘場やダム建設に反対したインディオの中には、殺された人も多くてね。以前、アマゾンに行った時、インテリのインディオに言われたんだよ。『あなた方は、空き缶で故郷を奪い、人を殺すんだ』ってね」

落合は「おっと」と呟き、灰が落ちかけた煙草を灰皿に押しつけた。

「それがもう十何年前の話だったかなあ。ショックでねえ。まあ、それにも矛盾《むじゅん》はあるんだ。アルミの大部分を使っているのは工業系の企業だろうし、ブラジルの首都圏でアルミ缶を使ってないかといえば、使ってるしねえ。それでもまぁ、捨てるもののために苦しんでる人がいるなら、自分ぐらいビールを瓶にしてもいいのかなと思ってね」

相槌も返事もできず、山村は黙り込んだ。正直、そんな話を聞かされても困る。

「宏ちゃんが住みにくくなっているのは、アルミのせいだけじゃなくて、ジャングルの開墾《かいこん》も影響してるんだけどね。ジャングルは土地が痩《や》せてるから開墾には向かないのに、放牧場や畑を作って、土地が痩せて、回復不可能になって砂漠化してる。しかも畑から作ったトウモロコシや大豆なんかの作物はそのほとんどが輸出用だしねえ。あれってなんになってるのかね？　食料か家畜の餌《えさ》かバイオ燃料か……ひょっとしたら僕たちは豆腐を食べながら宏ちゃんたちの住処《すみか》を奪ってるかもしれないね」

だんだんと話を聞いているのが鬱陶しくなってきた。

「だからなんだよ。アルミ缶のビールは飲むな、豆腐は食うなってことかよ」

「極端だなあ。まあ言うなれば、自分たちの豊かさは、宏ちゃんたちの犠牲の上に成り立っているってことだな、うん」

酔いも中途半端に抜けていく。山村は宏国に近づき、その肩を揺らした。

「おい、起きろ。もう帰るぞ」

眠そうに目を擦《こす》り、大きく欠伸をしてからノソリと起き上がる。

「じゃあな、先生」

「おやすみ。あぁ、そうだ。明日なんだけど、僕はちょっと留守にするよ。宏ちゃんには言ってあるから」

声に送り出され、落合の家を出る。時計はもう夜の十一時を回っていた。いつも早足なのに、今日の宏国はゆっくりゆっくり歩く。酔っているのかもしれない。

「ほら、もっと早く歩け」

声をかけても、いっこうにその歩調は変わらない。とうとう立ち止まって、空を見上げた。

「いい加減にしろ」

山村は宏国の手を摑んで、急がせた。引っ張られることに抵抗はないのか素直についてくる。急かして歩きながら、ふと落合が「急ぐという言葉がない」と言っていたことを思い出した。時間の概念がなければ、遅刻もないし、急ぐこともないのかもしれない。うちの会社でも自由出社の自由退社になったらと考え、ありえないことを想像するのはやめた。

アパートに帰り着くと、宏国はそのままベッドの中に入ろうとした。

「おいっ、風呂が先だ。風呂に入れっ」

面倒くさそうな顔をしながら、宏国はバスルームに向かう。外へ出る時に服さえ身につけていれば、宏国の身繕《みづくろ》いに関しては何も言わなかった山村だが、状況が変わった。風邪を引いてベッドで寝かしつけてから、宏国はその寝心地《ねごこち》をことのほか気に入ってしまい、治ってからもベッドで寝たがるようになった。

最初に宏国がベッドに潜り込んできた時のことを今でもはっきり思い出す。なんというか、臭かったのだ。山村は耐えきれずにベッドを飛び出し「汗くさいので水を浴びろ」と伝えた。渋々シャワーを浴びてきた宏国は、山村が眠るシングルベッドに堂々と入ってくると、山村の背中にぴったりとくっついた。

誘っているのか！　と思ったのも一瞬だった。宏国はすぐさま寝始めたからだ。山村のほうが眠れなくなった。セックスをする相手以外とこれほどくっついて寝たことはない。何もしないのに一緒に寝るのはきまり悪い。……何より暑い。暑苦しさを取るか、畳の固さを取るかで迷っている間に、山村はいつしか眠っていた。

それから毎晩、宏国と一緒に寝ている。もう一組布団を買おうかとも思ったが、あと半年もしないうちに遺産を前借りして逃げ出すことを思えば、置き場もないし、ゴミになるだけの荷物を買うのはためらわれた。弁護士の有沢からは、最初のうちこそ週に一度は様子見の電話があったが、それも二週に一度、三週に一度と間が開いてきつつある。

宏国は男同士でくっついて寝ることに違和感は持っていない。それが不思議でヤブ医者に聞いてみたことがあった。

「寝てるとくっついてくる？　それは珍しいねえ」

「やっぱり変だろ」

宏国はトイレに行っている。言葉がわかり始めたので、本人の前で下手なことは言えない。ヤブ医者は見た目も暑苦しそうな顎髭をゆっくりとさすった。

「変っていうのは、日本人の感覚だからねえ。大抵のインディオは寝る時にハンモックを使うけど、中には土の上にそのまま寝る部族もいるんだよね。土の上に寝る部族は、外敵から身を守るって意味で、家族がぴったり寄り集まって寝るから、宏ちゃんもそっちに近い生活をしてたのかもしれないね。いいじゃない、山村君を家族だと思ってるんだよ」

下半身の事情は寝る前にトイレへ行くことでカタがついたが、匂いだけは耐えがたい。なので毎日風呂に入るように躾《しつ》けた。最初は水を被って出てくるのがせいぜいだったが、山村が毎日しつこく言い続けたことで、ようやく石けんを使うようになった。

身繕いに関して言えば、宏国には歯磨きの習慣もなかった。これは落合に頼んで教えてもらった。そしたら頼んだ翌日には、宏国は歯を磨くようになっていた。どうやって教え込んだのか、興味に駆られて聞いてみると「日本の食べ物を食べたあとは、口の中を磨かないと悪霊が入るって言ったんだ」とまるで子供だましの手法を使っていたが、効き目があった。宏国は自分が納得しないとやらない頑固さはあるが、一度覚えてしまえばきちんとこなした。

山村がシャワーを浴びて出てくると、宏国は先にベッドで寝ていた。二人で寝ることを予測してか、ちゃんと端で寝ている。手前に体を忍び込ませると、背中にいつもの熱を感じた。真面目《まじめ》に聞いていたわけではないのに、落合の話を思い出した。空き缶で人を殺す。嫌なことを言うよな、と思う。これからアルミ缶を見るたびに、落合の言葉が脳裏を過《よぎ》りそうで憂鬱《ゆううつ》になる。世の中には数え切れないほどのアルミ缶が溢《あふ》れている。今さらそんなの、どうしようもないだろう。

遠くの他人より、今日の我が身だ。郵便受けに消費者金融の請求書がまた突っ込まれていた。外へ遊びに行かなくなったので、給料が少し残るようになったのと、遺産プラス宏国の生活費で少し余裕ができた。調子こいてまとめて返済にあてたら、給料日までまだ何日かあってキュウキュウの生活になった。……借金の山はまだまだ高い。

本気で借金を返したいと思っているけれど、返し切ってしまうと勤労意欲が低下しそうな気もした。借金があるから働くのであって、ないならそれほど仕事を頑張ることもない。遺産を前借りした暁《あかつき》には、借金を返して二、三年ブラブラできたらなと思う。

山村がようやくうとうとしかけた時、背中で宏国の動く気配がした。狭いベッドでは寝返りもままならず、互いの体が触れ合うのは日常茶飯事だった。けれど今回は違った。宏国の動きが妙に不自然なのだ。トイレにでも行きたいのだろうかと思っていると、横向きで寝ている山村の太《ふと》股《もも》の間に何か固い物が突っ込まれた。

布越しでも、それが熱を持っているのがわかる。まさか、まさかと思いつつ、山村はゴクリと生唾を飲み込んだ。予測に違《たが》わず、太股の間に差し込まれたそれは、ゆっくりと前後の律動を始めた。間違いない。宏国は山村の太股でスマタを始めたのだ。背後からぴったりくっついてくる体。首筋にかかる息詰まる吐息。

呆気にとられながらも、山村の鼓動も早くなる。興奮に軽く息が上がり、おとなしくしていた下半身がじわりと熱を持つ。腰を動かし始めてから数分もしないうちに熱の塊《かたまり》は太股の間から引き抜かれる。教えた通り、枕許のティッシュを使う音。青くさい匂い。そして自分の半パンの太股を濡らした少量の先走りは、背筋がゾワリとするほどリアルだった。

行為は一度で終わり、すぐまた規則正しい寝息が聞こえてきた。宏国は早漏なのか、恐ろしく早い。前見た時もそうだった。いや、遅い早いは置いておいて、なぜ自分を相手にスマタをしたのかが問題だ。男相手にそういうことをするのはゲイだ。けど宏国はゲイじゃない。隣のババアとやりたいと本気で言っていた男だ。

だとしたら、本当にただのはけ口、木の股のかわりに使われたのだろうか。そばに都合のいいものがあったから、それだけの理由で。

尻に突っ込まれたわけでもないし怒る気にもなれないが、山村は股で擦れる宏国の欲望に、激しく興奮した自分を隠せなかった。男相手にスマタをするということは、人に同じことをされても嫌がらないんじゃないだろうか。そう思った途端、山村は熱を持っていた下半身が一気に勢いづくのを感じた。

やってみたい。しなやかな筋肉に覆《おお》われた太股の間に差し込んで、擦ってみたい。可能性の三文字を見つけてしまうと、山村は自分の中の衝動が堪《こら》え切れなくなってきた。初めて自慰をした、罪悪感を抱えたあの淫靡《いんび》な夜みたいに、思わず枕にしがみつく。背中にずっと感じている熱が誘惑してくる。

ちょっとずつ触れて、嫌がられたら即刻止める。心に決め、山村は手前に少し体を引くと、寝返りを打った。向かい合ったままでは恥ずかしいので、宏国の顔を壁に向かせる。狭いベッドで押し合うのは日常茶飯事なので、宏国は「あぁ」と小さく唸っただけで抵抗することなく、山村にされるがまま壁側を向いた。

山村は宏国の背中にぴたりと貼りつくと、腰をグッと押しつけた。怒張したものがわかるようにわざとそうした。宏国は「はぅ」と呻いただけで目を開けない。何より眠たいという顔をしている。

山村は宏国の短パンを太股の半ばまで引き下げた。自分の服も下着ごと同じ位置まで下げて、締まった太股の間に怒張したそれを差し込んだ。たかがスマタ、生の感触も知っているのに、宏国の太股を押さえる指先が震えた。頭の中が沸騰《ふっとう》するかと思うほど興奮する。手を伸ばして、宏国のペニスに触れたい衝動に駆られたが、それは必死で堪えた。

目を閉じ、山村は激しく腰を動かした。ベッドがギシギシ軋《きし》む。興奮しすぎたせいなのか、それともあんまり長引かせたらまずいと自衛本能が働いたのか、山村がイクのも宏国に負けず劣らず早かった。

出したものを始末して、短パンをもとに戻す。何ごともなく終わったと安堵したその時、壁際を向いていた宏国が寝返りを打って山村と向かい合った。じっと見つめてくる。山村はヘビに睨まれたカエルのように動けなくなった。逸らされない視線に、ゴクリと生唾を飲み込む。

先に人の股をオナニーの道具に使ったのは宏国だが、同じように道具にされてどう思ったんだろう。その目を見ていられずに、視線を逸らす。予告もなく拳が出てくるような気がする。怖い。向かい側にある体がゴソゴソと動き、緊張に耐えきれなくなった山村がベッドを出ていこうとした時、宏国がぴたりとくっついてきた。目を閉じ、スーッと深い息をつく。

嫌じゃ……なかったらしい。安堵すると同時に体からフッと力が抜ける。宏国は目を閉じたまま顎をクッと引き上げる。カーテンが遮光《しゃこう》ではないので、外灯の明かりが部屋の中をぼんやりと照らす。閉じられた宏国の睫毛《まつげ》は長い。顔はつるりとしていて、張りがある。

それは衝動としか言えなかった。山村は綺麗な額をぺろりと舐《な》めていた。スマタを許された安心感からか、それとも思いのほか綺麗な顔に誘惑されたか……。その行為で宏国が目を開け、少し顔を引き上げるとお返しとばかりに山村の顎先をぺろりと舐めて再び目を閉じた。

胸に何か、甘痒いものが込み上げてくる。背中に変な汗が浮かんできて、山村は宏国に背を向けた。なんだ、今のは。犬みたいなアレはなんだ？　先に舐めたのは自分だけれども。

急いでいると手づかみでメシを食って、言わないとなかなか風呂にも入らない上に、日本語にも不自由していて、時に激しく凶暴な男。知っているのに、山村は無性にセックスがしたいと思った。宏国としてみたいと。

裸体に欲情したことはあるが、それは男の体に対する条件反射だった。今は違う。この男がどんな風に喘いで、乱れるのか見てみたい。あとあと面倒だとか、手を出さないほうが懸命だとか冷静な頭が諭《さと》す中、やってみたいと思う気持ちが治まらない。

山村はベッドを抜け出し、トイレに行った。戻ってきてからは窓辺に座り込み、ベッドのこんもりとした盛り上がりをぼんやり見つめながら、明け方まで煙草を吸った。

窓の下、変な格好で寝たせいで山村は起き抜けから背中が痛かった。宏国は先に起きていて、毎朝の日課で髭を抜いている。シェーバーの使い方を教えてやったけれど、抜くほうを好んだ。毎日抜いているので生えてくるサイクルは遅い。

髭の手入れが終わると、買い置きのバナナを食べ始める。短パンは穿いているが、上は着てない。薄い色の小さな乳首が露《あらわ》になっている。尖《とが》ったソレが、自分に愛撫してもらいたがっているような気がしたりとか、桃色の妄想で朝っぱらから興奮する。山村はうつむいた。自分の頭が手に負えない。

十代の時のように、妄想で下半身が重たくなる。朝から抜いても悪いわけではないが、自分の頭と体がやけに浮わついているという自覚はある。欲望を絞り出してトイレから出ると、向かいのキッチンで水を飲む宏国の背中が見えた。最初は水道に口をつけて飲んでいたけど、零《こぼ》さず飲めると知ってからはコップを使うようになった。

肉欲が振り返る。そこに立っているだけで扇情的で、艶《なま》めかしい。宏国はふだんと変わらないのに、自分の脳内に変なフィルターがかかっている。

山村はうつむき加減に部屋へ戻ると、窓の下に座り空を眺めた。どうして今日が休みなんだと腹立たしくなる。仕事があれば、サッサと出掛けられた。視線を逸らしていても、背後の物音が気になって仕方ない。山村は頭をガリッと掻き、振り返った。

「お前さぁ、落合の家に行けよ」

「おちゃ?」

落合と発音できない宏国は、落合のことを「おちゃ」と呼ぶ。最初聞いた時は大笑いした。けどすぐさま同じ羞恥が自分に降りかかってきた。落合同様、山村と発音できなかった宏国に「やむぃ」とトンチキな呼び方をされるようになったからだ。

「そうそう、毎日行ってるだろ」

「おちゃ　おでかけ」

そういえば昨日、留守にすると言っていた。聞いたのに、すっかり忘れていた。

一度抜いたのに、また頭の中がムラムラしてくる。たかがスマタごときで自分がこんなに猛烈な性欲に取り憑かれるとは思わなかった。

「宏、俺は出掛けてくるからな」

山村は財布を手に立ち上がった。パチンコで気晴らしでもしようと思ったからだ。靴を履こうとした時に、携帯の着信音が聞こえた。忘れて出掛けるところだった。

『おはよ』

電話の相手は仁志田だった。

「お前、朝っぱらからなんだよ」

『朝っぱらって言っても、もう十一時だろ。今から行っていい?』

販売員は基本、土日が休みになる。なぜなら休日は旦那《だんな》が家にいるからだ。男が家にいると十中八九、契約が取れない。

「彼女はどうしたんだよ。休日に放っといていいのか」

『それがさぁ親戚の具合が悪いとかで、急に駄目んなったんだよ。もっと早く言えっての。俺、こっちまで出てきちゃったし、山村さんとこまだ変な従兄弟がいるんでしょ。見せてよ』

「けどなあ……」

山村はベッドを背もたれに座り込んでる宏国をチラリと見た。

「見せろって言っても、見た目普通だぞ?」

『っていうか、俺もう部屋の前にいるし』

「えっ」

山村が顔を上げると同時に、玄関のドアがコンコンとノックされた。

仁志田は不躾な視線で宏国を見た。宏国も仁志田をじっと見ている。互いに見つめ合う。この奇妙な緊張感は、柵越しに見つめ合う人と獣……動物園を彷彿《ほうふつ》とさせた。

「……上は着てないし坊主だけど、見た目は普通だよね。顔もわりといい感じだし」

仁志田がこそっと耳打ちする。

「もとは日本人だしな」

「けどさ、踊るとか言ってなかったっけ。頭に羽根飾りとかつけたりしねえの？」

「そりゃお前、映画の見すぎ」

山村は笑った。

「こいつ、日本語わかんないんだよね」

「そこそこわかるようになってきてるぞ。喋るのはまだまだだけどな」

仁志田は檻の獣に近づくと「こんちわ」と軽く声をかけた。宏国は返事をしない。

「俺は山村さんのダチってことで、よろしく」

沈黙は続く。仁志田はたまりかねたように山村のもとへ戻ってきた。

「声かけても反応ないんだけど。わかってないのかな？」

「正しい日本語しかわかんないから、一字でも省略したり縮めたりしたら通じないぞ」

仁志田は「うっわーめんどくせ」と肩を竦め「なんか喉渇いた。飲むモンちょうだい」と言って勝手に山村宅の冷蔵庫をあさって茶を飲んだ。仁志田は部屋をぐるりと見渡す。

「なんか違うと思ったら、そのへん綺麗になってんね」

「二人になると狭いからな」

それだけではなかった。山村は落合に「部屋はそこそこ掃除して、換気をしてね」と言われていた。原始インディオはとにかく呼吸器系の疾患《しっかん》に弱い。そういう病気を引き込むと、長引くと注意されたのだ。寝込まれるのも嫌だし、部屋を汚くしていて病気にしましたなんて有沢に知られたら、面倒を見るといった手前言い訳ができない。

そんな必要に迫られて、時折掃除機をかけるようになった。とりあえずゴミもゴミ箱に入れるようにした。夕飯を落合の家ですませてくるようになったので、コンビニに行く回数が減り、かさばるゴミも減った。ゴミを溜め込んだのは、ゴミ出し日と分別がわからないこともあったのだが、借りていたタッパーを返す際にそのことをチラッと話したら、隣のババアがゴミの分別表をコピーしてくれた。

あーあと呟くと、キッチンのシンクにもたれかかり仁志田は大きなため息をついた。

「今頃、動物園デートのはずだったのになぁ」

「……おい、それって粗品のチケットじゃないだろうな」

仁志田は「へへっ」と笑った。半年ほど前、会社で浄水器の契約が成立した家にオープンしたばかりの動物園の無料チケットを進呈していたことがあった。課長がどこかの筋からもらってきたものだ。

「いただいたの二枚だけだし」

「プライベートに持ち帰るなって言われてただろ」

「そんなん誰も守るわけないでしょ。束《たば》で持っていって、金券ショップで売り払ってた奴もいるよ。まぁ、誰とは言わないけど」

山村はチッと舌打ちした。動物園なんか興味もなかったし、鞄に入れて持ち歩くのが面倒で粗品として渡したことなどなかった。自分の知らないところで誰かがうまい汁を吸っていたかと思うと、悔しい気がする。

「二枚の俺なんて、本当可愛いもんだよ」

「金券ショップに比べりゃな……って、そういやアレって使用期限が短かったぞ。大丈夫なのか」

「えっ、本当」

仁志田が財布からチケットを取り出す。使用期限は明日、日曜日までだった。


仁志田の車に乗って、動物園に向かう。他になんの予定もなかったからだ。子供じゃないから「動物園！　わー行きたい」という気分にはならないが、暇だしタダだと言われたら「まあ行ってもいいか」と腰を上げるぐらいのノリだ。

なんとなくだが、動物園は宏国が喜びそうな気がした。

「動物園に、動物を見に行くか？」

問いかけると、宏国は「どぶつ？」と問い返してきた。

「動物だよ。ゾウとかライオンとか」

釈然としない顔をしている。

「どぶつ　ぞう　らおん」

動物という言葉が、ゾウやライオンと並列になっている。宏国には動物という言葉がほ乳類全般を示すということがわかってないようだった。

「色々なモンがいるんだよ。鳥とか猿とか」

猿でようやく反応が返ってきた。

「さるっ」

宏国の声に勢いがついてくる。ようやく興味の片鱗《へんりん》に触れたようだった。猿を見てみたかったのか、いつも嫌々なのに今日は自分からTシャツに袖を通していた。

宏国は仁志田に対して、警戒もしなければ興味も示さなかった。自分と最初に会った時のように、仁志田に向ける顔はやたらと無表情だ。それが自家用車を持っているということで、態度が変わった。車はたくさん見かけるものの、簡単には手に入らないものだと認識していたようで、中古のスポーツカーの後部座席、「にしだ　くるま　いい」と何度も繰り返していた。

「中古だけど、誉められるといい気分だなあ。宏国、もっと誉めろ」

仁志田は宏国をたきつけ、誉めさせてはニヤニヤと悦に入っていた。オープンカーで、髪が千切《ちぎ》れそうになるぐらい風にさらされるのも宏国はお気に召したようだった。

ドライブは楽しそうだったのに、動物園が近くなってくると宏国の表情が変わった。眉間《みけん》に皺《しわ》を寄せ、鼻をクンクンと鳴らす。そして動物園の駐車場に着いた時には、苦虫を噛み潰したような不機嫌な顔になっていた。車を降りるなりそわそわと車の周囲を歩き回り、何度も鼻をヒクつかせたりと少しも落ち着かない。かと思ったら、不意にゲートを指さし叫んだ。

「わるい」

「何が悪いんだよ？」

「におい　わるい　くう」

どうして『悪い匂いが食う』んだと頭の中に？マークが飛び交ったが、考えてみる。悪い匂い→動物の匂い→ライオンやトラ→食べられる……と連想ゲームでようやく理由らしきものに行き当たった。宏国は異常に鼻が利くので、肉食獣の匂いでも嗅ぎつけて怖がっているのかもしれない。

「檻の中に入ってるから、大丈夫だって」

「おり　はいる？」

「そう、檻に入るだ。でなけりゃ、動物園にあんなに人が入ってくわけないだろ。行くぞ」

檻はわかるようだが、どうにも宏国は及び腰だった。歩き方も遅いので、山村がTシャツの裾を強引に引っ張った。入館ゲートをくぐるまでは、強張った表情をしていた宏国だが、いったん中に入るとすぐに「檻に入る」という状況を理解したようだった。

動物園は、土曜日ということもあり家族連れ、カップルと人は多かった。できて半年ほどしか経ってないので、建物全体、歩道や檻も綺麗だ。それほど規模は大きくないが、園内マップを見てみると、子供が喜びそうなライオン、象、キリンといった動物はちゃんと押さえてあるし、売店やカフェも多い。

「やっぱ、ケモノくせえなあ」

顔をしかめる仁志田をよそに、宏国は大興奮していた。象の檻の前では、ぽかんと口を開けてその巨体に見入り、キリンの檻の前では嬉しそうにダカダカと足踏みをしていた。宏国は一つ一つの檻の前からなかなか動かないので退屈になったのか、仁志田は途中で「俺、向こうでコーヒー飲んでくるんで」と言って離れていった。

山村もさほど動物に興味があるわけではないけれど、宏国の反応が面白いのであとをついて回った。暇潰しに動物の紹介をしてあるプレートを読んでいくと、生息地は「インド」「オーストラリア」「ケニア」なんかで「ブラジル」はない。山村は写真やテレビでどの動物も一度は目にしたことがある。けれどテレビも見ない、本も読まない、アマゾンのジャングルの中だけで生きてきた宏国にとって、初めて見る変わった形の動物は、珍しく面白いに違いなかった。そう考えると、子供のようなはしゃいだ反応もわかるような気がしてくる。

嬉しそうだった宏国の表情が、ジャガーの檻の前に来た途端、変わった。ジャガーの生息地は「ブラジル」。ようやく宏国の知っているであろう動物がお目見えしたというのに、檻の中で寝そべっているジャガーを見る目は今までになく厳しい。

グォルル……と隣から低く唸るような動物の鳴き声が聞こえてきて、山村はギョッとして振り向いた。檻の中で鳴いているならおかしくない。けれど獣の鳴き声を発しているのは、隣にいた宏国だった。周囲の人も驚いたように振り返る。

宏国が獣の声で吠えた。檻の中にいたジャガーがむくりと起き上がり、のそのそと鉄柵まで近寄ってくる。ジャガーはじっと宏国を見つめ、そして空を仰ぐように「ガウゥオルル」と大きく吠えた。それに呼応するかのように宏国も吠える。

「何あれ。すごーい」

小さな子供が宏国を指さす。周囲の視線を一気に集めても、当の本人はおかまいなしで吠え続ける。まるでジャガーと話でもしているようだった。最初は呆気にとられて見ていた山村だったが、どんどん人は集まってくるわ、指を差されるわで恥ずかしくなり、宏国のTシャツを引いて強引に檻から離した。

獣と意志の疎通……みたいなことができてよかったんじゃないかと山村は思ったけれど、ジャガーの檻を離れてから宏国の表情は暗く、他の動物を見てもはしゃいだりしなくなった。

動物を一通り見て回った頃には、仁志田はコーヒーを飲んでいると言った場所からいなくなっていた。日差しはきついし、探して回るのも面倒で、山村は宏国を引っ張ってすぐそばにあった「世界の昆虫館」に入った。

しっかり冷房が効いている上に、人も少ない。ベンチもあって快適だった。ワンフロアの昆虫館は、クワガタやカブトムシがメインのようで、壁にいくつもの昆虫標本が飾られている。棚に置かれた硝子《ガラス》ケースの中には生きている虫もいるらしい。宏国はカブトムシには目もくれず、まっすぐ蝶の標本へと駆け寄った。

宏国が見ていたのは、メタリックブルーの大きな蝶の標本だった。「学術名　レテノール　モルフォ、生息地はブラジル」と簡単な説明書きがしてある。山村はこういった昆虫標本が、特に蝶は羽根ではなく本体部分がグロテスクに思えて好きではないけれど、青い羽根は美しいと思った。壁に飾ってある蝶の標本ケースを不意に鷲づかみにすると、左右にガタガタと揺らし始めた。

「おっ、おいっ」

慌てて背後から両手を押さえた。それを見ていた子供が「触ったー」と宏国を指さし、隣にいた母親が「駄目っ」と子供の手を摑んだ。

「ケースに触っちゃ駄目なんだよ」

宏国の両腕には変に力がこもっていたが、徐々に抜けていった。押さえるという本来の用途がなくなった途端、相手の肌の感触を意識して山村はパッと手を離した。

「とぶ　みる」

宏国は天井を指さす。どうも飛んでいるのを見たかったらしい。標本は今にも飛び出しそうなほど綺麗に作ってあった。

「この蝶はもう死んでるんだよ。標本なの」

あぁ、標本なんて言ってもわかんないだろうなぁ、と喋りながら思う。

「ええっとなあ、蝶が綺麗だから、死んでも飾ってるんだよ」

「とぶ　きれい」

宏国は両手を高く伸ばして、風に吹かれるみたいにヒラヒラと手首を振った。宏国はこの蝶が飛んでいるのを実際、見たことがあるのだろう。

「いっぱい　きれい」

青い蝶が群がるように飛んでいる風景を脳内で思い描く。こんなのがふわふわしていたら綺麗だろうな、見てみたいなと思う。緑色のジャングルで群れ飛ぶ青い蝶と、それを見上げている全裸の宏国……ぼんやりしていた山村は、じっと見つめる宏国の視線で我に返った。途端、自分の妄想が恥ずかしくなる。

「死んだ蝶はもう飛ばないからな」

釈然としない顔をしている宏国のＴシャツを引っ張って、昆虫館を出る。やっぱり自分は昨日からおかしい。二人きりでいないほうがいいような気がして、携帯電話で仁志田を呼ぶ。野外カフェにいるというので、そっちへ向かった。途中「動物ふれあいコーナー」というエリアがあって、幼稚園から小学生ぐらいの子供が五メートル四方のケージの中に入り、兎やモルモットと遊んでいた。宏国の視線が、ケージの中の兎たちに向けられる。足取りが重くなる。

「何、お前、兎に触りたいの？」

宏国は山村を見ると「さわる」と返事をして、一人でずんずんと「ふれあいコーナー」のほうへ行ってしまう。

「ちょっと待てって！　そういうのはな、大抵子供だけって決まってんだよ」

山村の声に、ケージの前で兎の世話をしていた職員らしきつなぎの若い女性が顔を上げた。恥ずかしさに顔がカッと赤くなる。とりあえず宏国の腕を摑んで阻止し、山村は聞いた。

「ここって、子供だけですよね」

「大人の方も大丈夫ですよ」

職員はニコリと微笑む。けれど山村は小動物と戯《たわむ》れる宏国が想像できなかった。

「お前、まさか食べるつもりじゃないだろうな」

若い女性がギョッとした顔をする。宏国は生真面目《きまじめ》な顔で「たべない」と答えた。

「殺したり、苛《いじ》めたりしないか」

宏国の顔が、やや不機嫌な色を帯びた。

「ころさない」

食用にしたり、苛めたりするのではないとわかったので、宏国の腕を離す。宏国は小さなケージをひと跨《また》ぎにして中に入った。子供の中に混ざる大人。宏国は薄茶色の兎の前にしゃがみ込むと、その背中をそろそろと撫でた。心配でしばらく様子を見ていたけれど、宏国は撫でたり、抱き上げたりするものの、危害を加えようとする気配はなかった。それどころか兎に頬ずりして笑う。その顔はやたらと子供っぽい。ふだんは無表情なのでギャップがある。

トントンと後ろから肩を叩かれた。

「なかなか来ないからさぁ。向こうで座らない？」

仁志田が笑う。もう少し宏国を見ていたかったけれど「ひょっとして、山村さんも兎と遊びたいの？」とからかうように言われ、山村は「んなわけないだろ」と吐き捨てた。

「宏、俺はあっちにいるからな」

声をかけ、カフェの方向を指さす。宏国はチラリとこちらを見たものの、すぐさま兎に夢中になった。冷房の効いた室内は満席で、オープンテラスの庇《ひさし》の下に陣取る。山村も仁志田もアイスコーヒーを頼んだが、仁志田はそれには口をつけず煙草ばかり吸っていた。

テラスからは「動物ふれあいコーナー」が見える。宏国は飽きもせず、子供に混ざって兎と遊んでいる。

「あいつ、動物園を満喫してんね。頭の構造が子供と同じみたいね」

「そうかもな」

仁志田はフーッと白い煙を吐き出した。

「けど俺、あーゆうのって駄目。山村さんホント偉いね」

宏国とけっこういい感じで話していると思っていたので、さりげない本音に胸がひやりとする。

「お前、駄目なんだ」

「ああいうのが得意な人って少ないんじゃないの？　普通の話、できないしさ。からかってると面白いけど、それだけって感じ。半年は面倒見るんでしょ、大変だね」

仁志田は煙草を灰皿に押しつけると「まぁ、あいつの話はどうでもいいんだけどさ」と椅子の上で姿勢を正した。

「ちょっとマジな話、していい」

「なんだよ、急に改まって」

「課長には言わないでほしいんだけどさ、俺、来年には会社辞めるつもりだから」

「本気か！」

驚いた。人を騙すにも才能がいる。高額な給料に引かれて入社を希望する輩《やから》は大勢いるが、大半は使い物にならない。仁志田は若手の中でもずば抜けて口が上手く、要領もいい。訪問販売の営業に合っている。そこそこ稼いでいるようだし、しばらくは続けていくものだと思っていた。

「辞めてどうすんだよ」

「知り合いが会社を立ち上げるから、そこに共同出資って形で参加するんだよ。小さいトコで今より給料は落ちるけど、将来性あるしさ。やっと人様に顔向けできる仕事をやれるって感じかな」

以前、仁志田が「金が貯まったら別の仕事をしたい」と言っていたことを思い出す。そのチャンスが回ってきたのだ。山村は「ああ…ね」と相槌を打ったあと、何か言い忘れたような気がして「よかったな」と付け加えた。

「まだもうちょっと先の話だけどさ。それまでに資金を集めないといけないし。あと、これは山村さんを見込んでの話なんだけど、俺らと一緒にその会社をやってく気とかない？」

ズル……と緩慢《かんまん》に吸い上げていたコーヒーを吹き出しそうになり、ぐっと喉に力を入れた。

「なんだそれ」

「嫌ですか？」

「嫌ですかって……俺を誘うなんてお前、世も末だろ」

自己評価ひっくー、と仁志田は肩を竦めた。

「まぁ、金遣いが荒くていい加減なのは否定しないけど、山村さんの営業力はかなり買ってんだよね。今より稼ぎは減るけど、基本が出来高《できだか》だから山村さんだったら、すぐに今の会社と同じぐらい稼ぐようになると思うよ」

確かにここ二年、月の売り上げはトップ三から落ちたことはない。ないが……。

「あとここだけの話……あの会社かなりヤバイらしいよ」

山村は声を潜《ひそ》め「本当か」と問い返す。

「この前、課長と一緒に飲みに行った時、チラッと聞いちゃったんだよね。ウチ自体の業績は悪くないけど、系列会社の健康食品がダメダメなんだってさ。ライバル企業が多くてどんどん売り上げが落ちてってるらしいよ。他との差別化とかいって、新しいサプリメントを導入したはいいものの、それがかなりイケてないって噂でさ。今も赤がすごいらしくて、あおり喰らって共倒れだけは勘弁してくれってぼやいてたよ」

山村は「ウーン」と唸った。系列会社で健康食品を扱っているというのは、山村もチラッと耳にしたことがある。

「今のトコいてもその場しのぎって感じで将来性もないし。まぁ、あそこにはもとから期待してなかったけどね。で、俺が共同出資する会社の相方には一人加えてもいいかってもう言ってあるんだ」

「ちょっ、ちょっと待て」

山村はテーブルに身を乗り出した。

「俺は今話を聞いたばかりだぞ。それにどんな内容の仕事なのかも知らないし」

「立ち上げるのは、車の保険会社だよ。だからどうしても営業が欲しいんだよね。それに俺が言うのもなんだけど、これっていい話だと思うよ」

条件など諸々の詳細はわからなくても、会社がやばいという話を聞いてしまった今、仁志田の持ってきた話は魅力的だった。人を騙す仕事ではなく、まともな仕事だというのもいい。けれどいくらなんでも話の展開が早すぎる。

「とりあえず少し考えさせろよ」

「考えても同じだと思うけどなぁ」

確かに、今の会社を今日、明日に辞めても収入が減るだけでなんの不都合もない。いい話か……と呟きながらふと周囲に視線をやると、兎と遊んで満足したのか、宏国がこちらへ歩いてきていた。

「じゃ、そろそろ帰りますか」

仁志田が立ち上がる。宏国が苦手だと言っていたので、一緒にいるのも嫌なのかもしれない。そう思うと、山村も長居する気にはなれなかった。

帰りの車の中、宏国は行きのようにはしゃいだりしなかった。いつもの無表情に戻ってじっと外の景色を見ている。

「宏、面白かったか？」

坊主頭が振り向く。

「じぶん　おなじ」

質問の答えになってない。

「何が同じなんだよ？」

「じぶん　イラメ　おなじ　むら　かえる」

「イラメってのはなんだ？」

宏国は狭い後部座席で四つん這いになると、山村の耳許で「ガウヮオルル」と吠えた。ジャガーの檻の前で聞いたあの声だ。

「うわっ、なんだっ」

仁志田が驚いて振り返る。

「あ、悪い。気にするな」

宏国の言うイラメとは、ジャガーのことらしかった。

「イラメ　しぬ」

宏国がぽつんと呟いた。

「死ぬ？」

「イラメ　しぬ　イラメ　なく　むら　かえる」

「どうしてジャガー……イラメが死ぬなんてわかるんだよ。元気そうだったじゃないか」

「イラメ　しぬ　じぶん　わかる」

ぶつ切り言葉を推測すると「死期を悟ったジャガーが、故郷に帰りたいと泣いてる」だろうか。

山村はその話をどこまで信用したものかと首を傾げた。

「まぁ、ジャガー……じゃなくて、イラメか。イラメが死ぬとしても、もといた場所に戻すのは無理だな。誰もそんな死にかけたモンに金をかけたりしないだろうし」

「うっわー、山村さんシビアだね」

車を運転しながら、仁志田がくぐもった声で笑った。二十分ほどでアパートへと帰り着く。宏国は車が止まると、ドアをひょいと飛び越えて一人でスタスタとアパートに向かっていった。そんな芸当ができない山村はちゃんとドアを開けて車を降りる。

「じゃあな」

「また月曜日に。あ、それとさっきの起業の話、本気なんで考えといてくださいよ」

念を押したあと仁志田のスポーツカーは、住宅街をけっこうなスピードと派手なエンジン音で遠ざかっていった。

「なんなの、アレ」

不穏な声が聞こえる。タンクトップに半パンというういでたちのババアが、山村の背後に立っていた。胸の膨らみはあるものの、ババアは最近山村の中で男女の垣根を越え始めた。後ろ姿だと、性別の判断は不可能だ。

「こんな狭い道をあんなスピードで走って、馬鹿じゃないの」

ブルドッグ顔の眉間に深い皺が寄る。

「すみません」

反射的に謝る。ババアは自分たちが車から降りてくるのも見ていたに違いなかった。

「まったく、ああいう手合いはろくなもんじゃないわよ。あんたも付き合う人間は選んだほうがいいわね」

少しばかり車のスピードが速かっただけで、仁志田はババアの中で極悪人の判子《はんこ》をパンと押された。「はあ」と曖昧にやり過ごし「じゃあ」とアパートの階段へ向かうと、ババアもあとからついてきた。

「そういえばあんた、里芋とか食べる？」

「いや、あまり食べたことないですけど」

「美味しいわよ。分けてあげるわ」

欲しいと言ってないのに、ババアは部屋に戻るとタッパーいっぱいの煮物を手に出てきた。ドアの前に立つ山村にズイッと差し出す。

「あ、そんな悪いですから」

「いいのよ、どうせ昨日のだから。けど味が染みてて美味しいわよ」

有無を言わさず押しつけ、ババアは去る。最近、よくこんなことがある。ババアは顔を合わせると「ちょっと持っていきなさいよ」とおかずの残りをくれる。くれるのは煮物や煮物や煮物なのだが、これがわりと美味い上に、宏国がよく食べる。

里芋は、宏国と二人でおやつがわりに早速食べた。ババアの言うようによく味が染みてる。腹もいっぱいになり、ごろりと畳の上に転がった。バタンと右隣のドアが締まる音がする。パタパタとサンダルの音。ババアはまたどこかに出掛けるらしい……。

宏国は日陰に膝を抱えて座り、無表情のまま揺れるカーテンが畳の上に作る影をじっと見ている。宏国は興味があるものを凝視《ぎょうし》する癖がある。反対に興味のないものは華麗に無視する。

温《ぬる》い風が吹き込んでくる。宏国の横顔はどこか寂しそうにも見えた。ジャガーが死ぬのがそれほどショックだったか、それとも村に「帰りたいのに帰れない」ジャガーの境遇を自分にあてはめて、共感したか。

ふと山村は自分にとっての故郷はどこになるんだろうと考えた。足立《あだち》区で生まれ、小学校を卒業するまでそこに住んでいた。中学になり引っ越した母方の実家は隣の区で、一人暮らしをし始めてからはずっと豊島《としま》区。故郷までは電車で約三十分。郷愁《きょうしゅう》を誘うほど遠くない。だからひたすら「帰りたい」と言う宏国の感覚は、わからなくはないけど他人事だった。

宏国の顔を見ているうちに、兎と遊んでいた時は笑ってたなと思い出す。兎ってのはいくらぐらいするものなんだろう。千円、二千円？　ペットショップなんて行ったこともないからわからないけど、それほど高くはないだろう。兎だったら鳴かないし、檻に入れておけば大家に見つかることもない。

宏国が畳の上にごろりと横になった。猫みたいに両手足を緩慢に伸ばしたあと、肩をゴソゴソと動かしたと思ったら、Tシャツの裾に手をかけて上を脱ぎ去った。しなやかな筋肉に縁取《ふちど》られた体が露になり、山村はゴクリと生唾を飲み込んだ。薄い色の小さな乳首は誘うようにツンと上を向いている。

宏国は上半身裸で仰向けのまま、畳の上で蛇みたいにくねった。背中が痒かったのかもしれないが、その妙にいやらしい仕草はエロビデオを彷彿とさせた。あんまり見てたら不自然だと思いつつ、その姿から目が離せない。さっきまで仁志田がいたから、それほど意識せずにすんだ。けれど今は部屋の中で二人きりだ。夜のオナニーをまざまざと思い出す。したい。宏国としたい。ベッドに引きずり上げて、下を脱がせて、ペニスを舐めて、犯したい。セックスがしたい。

絶対に殴られる。下手したら殺されるぞと自分に言い聞かせた。一時の衝動で怪我なんかしたくない。だけど宏国は男相手のオナニーは嫌がってなかった。それなら体に触れるぐらいだったらさせてくれるかもしれない。頭と体で葛藤《かっとう》する。したい。駄目だ。したい。触るぐらいなら……最後までしなかったら……触りたい。触りたい。

山村はむくりと起き上がった。両足を伸ばして座る。

「宏」

カーテンの影を見ていた目が、山村に向けられる。

「こっちに来いよ」

声が上擦《うわず》って変に掠《かす》れる。宏国はそばにやってきた。足を伸ばして座る山村を、上からじっと見下ろしている。

「ここに座れ」

太股の上を指さす。すると宏国は太股を跨ぐようにして座った。膝に乗った重みと、熱。わずかな汗の匂い。まるで酔った時のようにくらりと目眩《めまい》がした。

いくら常識がない男相手でも、それなりに手順は必要だ。山村は宏国の頬に頬をすり寄せた。目を少し細めるけれど、嫌がった顔はしてない。頬をすり寄せたあとで、昨日みたいに額を舐めてみた。すると宏国もペロリと頬を舐め返してきた。……いける。確信した山村は、一方的に鼻、頬、顎先、首筋……そしてようやく目的の場所へと舌を滑らせた。

背中を抱いて、右側にある小さな粒を口に含む。舐めるだけではなんの反応もなかったけれど、ゆるりと甘噛みすると宏国の体がビクリと震えた。山村もいったん動きを止め、じっと宏国の反応をうかがう。押しのける気配もないので再び唇で愛撫した。舌先で粒を嬲《なぶ》り、甘噛みして、きつく吸い上げる。

愛撫は面倒くさい。どちらかというとさっさと実だけいただく主義の山村だったが、自分でも尋常じゃないと思うほどしつこく左右の乳首を愛撫した。びくびく震える体に興奮したし、舌先に感じる粒のしこった感触がたまらなくよかった。抵抗がないのをいいことに、思う存分味わい尽くす。そうしているうちに、自分の前もキツくなってきた。

夢中になっていた胸から顔を上げる。悪戯《いたずら》された両方の乳首は、粒が赤く尖り乳輪が腫《は》れ上がっていた。表情に乏《とぼ》しい宏国の目許もうっすらと赤らみ、目が濡れたように潤《うる》んで見える。山村の行為に、明らかに感じている顔だった。

山村は膝の上の男を畳の上に押し倒した。突然の体位の変化に、宏国は驚いたように目を丸くする。ワークパンツを下着ごと引き下げて足から抜き取る。具合の悪い山村の隣で全裸で踊り狂うような男だ。裸になることに躊躇《ためら》いはないのか、抵抗はなかった。

驚いたことに、宏国のペニスは薄い下生《したば》えの中で半勃ちになっていた。乳首への愛撫で感じたんだと思うと無性に嬉しくなって、山村は中途半端なそれを右手で強く握りしめた。

「ふぎゃっ」

色気のない声で叫び、宏国が身悶えする。股間に絡む山村の右手を引っ掻く。乳首で感じるなら、直接的な刺激は絶対に気持ちいいはずだ。痛いのを我慢して、山村は握りしめた手をゆっくり上下にスライドさせた。口であれこれ言うより、感じさせてわからせたほうが早い気がした。

手の中のそれが硬度を増すにつれ、宏国の抵抗は小さくなっていった。歯を食い縛り、軽く曲げた両腕を振って、悶えるように体を捻る。扇情的でいやらしい姿に煽《あお》られて、愛撫する手にも自然と力が入る。

完勃ちしてから三分もたたぬうちに、宏国は欲望の証《あかし》を吹き出した。名残の雫《しずく》を割れ目から滴《したた》らせ、浅い息と共に薄い筋肉の張った胸が忙《せわ》しなく上下する。青くさい匂いに吸い寄せられるように、山村は引き締まった太股を抱え込み、股間に顔を埋めた。果てたばかりの生々しいそれを大きくくわえ込んだ。

「ぎゃああっ」

叫び声と同時に、頭をガツッと殴られた。衝撃で山村は危うくくわえたものを嚙み千切りそうになる。二度も三度も殴られ、こいつは駄目だと悟り顔を上げる。宏国は股間を両手で隠すと、唇をムッと真横に引き結んで山村を睨みつけた。

「口が嫌なんだったらさ、さっきみたいに手でやってやるよ。なっ」

下手《したて》に出ても、宏国の目の中にある不審の色は消えない。

「やむぃ　ちんちん　たべる」

その一言で、宏国の自分に対する拒絶の理由がわかった。やむぃは山村のことなので、ペニスを食べられると思ったのだ。

「食べるわけないだろ。ちょっと舐めるだけ、なっ」

宏国は憮然《ぶぜん》とした顔のままだ。先に進みたいのを我慢して、山村は基本にたち返り、頬を舐めることから始めた。股間でなければ、宏国も抵抗はしない。首、胸、臍《へそ》と舌を滑らせてゆき、ようやく茂みまでたどり着いた。宏国は不機嫌な顔でじっと見下ろしている。感じてはいるようだが、勃起まで至らないペニスに右手を添える。いきなりくわえたりせずに根本からチロチロと舐めていった。宏国は最初こそ体をビクリと震わせたものの、山村の頭を殴ったりしない。多分、気持ちいいのだ。そういう風なやり方しかしてない。快感に従順で、徐々に力を増していく幹がやたらとかわいい。舐めたり、キスしたりしながら愛撫を続け、慣れてきたなと思った頃に口に含んだ。括《くび》れを締めつけ、唇で扱《しご》く。宏国は目を閉じ、口を半開きにしたまま「あっ、あっ」とかわいらしい喘ぎを散らしながら悶える。

素直な分、堪《こら》え性《しょう》はないようで今度も口に含んでからほどなく二度目の射精を迎えた。すべて飲み干してから、山村は宏国に体をぴたりと重ねてキスし、首筋を舐めた。

一方的に追い詰め、宏国の痴態を見ているだけで、山村はけっこうきわどいことになってきていた。ジーンズの前がきつい。細身だけれど締まった体を抱きしめながら、やりたい、やりたいと自慰を覚えたての頃みたいに夢想する。

ウエストあたりに手のかかる感触があった。宏国の手だ。何をしてるんだろうと思っていたら、両手にグッと力が入って、山村のジーンズを強引に引きずり下ろそうとした。

「おっ、おいっ」

自分から脱ぐならともかく、宏国に脱がされるとは思わなかった。このままだと間違いなくアソコに引っかかる。山村は半身を起こすと、自分でボタンをはずしジッパーを下げた。下着を突き上げる勢いのそれをじっと見ていた宏国は、下着の中に無造作《むぞうさ》に手を突っ込むと、怒張したものを引っ張り出して両手で扱き始めた。

宏国にそんな積極的な愛撫をしてもらえるとは思わず、山村は動揺した。最初は幻想か？　と思ったけれど、下半身からジリジリとせり上がってくる快感が事実だと教えてくれる。そして気持ちいいけれど、宏国の扱き方は上下に手をスライドさせるだけの単調なもので、いささか事務的だということにも気づいた。それでも山村は宏国に触れられているというビジュアルだけで激しく興奮した。目を伏せ、目許を少し赤くして、口許も半開きのまま懸命に自分のモノを扱いている宏国はこちらに媚《こ》びてるわけでもないのに、やたらとエロかった。

たまらなくなって山村は瞼《まぶた》や額を舐めた。舌で触れると、そのたびに指先がビクつくのがかわいい。戯れに、山村は宏国の右の乳首を摘んだ。宏国の体がブルッと震えて、山村を見上げる。親指と人差し指でこね回すと、頼りない顔で「あっ」と喘いで背中を捻った。弄《いじ》られて感じながらも、山村への愛撫は止めない。破廉恥極まりない、愛撫を与えながら、与えられるという状況において、山村は体の重心が揺らぐような酩酊《めいてい》感に包まれた。もっといやらしいこともしたし、されたこともあるのに、こんなところでエロスの骨頂《こっちょう》を見た気がした。

山村は最後、イク寸前に宏国の手から自身を引き抜いた。欲望はすべて自分の右手に受け止める。そして自分自身の放ったものを、そのまま宏国の股の間に塗りつけた。窄《すぼ》まりの周囲を指先でそろりと押す。宏国は嫌がらなかったが、くすぐったそうにモゾモゾと腰を揺らした。

山村は宏国に覆いかぶさり、自身の滑《ぬめ》りの力を借りて指先を一本滑り込ませた。

「うぎゃっ」

潰れたカエルみたいな悲鳴があがる。宏国が腰を揺らして、山村の指先もプツリと抜けた。宏国は大股を開いたまま腰を振る。本人は嫌々のつもりかもしれないが、山村にとってはもう「入れて」と誘われているとしか思えなかった。

もう止まれない。山村は宏国の腕を掴み、畳の上にうつぶせにした。背中から、自分の体重で押さえ込みながら、嫌がられた尻にゆっくりと指を差し入れた。

「だめっ　だめっ」

宏国が暴れる。暴れても指は抜かず、山村は急いで宏国のいい部分を探した。浅い部分に、暴れる体がビクリと震えるポイントがあった。そこをゆっくりと押し、撫でてやる。引き締まった背中が揺らぎ、宏国は「あっ、あっ」と喘ぎながら両手で頭を抱えた。空いてる手で宏国の股間を探ると勃起していた。ちゃんと感じている。

中を擦りながら指を少しずつ増やす。気は急くけれど、慎重に入り口を広げる。傷つけたくはなかった。固かった入り口も柔らかくなり、ほころんでくる。もういける。山村は丁寧に広げたそこに、先走りで滑る自身の欲望をねじ込んだ。

「あひっ」

宏国の背筋が反《そ》り返り、肩先が小刻みに震える。少しずつ、時間をかけて山村は根本まで挿入した。挿入部に指で触れてみたが、血は出てない。宏国の中の熱さと、入り口の締めつけをゆっくり味わったあと、山村は腰を大きく動かした。浅い部分がいいと知っているので、腰を押さえつけてそこを重点的に擦る。

「あっ　あっ……あっ」

痛がったり、嫌がっている声じゃない。そうしているうちに、宏国が右手をごそごそと股間に持っていくのが見えた。自分でペニスを弄っている。尻に突っ込まれ、擦られて感じているのだ。宏国が後ろで感じられるとわかった途端、山村の中で理性の糸がプチリと切れた。

山村はゆっくりとした動きに勢いをつけた。深く差し込み、引き抜いては突く。夢中になってその熱を貪《むさぼ》る。

「あうっ、ひいっ、あっ、あっ……」

一度イッたけれど、抜かなかった。抜きたくなかった。宏国の乳首やペニスを弄っているうちにまた興奮してきて、腰を突き立てる。二度目を注いだあとに萎《な》えたものを引き抜くと、閉じきらない窄まりから注ぎ込んだ残滓《ざんし》がトロリと溢れて出てきた。剥き出しの尻が震え、うつぶせのままの宏国が顔を捻ってこちらを見た。いつもは表情のない顔が赤く火照《ほて》り、目の縁は快感を貪《むさぼ》った名残で少し腫れている。何よりこちらを見る眼差しが、背筋がゾクリとするほど艶《つや》っぽかった。

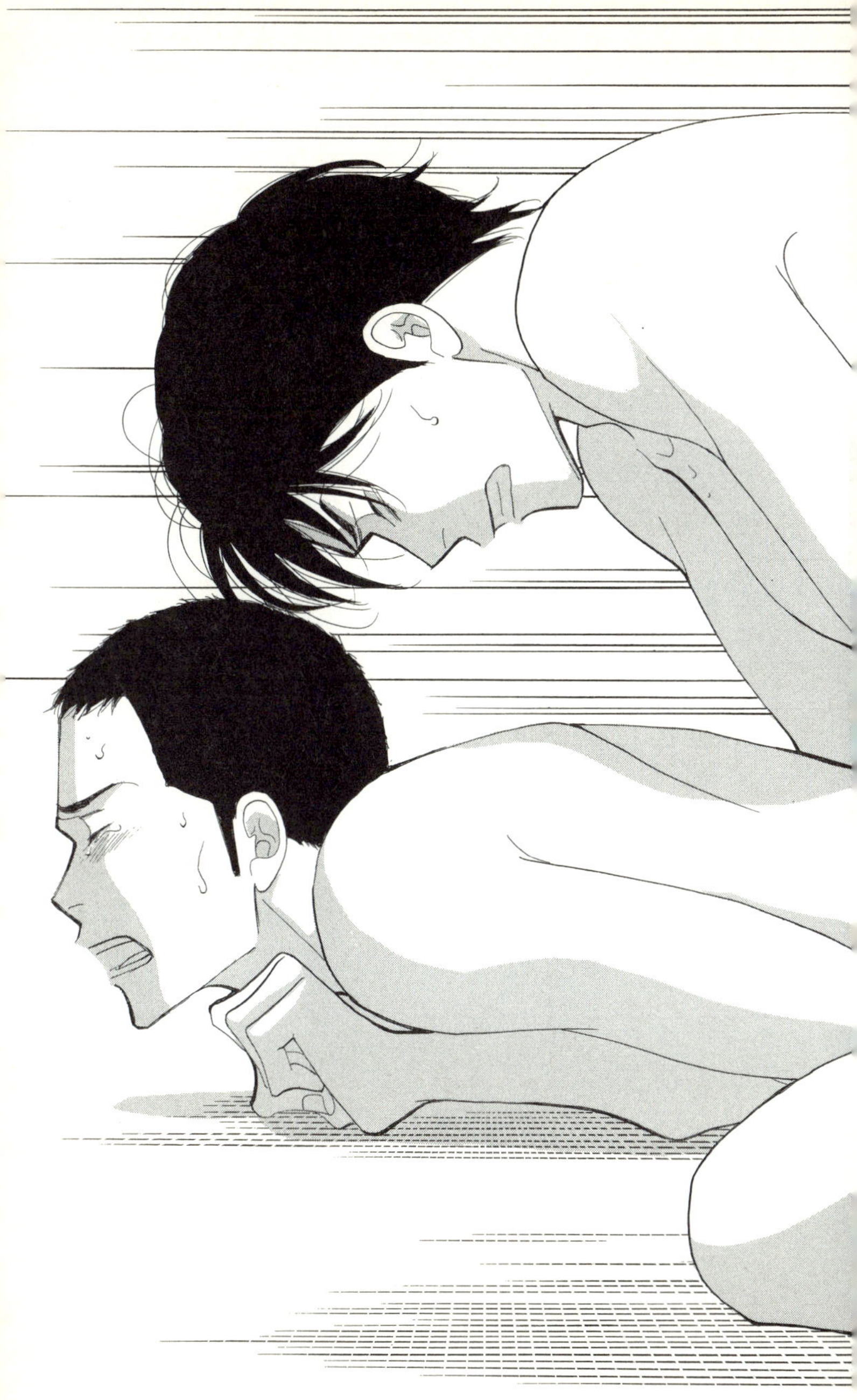

たまらなくなり山村は宏国を仰向けにすると上から覆いかぶさった。頬を押さえてキスをする。口の中を舌で掻き回して、躊躇うように小さくなっている舌先にいやらしく絡める。キスに慣れてない宏国が合間で「ふっ、ふっ」と鼻を鳴らすのがかわいらしかった。

キスだけでは飽きたらず、山村は自分が「食べた」体を全身、犬のように舐め回した。耳の穴から足の裏まで、その体に唇と舌で触れない部分がないぐらい、舐めて吸い尽くす。そうしているうちにまたムラムラしてきて正常位でしようとしたら、宏国がひどく嫌がった。だけど体を反転させて背後から挑むと、抵抗が消えた。後ろからされるほうが好きなようだった。

夕方近くに始まったセックスは、延々夜中まで続いた。ずっとやりっぱなしだったわけではないけれど、やっては少し寝て、起きてはやってを繰り返した。

山村だけががっつく一方的なセックスでもなかった。正常位は嫌がっても、後背位だとさせてくれる。それに宏国自《みずか》ら山村の手を引っ張って自分の性器に押しつけ、愛撫をねだることもあった。

何度目かの交接のあとで本格的に眠り始め、六時過ぎと早い時間に山村は目を覚ました。二人の精液でシーツはドロドロ、体はベトベト。そんな青くさい中で、ぴったりとくっついて寝ていた。

周囲の状況は最悪だが、山村はやたらといい気分だった。犯したいと思った男と、思う存分やれたからだろうか。

山村は枕に顔を押しつけて、眠る宏国をじっと見つめた。瞼が腫れてる。睫毛が長い。指先で頬に触れると、眉間にきゅっと小さな皺ができて、怒っているみたいで面白かった。こいつ、アレの時だとやたらとかわいかったり、色っぽかったりするよな……と昨日の情事を思い出す。ふだん無表情なので、感極まった表情はその落差が新鮮で、興奮する。

横向きになって眠る宏国を背後から抱きしめた。汗と精液の混じった、妙に甘ったるい体臭を思い切り吸い込む。今日が日曜で本当によかったと思った。こんな日に仕事なんて言われたら、暴れ出してる。今日は一日中、宏国とダラダラしていたかった。

公園のそばは日陰が多いけれど蟬《せみ》がうるさい。ジーリジーリと車の窓硝子《ガラス》も突き抜けて聞こえてくる鳴き声だけで、暑さを三割増しにさせる。

午後の遅い時間、山村は窓を閉め切り冷房をガンガンに効かせた車の中で、ラジオをつけたまま寝っ転がっていた。仕事でトークをしている間も、ふとした拍子に宏国のことを思い出す。セックスの記憶はやたらと生々《なまなま》しく、肌の感触が手に残っているような気がする。「ハーッ」ともう何度目かわからないため息が出る。めくるめく官能に水を差すのは「おとこ　くう　いや」と宏国に突きつけられた言葉だった。

動物園に行った翌日、日曜日は宏国と一日中ベッドで過ごした。月曜日になって、山村は渋々ベッドから降りて出社の準備を始めた。宏国も起きてきて、身繕《みづくろ》いをする。

「お前さあ、今日も落合《おちあい》のとこ行くの？」

宏国は「いく」と答えた。

「家にいろよ。尻、痛いんだろ」

「いく」

昨日はそこそこ手加減したが、二日間やりっぱなしだった。傷つけはしなかったが、男同士のセックスは負担だったのか、歩き方も前屈みで妙にぎこちない。宏国は頑固なので、一度言い出したらまぁ、言うことを聞かない。山村は頭を掻《か》いた。

「じゃあ行ってもいいけどさ、俺とエッチしたって、あいつに言うなよ」

「えっち？」

「んっとな……えっと、俺が、お前を食ったってことだよ」

「やむぃ　じぶん　くう」

「そう、それ。俺がお前を食ったってこと。落合には絶対に言うなよ」

「はなす　ない」

「言ったら完璧、あいつと気まずくなるからな」

「じぶん　はなす　ない」

いくら親しくしていても、性癖《せいへき》は隠しておきたかった。あのくらいの歳《とし》のノンケは、ゲイとオカマの区別もつかないことが多い。自分に偏見を持つだろうし、相手が宏国だと知ったら、ひょっとしたら軽蔑されるかもしれない。口止めもできそうな感じだった。

「おとこ　くう　いや」

宏国は山村を見上げて、そう言った。

「おとこ　くう　いや　じぶん　はなす　ない」

山村の中で最高潮まで盛り上がっていた熱が、一気にクールダウンした瞬間だった。言葉通りに受け取るなら、男とのセックスが嫌だったということだろう。けど、本気で嫌がっていたのは最初だけで、スマタとフェラだけじゃなく、アナルセックスもやらせてくれた。けっこう感じて悶《もだ》えていたし、勃起もしていた。何より、宏国が本気で嫌がったら絶対にあんなことはできない。細身に見えて力が強い。だからあれは双方合意の上のセックスだと山村は思っていた。

けれど「おとこ　くう　いや」だ。宏国は語彙《ごい》が少ないので、字面《じづら》そのままじゃなくてもっとこう、繊細《せんさい》な意味合いが、例えば恥ずかしいとかなんとか言葉の中に含まれているのかもしれないけれど、そこの部分を判別するのは難しい気がした。

それより大きな問題は、宏国がゲイかどうかということだった。男とセックスできるのだから、ゲイのような気もする。日曜日も一日中エッチなことばかりしてた。ノンケにあれは耐えられないんじゃないだろうか。けど、本気で隣のババアともやりたいと言っていた。じゃあバイか？男として感じられるのなら、そうなんだろう。

宏国が育った環境は山村が思っているよりも、性に関して開放的なのかもしれなかった。今度、落合にさりげなくそのへんを聞いてみてもいいかもしれない。

コンコンとサイド硝子を叩く音に、山村は閉じていた目を少し開けた。仁志田《にしだ》が硝子越しにこちらを覗《のぞ》き込んでいる。山村はシートを起こし、硝子を下ろした。

「こんなトコで何してるんですか」

「自主休憩。仕事が終わったんだって言っても、課長は早く戻ると機嫌悪《わり》ぃしな。俺は今、山手《やまて》通りの事故で渋滞にあって、立ち往生《おうじょう》していることになっている」

ラジオからは、絶え間なく交通情報が流れてくる。

「うっわ、やり方が汚《き》ったねえ」

「処世術って言え」

「俺も今度その手、使ってみよ。そういや二軒目も終わったの？」

「午前一件、午後にもう一件、オーダー取ってきた」

「信じらんねえ。相変わらず飄々《ひょうひょう》とこなしてるよなぁ。俺なんか今日は駄目駄目。二軒目は居留守で、今から三軒目に行くトコだよ。そういえば一昨日《おととい》の話、考えてくれた？」

「一昨日の話？」

仁志田が「マジっすか」と眉をひそめた。

「会社をやろうって話、したじゃん」

宏国との情事のインパクトのほうが強くて、正直すっかり忘れていた。

「あー、そういえば会社を興《おこ》すって言ってたな」

「うっわー、俺けっこう傷ついたかも。マジに話振ってたんだけど」

「悪い、悪い。あ、うん。ちゃんと考えるからさ」

本当に考えてよ、と言い残して仁志田は三軒目に向かっていった。車専門の保険会社。実態があるものを売るか、実態のないものを売るかの差はあれど、営業に変わりない。考えてみると思わせぶりなことを言ったが、山村は九割方、話にノッてもいいかなという気持ちになっていた。どちらにしろ、あと四か月もしないうちに、前借りを申し出る。引っ越して会社も辞める。少し遊んでから、仁志田の言う会社で働いてもいい。

前借りかぁと考えているうちに、前借りして逃げたら宏国とはそれきりになるんだと気づいた。そりゃ当然だ。……これきりにしてしまうのに、あの体は惜しい。けど今はやったばかりだから変に盛り上がっているだけだろうか。四か月もしたら飽きているだろうか。

宏国はヤブ医者のおかげで言葉もだんだんと聞き取れるようになってきたし、生活に慣れてきている。前借りの申し出期日は自分が勝手に設定しただけで、宏国の具合がよければそれによって延長可だ。飽きた頃に前借りしてさよなら、でも別にいい。

午後七時、会社へ戻ると案《あん》の定《じょう》課長に「今まで何してたっ」と怒鳴《どな》られた。いけしゃあしゃあと「渋滞があって動けませんでした。山手通りの事故で交通規制があったみたいで」と答えると、「そんな道は避けていけ」と唸《うな》る。

「一通《いっつう》で、引き返せなかったんですよ」

のらりくらりかわしていると、怒るのも面倒になったのか課長は何も言わなくなった。書類を仕上げて提出。サッサと会社をあとにした。

落合の家へ行くと、宏国は畳の上で暑さにやられた猫みたいに伸びきった姿で寝ていた。

「今日は妙に朝から元気がなくてね。微熱もあるんだよ。喉《のど》は腫《は》れてないから、風邪じゃなくて夏バテじゃないかと思うけど、本人は眠たいとしか言わないんだよね」

落合は首を傾《かし》げながら、寝ている宏国の頭をそっと撫《な》でた。優しげな仕草を見ているうちに、山村は胸の奥がなんとも言えずもやもやしてきた。

「夏バテなら精のつくものがいいかと思ってウナギにしてみたんだけど、あんまり食べなかったしねえ。あぁウナギ、残っているけど食べる?」

山村は遠慮なくいただくことにした。うな丼をトレイに乗せて、居間に戻る。山村はうな丼を食べながら、伸ばした足先で宏国の足先を突いた。反応がない。

腹のあたりを突くと、目を開け不機嫌そうな顔をする。それでも弄《いじ》っていると、山村の足をバンッと叩いて、部屋の隅に這《は》っていって丸くなった。

「そんなことして苛《いじ》めるから、宏ちゃんが向こうに行っちゃったじゃないか」

落合が笑い、山村は子供っぽいことをしている自分が急に恥ずかしくなりうつむいた。うな丼を早々にかき込むと、宏国を揺さぶり起こして連れて帰る。確かに宏国には覇気《はき》がなく、足取りも朝以上に重い。山村は急がず、宏国の隣について ゆっくり歩いた。

「やっぱ体がつらいんじゃないか。だから俺が家にいろって言っただろ」

宏国は返事をせず「ねる」とだけ呟いた。アパートへ帰ると、部屋の中は独特の青くさい匂いが漂《ただよ》っていた。二日間やりっぱなしのまま、シーツも替えず、換気もせずに出かけたからだ。帰り道、ちょっと無理しすぎたよな……と多少なりとも反省していた山村だったが、こもった匂いに脳の奥を刺激された。

猛烈な欲望に襲われ、玄関のドアに宏国を押しつけ抱きしめた。腕の中の体がわずかに動く。じっと見つめ合う。逸《そ》らされない瞳は、いささか迷惑そうにも思えたし、何も考えていないようにも見えた。キスをしても嫌がらない。深く舌を絡め、服の上から形のいい腰を揉《も》む。山村は自分の昂《たか》ぶりを知らせようと、固くなった股間を宏国の太股にぐいぐいと押し当てた。すると「いや」とはっきり拒絶された。

「嫌なら入れねえよ。けどチンポを舐《な》めるぐらいいいだろ」

「いや」

山村は勢いよく突き飛ばされ、廊下に腰からドッと倒れ込んだ。そんな山村の横をサッサと行き過ぎ、宏国はベッドの上、汚れたシーツの上に横になった。山村はしばらく呆気《あっけ》にとられていたけれども、自分が完璧に拒絶されたとわかると途端《とたん》に恥ずかしくなった。財布と携帯だけ摑み、外へ出た。近所のパチンコ店で二万投入し、二時間で三万三千負けた。

……最悪だ。

アパートへ帰っても、状況は変わらない。部屋は青くさく、宏国は汚いベッドで寝ている。山村はベッドで寝ている男を睨《にら》みつけてから窓を開けた。コンビニで買ってきたビールを飲み、つまみを口の中に放り込む。胸の中に堆積《たいせき》する苛立《いらだ》ちで、面白いようにビールが進む。それなのにいちいち栓を開けるのが面倒くさい。ヤブ医者の影響で、無意識に瓶《びん》のビールを買ってしまったせいだ。こんな些細《ささい》なことにも苛立ちが募《つの》る。ハイスピードのアルコールは、あっという間に酔っぱらいを一人、作成した。

アルコールが回った頭で、山村はふらりと立ち上がった。マットレスのシーツをはずす。ゴロゴロと転がされて、宏国は目を覚ました。タオルケットもむしり取って、洗濯機の中へ入れたあと、山村はベッドに這い上がると壁際を占領し、横の宏国をベッドから蹴《け》り落とした。

「お前は下で寝ろ」

けれど宏国はモゾモゾと這い上がってくる。もう一回蹴り落としても同じ。三度目に蹴り落としたあとは、山村に正面から抱きついて落とされまいとした。セックスを拒んだくせにそばにくる。抱きついてくる。無神経極まりない。いや、そういう気遣いの神経がもとからないだけかもしれない。

「食うぞ」

耳許に囁《ささや》くと「いや」と言う。嫌だと言いつつ、欠伸《あくび》をしながら鼻先を擦《こす》りつけてくる。拒みながら擦り寄ってくる。どうしていいかわからなくて、山村は宏国を抱きしめた。

「食うって言ってんだろうが」

山村は「ちきしょう」と舌打ちし、自分のスラックスと下着をずり下ろした。宏国の太股の間に自分の猛《たけ》ったものを差し込む。お前のせいだ、お前のせいでこうなったと、責任の在処《ありか》を自覚させるように。

山村はあっという間に射精した。宏国のワークパンツは山村が吐き出したもので濡れる。山村がそれを脱がし、宏国も拒まなかった。下着を穿《は》いてなかったのか、そのまま性器が露《あらわ》になる。下を見ないよう、宏国のTシャツを押し上げた。乳首を口に含み、愛撫する。愛撫しながら、どうしようもなく泣けてきた。がっついてる自分がひどくみっともなく思えてきたからだ。ボタボタ涙が出てくる。自分でも意味不明だ。ズルズル洟《はな》を啜《すす》っていると、髪を摑んで強引に顔を引き上げられた。

蛍光灯の明かりの下で、宏国が自分の顔を見ている。……眠たそうに。

「かなしい」

無表情に宏国は呟《つぶや》いた。

「やむぃ　かなしい」

繰り返す。

「痛《いて》ぇから髪引っ張んなっ」

手を振り払い、山村は再びその胸にグッと顔を押しつけた。

弁護士事務所に出向くのは、これで二度目。最初は五月で、宏国の事情を聞いた時だ。有沢《ありさわ》の顔を見るのは、ホテルから宏国を引き取って以来だ。

連絡があったのは三日前で、宏国との生活のことを直接会ってお聞きしたいと言ってきた。当然、山村は宏国を連れていくものだとばかり思っていたけれど、有沢は「山村さんだけでけっこうですよ」と言った。それなら電話でも同じだろ……と思ったが口にはしなかった。

八月も後半、ひどく暑い日だった。前回、面談室で話をした時は、手許にたくさんの資料があった。けれど今回は薄いバインダーが一つだけ。宏国を引き取ってから一週間後、二週間後と宏国の様子をうかがう電話はたびたびあったが、どれも「そこそこうまくやってますよ」と言うと有沢はこちらの様子を深く突っ込んでは聞いてこなかった。

「宏国さんとの生活はどうですか。そろそろ三か月になりますが」

有沢は穏やかな表情でそう問いかけてきた。

「最初は大変でしたけど、今は落ち着いていると思います」

「言葉のほうはどうですか？」

「日本語がかなり通じるようになりました。喋《しゃべ》るのはまだ幼稚園児みたいな感じだけど、最初の頃に比べたら、格段の進歩ですね。そのかわり悪口が言えなくなって、困ってます」

有沢は目を細め、密《ひそ》やかに笑う。こんな風に笑う男なんだと初めて知った。

「宏国さんは、近所のお医者さんに言葉を教えてもらっているんでしたね。近くに宏国さんの言葉を知っている人がいたなんて、話を聞いた時には驚きました」

「そうなんですよ、とても助かってます。最初は僕が教えてたんですけど、なかなか……」

「飽きっぽくて、続かない……ですか」

有沢が続きの言葉を補足する。山村は「その通り」と口にし、二人で顔を見合わせて笑った。

「言葉だけでなく、日本的なマナーも教えてくれるので、食事の時もフォークを使うようになったんですよ」

「よかったです。……では、宏国さんとの生活に何か都合の悪いことはありませんか？」

「今のとこは大丈夫ですよ」

「無理はされてませんか」

静かな有沢の声に、山村は少し考えた。

「宏って言葉がなかなか通じないでしょ。だからこちらが気を遣って話しても、そのへんの真意をくみ取ったりできないことが多いんですよね。だから僕は気になることがあったらもうストレートに言うんです。遠慮しない。でないと向こうにも伝わらないし。宏もはっきりした性格だから嫌なことは嫌って言うし、お互いにストレスは少ないんじゃないかと思います。無理はしてないですよ」

有沢がフッと息を吐いた。

「それを聞いて安心しました」

有沢は薄いファイルの上に両手を置いた。

「正直にお話ししますと、宏国さんの生活全般を山村さんにお願いしたはいいものの、すぐに『面倒を見きれない』と言われるのではないかと思っていました。やっぱり手に負えないのではないかと……」

有沢の声のトーンが落ちる。

「私は先生が亡くなる一か月ほど前から宏国さんの世話をしてきました。けれど私は彼と向き合うのが正直、苦痛だったんです。彼がこれまで特殊な環境で生活をしてきたということはわかっているはずなのに、突拍子《とっぴょうし》もないことをするたびに混乱して、何を考えているのか理解ができなくて胃が痛くなりました」

「それは言葉が通じなくて、意志の疎通が上手くいかなかったからじゃないですか？」

「……言葉の問題もありますが、私は宏国さんが実の親御さんである先生に冷たかったと思うのです。二十年近く離れて生活していたとしても、親子であるなら一度ぐらい親を病院に見舞ってもいいと思いませんか」

「えっ？」

「宏国さんは先生が入院している間、一度も病院に来なかったんです。病院まで連れてきても、建物の中に入らずに逃げ出してしまう。だから最後は、先生が『息子と一緒にいたい』と言って、無理を押して退院されたのです」

「それって、宏国が医者を嫌いだからじゃないですか？」

有沢が「えっ」と声をあげた。

「言葉を教えてくれている医者が、宏に聞いてくれたんですよ。最初に怪我をしてブラジルの病院に連れていかれた時、自分で治そうとしたのを医者に邪魔されて、それでよけいに具合が悪くなったと思ってるみたいで。だから風邪で病院に連れていった時も、最初は大暴れして大変だったんです」

「いくら嫌いでも、人ならば情があるでしょう。動物でも子が危ない目にあったら親が全力で守る。そういう情が彼には希薄な気がしたのです」

実際にその場面を見ていないのでなんとも言えなかったが、宏国ならそういうこともあるかもしれないと思ってしまう。

「先生が亡くなってからは、私がしばらく宏国さんの食事の世話をしていました。世話と言っても、食材を運ぶぐらいでしたが。その間、手づかみで食べたり素足で外を歩いてそのまま家に上がるのは、どれだけ注意しても直りませんでした。私の言葉を聞いてくれないのです」

その時のことを思い出したのか、語る有沢の表情にありありと苦悩が浮かび上がってくる。

「私は人よりも潔癖《けっぺき》なようで、そのせいもあるとは思うのですが、どうしても宏国さんという人を許容できなかったのです。こうやってお会いするのも、もっと早い時期がいいんだろうと思いながら、電話をするだけで機会を作ろうとしませんでした。山村さんが私と同じ悩みを感じられた場合、何もアドバイスをすることができないと思ったからです。けれど話を聞いて安心しました。最初は若い人だから大丈夫だろうかと思っていたのですが、あなたに宏国さんを委《ゆだ》ねることができて、本当によかったと思っています」

宏国を嫌ってたなんて言わなきゃいいのに、真面目《まじめ》な男だなと思う。けれど山村も落合がいなければ、あの男を丸投げしていたかもしれなかった。

今でも十分に意志の疎通がはかれているとは言えないが、体でのコミュニケーションはバッチリだ。宏国が男ともセックスができると知ったら、この潔癖弁護士は泡食って倒れる気がする。

初めて寝てから、二日、ないし三日と置かずやっている。キスとか触れるだけなら、多分毎日だ。体の調子が悪かったり、気分が乗らない時は「だめ」と断られるが、そうでなければ宏国は山村がすることに抵抗しない。

やりたくなったら服を脱がせて、獣のようにがっつく。隣にババアがいない時は、めいっぱい喘《あえ》がせる。けれどそうやって相手を求めるのは、自分だけではなかった。宏国も誘ってくる。ただその誘い方が少々露骨だけれども。

この前、宏国が風呂から素っ裸で出てきたと思ったら、あぐらをかいて座っている山村の顔に性器を近づけてきた。最初はなんの嫌がらせかと思ったが、腰の動かし方が卑猥《ひわい》だったので誘っているのだと気づいた。

いくら雄同士が即物的とはいえ、毎回こんなことをされたんじゃ色気もへったくれもない。山村は露骨なアピールを無視することにした。顔に近づけられても、目の前で振り回されても知らん顔。すると宏国は切羽詰《せっぱつ》まってきたらしく、山村の手を摑んで自分の股間に押し当てた。

山村がようやく股間で揺れるものを揉み上げてやると、細い腰がビクリと震えた。

「宏、俺にもっと触ってほしいか?」

快感に悶える表情で頷《うなず》く。山村は自分の太股の上、跨《また》がらせるようにして宏国を座らせた。両手を一本ずつ自分の首に巻きつけて、抱き合う形にさせる。

「俺に触ってほしかったら、こうやって『愛して』って言うんだよ」

半ば冗談混じりだったが、宏国はそれを鵜呑《うの》みにした。そしてやりたい時は山村の膝《ひざ》に乗り、首に両腕を回して「あいして」と言うようになった。体をすり寄せ、舌っ足らずな口調で誘いかける様《さま》は、猛烈にかわいい。

思い出しているうちに、下半身が熱くなってくる。宏国はとにかくイクのが早い。後ろに入れると、三分ともたないことがある。回復も早いがもっとよがらせてみたいと思って、試しに根本をせき止めてみるとこれがいい感じで、宏国は発情した猫のような声をあげながら、腰を振って身悶えた。隣にババアがいない時だったとはいえ、あまりにも声がでかいので、タオルを噛《か》ませて口を塞《ふさ》がないといけなかった。最初はせき止められることを嫌がっていた宏国も、快感が増すことに気づくと抗《あらが》わなくなった。

……有沢と一時間ほど宏国の近況を話しただけで、山村は弁護士事務所をあとにした。宏国の家は建て直す予定だったが、同居が上手くいっているなら急がなくてもいいですかね…と有沢は言っていた。駅に着くまでにきっちり撫でつけていた髪を乱し、上着を脱ぐ。昼を食いっぱぐれて腹が減っていたので、電車に乗る前に牛丼を食べた。いろいろと聞かれるのではないかと思い、わざわざ休みの日に会う約束をしていたのに、予想に反して時間が余る。競馬、パチンコ……と脳裏を過《よぎ》ったものの、駅を出て足が向かったのは落合の診療所だった。パチンコは先々週に行ったけど、馬はもう二か月近く馬券を買ってない。前は行きたくてたまらない衝動が巡ってきたが、それがなくなった。

住居部分の呼び鈴を押しても反応がない。いつものことなので、気にせず引き戸を開けて廊下に上がる。防犯意識がゼロのこの家は、ヤブ医者が家にいればまず鍵はかかってない。

覗き込んだ居間には、落合しかいなかった。

「あれ、宏は?」

「山村君、今日は仕事なの?」

「休み。宏の弁護士に会ってきたからさ。……で、宏は？」

宏国が居間以外の場所にいることはまずない。落合は顎《あご》をガリッと掻いた。

「僕、午前中は用があって出掛けてたんだよね。家の鍵をかけてったから、来てたとしてもいないと思って帰っちゃったのかもしれない。宏ちゃんに急用かい？」

「そういうわけじゃないけど、いつもここにいるからさ」

山村が帰ろうとすると「山村君、ビール飲みたくない？」と誘われた。

「すっごく冷えてるよ。冷蔵庫の中にあるから、栓抜きとグラスも一緒に持ってきて」

そこにあるものは猫の手でも使う、落合は医者にあるまじきものぐさな男だ。けど山村も外を歩いてきて喉《のど》が渇いていたので、素直に言うことを聞いてやった。昼間っから乾杯。落合は「極楽、極楽」と目を細め、プハーッとビールくさい息を吐き出した。宏国がいないので冷房を入れてもいいのだが、ついいつもの習慣で扇風機だけで過ごしてしまう。暑いとビールがぐいぐい進む。

「山村君、ビールがなくなっちゃったよ」

「そういうやらしい言い方をせずに、持ってきてくださいって言えよっ」

文句を言いながら、二本目のビールを持ってきてやる。昼間っから怠惰《たいだ》極まりないが、縁側でダラダラ酔っぱらうのは悪くなかった。

「……あのさぁ、インディオとかにもゲイっているのかな」

少し酔っぱらっていたのか、口が滑《すべ》る。落合が「んんんっ？」と問い返してくる。

「あーいい。なんでもない」

落合は「ひょっとして……」と顔を近づけてきた。

「宏ちゃんに迫られたりしちゃったかな？」

ギョッとした山村の表情を読んだのか、落合はニイッと笑った。

「図星だったかな。迫られても、ちゃんと断れば無理強《むりじ》いはされないと思うよ」

「むっ、無理強いって……」

「僕もそのへん、ちゃんと宏ちゃんに確かめたことはないけどね。前に話しただろう、インディオの男の人は嫁取りが大変だって話。だから結婚するまで、男同士で仲良くするのはよくあることなんだよ。僕も男二人が草むらに消えてくのを何度か見かけたし。性の決まりごとは部族によって違いがあるから、中には男同士は言語道断ってとこもあるんだけどね」

最初に迫った時、宏国はさほど抵抗しなかった。嫁取りまで男同士はかまわないという認識があれば、すんなりと自分に抱かれたのも頷ける。

「あ、でも男同士でも決まりがあってね、誰でもいいってわけじゃなかったよ。今はどうなのか知らないけど、昔は結婚を約束している女の子の兄弟とか、従兄弟《いとこ》とかだったな。それから言えば、山村君はターゲットだね」

「オッサン、いい加減にしろよっ」

落合は人事《ひとごと》だと思っているのか「がっはっは」と笑う。

「山村君、またビールがなくなっちゃったよ」

「これで終わり。あんたはちょっと飲み過ぎだ」

山村はビール瓶とグラスをさっさと台所に片付け、玄関から中庭に向かって怒鳴った。

「俺はもう帰るからな！」

葉が生い茂った木の向こうから、「はいはい、またね」と返事が返る。

山村はきつい日差しの中、ほろ酔い加減で通りを歩いた。公園の脇を通った時に、子供の甲高《かんだか》い声が耳についた。小学校三、四年生ぐらいの子供が五人、大きな木の下に寄り集まり、木を見上げている。

「あいつ、すっげー」

子供が叫ぶ。

「けど落ちたら死ぬよ。絶対死ぬって」

物騒《ぶっそう》な言葉が飛び交う。胸騒ぎがして、公園の中に足を踏み入れた。子供の視線の先を追いかける。太い木の上、高い場所で何かが動いた。

人だ。心臓が一瞬で凍りつく。

「宏！」

大声で叫ぶと、木を登っていた男が下を見た。

「危ない！　下りろっ。お前は何考えてんだよっ」

宏国は蟬のように幹に摑まったまま、じっと見つめてくる。

「下りろってんだよっこのクソ馬鹿！」

下から怒鳴りつけていると、ようやく下りてくる。猿のようにするすると宏国が地面に両足をつけても、山村の心臓はバクバクして落ち着かなかった。

宏国は不思議そうな顔をしている。

「やむぃ　おこる」

「誰だって怒るだろ！　落っこちたら死ぬんだぞ」

「おちる　しない」

「だから落ちたらって……」

「じぶん　おちる　しない」

自信を持って言い切る。ずっとジャングルで暮らしてきて、木登りは得意なのかもしれないが、下で見ている山村としてはもう気が気ではなかった。

「木に登って、何してたんだよ」

宏国は空を見上げた。

「とおく　みる」

「遠くが見たいんだったら、今度高いビルとか展望台に連れてってやる。だからもう二度とあんな木に登るんじゃないぞ」

「やむぃ　ちがう」

「違ってない。俺は正しい。木に登るお前のほうがおかしいんだ。日本じゃ大人はそんなことしないんだよっ」

宏国は山村にプイッと背を向けるとずんずんと歩き始めた。そんな態度を取られたらこっちもよけい腹が立つ。置いて帰ろうかと思ったけれど、また木に登ったらと思うと、心配で放っておけない。

宏国は池のほとりにあるベンチに腰掛けた。近づくとクソ生意気に威嚇《いかく》するよう睨むので、そこから二十メートルほど離れた「立ち入り禁止」と書かれた芝生の中、木の下に山村は腰掛けた。宏国がベンチの下に手を伸ばすのが見える。何か拾い上げた。黒っぽい何か。……弁当のような気がする。

山村は宏国に金を渡してない。計算できないから、持っていても無意味だからだ。弁当の買い置きはしてなかった。落合のところで食うだろうと思っていたからだ。もしあの黒っぽいのが弁当だとしたら、どうやって手に入れたんだろう?

木の下に集まっていた小学生のうち二人が近づいているのが見えた。警戒するようにそろそろと。宏国は上半身が裸だったが、この時期だとそう珍しい姿でもない。なんだろうと思って見ていると、宏国に向かっていきなりジュースの缶を投げつけた。カンッと頭にあたる。宏国が顔を上げると、小学生は叫んだ。

「ゴミ、ゴミ、ゴミ男」

宏国は頭をさすっているけれど、立ち上がる気配はない。子供達は指をさして笑う。猛烈な怒りが込み上げてきた。

立ち入り禁止の芝生から飛び出してきた大人の男に尋常ならざる気配を感じたのか、はやしたてていた二人は脱兎《だっと》のごとく駆け出した。落合のところで飲んだビールが逆流してきてゲッと吐きそうになったが堪《こら》えて走る。公園を出ていく直前の一匹を捕まえた。

摑んだ腕を高く持ち上げると、子供は怯《おび》えて、今にも泣きそうな顔をした。綺麗なTシャツに無地の半パン。短く切りそろえられた髪。見た目はそんな悪さをするような子供には思えなかった。

「お前、さっき何した」

「……わかんない」

弱々しい声で答える。

「わかんないわけないだろ。俺は見てたぞ。どうしてあいつに缶を投げんだよっ」

「知らない」

子供は無理に体を捻《ひね》り、腕をはずそうとした。

「暴れると殴るぞ」

ドスの効いた山村の声に、子供がビクリと背中を震わせた。

「殴られたくなかったら、理由を話せっ」

子供はヒイッと息を吞み込み、震える口を開いた。

「だって、だって……あいつ汚いんだもん。ゴミ箱から拾った弁当、食べてるし。日本語も変だし、頭も悪そうだし……」

山村は額を押さえた。自分の想像通りだったことが、ショックだった。

「あいつがゴミ食ってたってお前には関係ないだろ。なんで缶を投げんだよ」

「だって、汚いし、変だし……」

「何が汚いだ。あいつが捨ててあるものを食ったら、食い物が無駄になんなくて、ゴミは少なくなって、掃除のおじさんが楽になるだろうがっ」

屁理屈なのは、山村も重々承知だった。

「そんなの僕、知らないもんっ」

「だから教えてやってんじゃねえか。食ってクソするしか能がないくせに、人のこと馬鹿にしてんじゃねえよ」

山村は子供を引きずって宏国の前まで連れていった。缶を投げられた当の本人は相変わらずの無表情で山村と子供を見ている。

「お前のしたことをこいつに謝れっ」

子供は小さな声で、山村に向かって「ごめんなさい」と言った。

「お前、誰に向かって謝ってんだよっ」

怒鳴ると、今度は宏国に向かって「ごめんなさい」と謝った。口先だけで気持ちなど少しもこもってない。早くこの場を立ち去りたいだけ。山村は宏国の足許に転がる空き缶を拾い上げた。

「お前さ、コレの中身って飲んだ?」

子供は返事をしない。

「飲んだのかって聞いてんだろっ」

怒鳴りつけると「……飲んだ……」と蚊の鳴くような声が聞こえた。

「お前なぁ、このアルミ缶をどうやって作ったか知ってるか？　ブラジルに住んでるインディオって人たちを、殺したり追い払ったりした土地から、掘って持ってきたんだ。お前が百いくらで買って、人に投げつけて捨てるようなモンを作るために、人が死んでるんだよ」

「そんなの知らないっ」

「ふーん、知らなきゃ殺していいのか。じゃあ俺もお前のこと知らないから、殺してもいいんだな。お前の理屈でいったら、知らなかったらいいんだもんな。お前と同じことしてんだから、文句は言えないよな」

子供の喉がごくりと音をたてる。両目にドワッと涙が溢《あふ》れたかと思うと、わーんと大声をあげて泣き出した。手を離すと、あっという間に走り去っていく。

「こども　なく」

宏国がぽつりと呟いた。

「クソガキには、あれぐらい言ってやってちょうどなんだよ。お前も二度とゴミ箱ん中の弁当を拾って食うな」

宏国が首を傾げる。

「ごみばこ　すてる」

「いらないものを捨ててるんだから、お前も拾うんじゃねえ。だからあんなパーなクソガキに馬鹿にされんだぞ」

「たべる　すてる　へん」

宏国はじっと山村の目を見る。

「食べきれなけりゃ、捨てることもあるだろ」

「ひと　いっぱい　とる　だめ」

宏国は両手を広げて主張した。

「ひと　いっぱい　とる　どうぶつ　こまる」

「そうかもな。……もう帰るぞ」

宏国の手を摑んで歩く。家に帰り着くまで、山村は一言も喋らなかった。帰るとすぐ宏国に風呂場で足を洗わせた。木を登るのに靴を脱ぎ、そのあと裸足で歩いていたのを知っていたからだ。

ザアザアとシャワーの流れる音を聞きながら、山村は畳の上に寝転がった。腹の虫がおさまらない。あのガキにもムカムカするが、何より胸糞《むなくそ》悪いのは、自分が子供相手に知ったかぶりな説教をかましたことだ。何が人を殺すだ。馬鹿馬鹿しい。現に部屋の隅にはビールの空き缶が転がっている。知ってたって、そんなのどうにもできない。どうしようもない。

……宏国の言うことは、とんでもないけど正論なのかもしれなかった。食べる分しか取らない。だから宏国は誰かが捨てたゴミ箱の弁当を漁る。誰かが「食べなかった」分を食べることでバランスを取ろうとしている。いや、あいつがそんな高尚《こうしょう》なことを考えてるわけがない。腹が減っていたから「捨ててある」ゴミ箱から拾っただけだ。頭が痛い。こういうことは真剣に考えたくない。面倒くさい。

足だけでよかったのに、体まで洗ったのか宏国が真っ裸で風呂から出てくる。仰向けに寝てる山村の太股の上にドンと跨がり「あいして」と口にする。とてもそんな気になれず、宏国の体を突き飛ばして山村は畳の上にうつぶせた。落合のところで飲んだビールも抜け切った。

隣に寝転がってきた宏国が、山村の顔をじっと見つめた。顔を寄せてきて、くんくんと犬のように山村の首筋の匂いを嗅《か》ぎ、ペロリと頬を舐めてきた。反射的に目を閉じる。

「お前、くすぐったいって」

ペロペロと舐める舌は止まらない。山村の唇にも掠《かす》めるように触れてくる。山村はため息をついて起き上がった。それが合図のように宏国はもう一度山村の膝の上に乗ってきた。首に手を回して「あいして」とねだってくる。

「お前には情緒ってモンがねーのかよ」

宏国は首を傾げる。

「こう、繊細な心の動きってやつだよ。どうしてお前のことで、俺がこんな風に考え込んで落ち込まないといけないワケ？　馬鹿みてえじゃん」

人が話をしてるのに、宏国は半勃ちのそれを押しつけてくる。

「お前ってさぁ、食欲もそーだけど性欲もかなり強《つえ》ぇよな」

喋っている間も、宏国は山村のシャツを脱がそうとボタンに手をかけている。けれどはずすのは苦手なのか、指先の動きはモタモタしている。そんな自分に宏国自身も苛々《いらいら》するのか、何度も舌を鳴らす。シャツを引き裂かれてしまいそうな気配に、山村は慌てて自分でボタンをはずした。

宏国が裸の胸にぴったりとくっついてくる。暑いけど、山村も抱き寄せる。そうしていると、だんだんと何がどうでもいいような気がしてきた。ちっともその気はなかったのに、宏国の毒気にあてられたようにやりたい気分が盛り上がってくる。

キスを繰り返しながら、山村は「舌」と言ってみた。

「舌、出してみな」

赤い舌がぺろっと差し出される。山村が悪戯《いたずら》に指先で引っ掻くと、すぐに引っ込められた。ムッと口を引き結んで、こちらを睨む。

「悪い、悪い。もう一回出してみな。ほら舌」

二度目はかなり出し渋る。警戒しているのだ。

「出せって。でないとお前の好きなアレ、尻ん中に入れてやんないぞ」

宏国が眉間《みけん》にグーッと皺《しわ》を寄せ、怒ったような表情になった。

「嘘だって。意地悪しないから、舌出せよ」

唇の間から、赤いそれが少しずつ顔を覗かせる。舌を絡めて、濃厚なキスをする。興奮して体の芯が熱くなり、指が自然に宏国の股の間にある官能を探《さぐ》り始める。指を食《は》んだ尻を左右に振りながら、宏国は「あいして」と口にした。

「もうやってんだろうが。それともチンコを入れてほしいのか？ ホント堪《こら》え性《しょう》のない奴だな」

ベッドに行くのが面倒くさい。山村が畳の上に押し倒すと、宏国は自分で膝裏を抱え、両足を大きく広げた。

気合いを入れて午前一軒、午後二軒と回ったのに、空振り続きで一日が終わる。契約が取れない日は珍しくないが、ゼロの日はよけいに疲労が増すような気がする。

午後七時過ぎ、社へ戻っている途中で、携帯にメールが届いた。差出人は仁志田で、契約を一件取って早々に仕事を上がったようだった。『相談したいことがあるので、仕事が終わったら『豆《まめ》や』に来てもらえませんか』と書かれてある。

行くのはいいが仁志田はかなりの酒豪だ。付き合っていたら午前様になる。山村は落合に『接待があって帰りが遅くなるので、宏が来ていたら、適当な時間に帰らせてくれ』とメールを打った。

契約が取れなかったことに対してチクリと課長に嫌味を言われてから、退社する。居酒屋へ着いたのは八時前。山村はそこで仁志田に片岡《かたおか》という男を紹介された。歳《とし》は二十五歳前後、渋い色のスーツに落ち着いた物腰の片岡は仁志田と一緒に会社を起《た》ち上げる仲間だった。山村も加えてもらう気満々だが、はっきりと返事をしてない段階でどんどんと話が進んでいくことに、正直戸《と》惑《まど》いを覚えた。

「俺もまだ会社で働いているんです」

そう言って片岡が差し出した名刺には『東青堂《とうせいどう》　システム課　主任』と印刷されていた。東青堂は山村でも知っている大手企業だ。こんな一流企業に身を置きながら、辞めて会社を起ち上げる。それだけ勝算があるということなのかもしれない。

話をしてみても、片岡は頭の回転が早い。真面目そうだが、頭がガチガチに凝《こ》り固まった感じでもない。そして新しい仕事にかける意気込みを、山村の前で熱く語った。保険の内容に関する話になると、専門用語が多いので何を言われているのかわからないところもあったが、とにかく熱意だけは伝わってきた。

片岡と話をしているうちに、山村はこの男こそ自分でいいんだろうかと思うようになった。これだけ仕事ができそうな雰囲気……いや実際にできる男なんだろう……を持った男。高校中退で詐欺《さぎ》まがいの訪問販売で働いているような自分なんかじゃなく、他にもっとまともな知り合いがいるんじゃないだろうか。山村は胸に生じた疑問を、率直にぶつけた。

「仁志田から話を聞いていると思いますが、営業といっても俺らの仕事は『まとも』なものじゃない。それでもいいんですか？」

片岡は数回瞬《まばた》きしたあと、にこりと笑った。

「そうですね……色々と話を聞いて、その上で僕はあなたがいいなと思ったんです。はっきり言って、僕は理想を語る人よりも結果を出せる人のほうが欲しい。学歴は関係ない、極端な話、できないと言わずに、どんな手を使ってもやり遂《と》げられる人が欲しいんです」

片岡の説明は自分を選んだことに対して納得のいくものだったし、それなりに期待されているというのもわかった。

人を騙して売り歩く。たとえ売れても、人を騙すのが上手いだけだと自分を卑下《ひげ》していた部分もあったので『営業』という実績だけを評価してもらえたことは、素直に嬉しかった。

相手に対する信頼が芽生《めば》えると、自然と酒も美味《うま》くなる。山村は勧められるがまま日本酒を飲み、いい具合に酔いが回ってきたところで……、不意にその話になった。

「そういえば片岡さん、出資金のほうとかどうなってる？」

自分と同じぐらい飲んでいるはずなのに、少しも酔った気配のない仁志田が片岡に問いかける。

「俺のほうは大丈夫だよ。仁志田は？」

「俺も親に借りて、なんとか都合つきそう。あ、そういえば俺、まだ山村さんにそのこと話してなかったんだ」

片岡は驚いたように目を丸くした。

「お前、それって大事なことだぞ」

「あぁ、はいはい。今から話すよ。えーっと山村さん、今回会社を起ち上げるにあたって、最初にある程度の資金が必要なんだよ」

「資金？」

「会社を作るにしても、場所を借りないといけないし、備品も必要だし、色々と手続きがあるし。それを会社の設立メンバーで出資することになってるんだけど、片岡さんの計算だと、ざっと一千万ぐらいかかるらしいんですよね」

「一千万！」

山村が驚いた声をあげると、仁志田が「安いほうらしいですよ」とケロッとした顔で言ってのけた。

「そのうちの六割、六百万は言い出しっぺの片岡さんが出資する約束なんです。で、残りの四百万なんだけど、これを俺と山村さんで負担……てのはどうかと思ってるんだけど」

酔いが一気に冷めた。四百万を二人で負担すると、単純に二で割って二百万。借金がある身で、いや、なくてもいきなり二百万なんて大金を用立てられるはずがない。山村は呆れ、あいた口が塞《ふさ》がらなかった。

「お前、どうしてそんな大事なことを先に言わないんだよっ」

「いや……出資が必要って言われたら、引くかなと思って。借金あるの知ってるし。けど俺、どうしても山村さんと働きたかったんだよな」

「山村さんの言う通りだぞ。お前、何考えてんだよっ」

自分が文句を言う前に、向かいの片岡が怒り出した。

「出資金の有無っていうのは、大事なことだぞ。そういうことは前もって話をして、了解を取っておくべきじゃないのか。お前がそんな中途半端なことじゃ困るんだよ。俺たちは遊びで会社をやろうって言ってるんじゃないんだ」

「いや、俺はそんないい加減なつもりとかじゃなくて……」

いつも面倒ごとはすいすいと避けていく仁志田なのに、片岡に頭ごなしに叱られてしおしおとうつむく。片岡は山村に向き直ると、バッと頭を下げた。

「山村さん、本当にすみません。無理ならこの話、断ってもらってかまいませんから」

二百万なんて無理だと思ったけれど、断ってもいいと言われると惜しくなる。しかもそう言ったあとで、片岡はこう付け加えた。

「最初の出資金は多いけど、一年でそれぞれに返せるんじゃないかと思っています。設立を見越して……おおっぴらには言えないですけど……王西《おうにし》タクシー連合と、ニッタトラック連合に保険をうちに切り替えるよう根回ししてます。これは親のツテでちょっと情けないんですけど」

会社ができると同時に、駆けずり回って営業を取らないといけないかと思っていたが、すでに顧客候補をキープしているとは驚きだった。こいつけっこうやるな、と山村は感心した。仁志田はわりといい加減だが、片岡という男はかなり信用できる。

「無理にとは言えないですけど……。今日話をしてみて、俺もぜひ山村さんと一緒に仕事ができたらいいなと思いました」

……翌日、山村は有沢に連絡を取った。「今やっている事業で、少し金が入り用になった。自分に割り当てられた遺産の一部を前借りできないだろうか」と相談すると、有沢はしばらく考えていたけれど、景気よく二百万を振り込んでくれた。

こんな言い方をするといやらしく聞こえるかもしれないが、山村は遺産前借りを有沢に断られるとは思わなかった。なぜなら有沢にとって、自分は理想的な「宏国の保護者」だからだ。自分の機嫌を損ね、宏国を放り出されたら、新しい保護者が見つかるまで有沢が面倒を見なくてはいけなくなる。しかも有沢は宏国が嫌いときている。自分だったら、いつかそいつに渡る金だし、自分の金でもないし、ましてや悪いことに使うわけではないのだから、出してやろうかと思うだろう。

用立てた二百万を、山村は早速仁志田に渡した。会社を起ち上げるのは来年だが、場所の確保や諸々《もろもろ》で金が入り用だと言われたからだ。

「出資の話があとになって本当ごめん。俺、どうしても山村さんと一緒に働きたかったから。それに分割の遺産って話を聞いてたから、ひょっとしたらいけるかなーとか思ってさ」

仁志田はいけしゃあしゃあと言ってのける。

「片岡さんもついてるし、絶対に損はさせないんで」

遺産を前借りできなかったら、どうするつもりだったんだ、とその脳天気さに呆れつつ、山村は「まぁ、よろしく頼むよ」と肩を竦めた。

別れ際、仁志田は思い出したように「そういえば……」と振り返った。

「ジャガーが死んだらしいよ」

「ジャガー？」

「山村さんが世話してるあいつ……宏国だっけ、前に言ってただろ。ジャガーがなんとかって。この前、彼女にせがまれてもう一回行ってきたんだけど、そしたら檻の前に貼り紙してあってさ。本当にあいつ、動物と話せるのかもね」

アパートへの帰り道、山村はこのことを宏国に話したものかどうか迷ったが、結局言わないことに決めた。知っても知らなくてもいいことで、知って嫌な気分になるなら言わなくてもいいだろうと、そう思った。

八月も最終日、よく晴れて蒸し暑い一日だった。少し外に出ただけで、強い日差しが肌を刺す。額に汗が噴き出る。ようやく雲が出てきたのは、日がずいぶんと西に傾いてから。……意味がない。

この日、山村は七十五歳の一人暮らしの婆さんから契約を一つ取った。婆さんの一人息子は都内で不動産業を営んでいるようだが、滅多《めった》に実家に寄りつかないらしく、嫁が、孫がと延々と話を聞いてやっただけで、喜んで「一台お買い上げ」になった。七十五歳だと普通はローンが組めないのだが、五年ローンを三年に短縮して信販会社は通してくれた。一人暮らしの老人で、子供の干渉がない家は、こういう無茶をしても割合上手くいく。その話を聞きつけた仁志田は「うわぁ、相変わらず鬼畜だなぁ」と笑っていた。

駅を出て、人通りの多い商店街に入った途端、周囲の景色がいつもと違って浮き足立って見えた。街灯の間に電球が連なり、ぼんぼりが吊られて賑やかだ。

店舗の窓やドアに「夏祭り」のポスターが貼ってある。去年、仕事帰りにチラリと見たが、地元の商店街が主催のわりに、盛況だった。川沿いの歩道の両脇にはずらりと露店が並び、その間を人が蟻《あり》みたいにうごめいていた。子供の頃には祭りが楽しみだったが、もうそんな歳でもない。

石坂ストアで総菜《そうざい》をいくつか買う。コンビニ弁当を食べる割合がだんだんと少なくなってきている。夜は決まって落合の家で食べるし、隣のババアも思い出したように煮物を押しつけてくる。

その影響で、山村はコンビニ弁当よりも、こういった手作り系のもののほうが美味《おい》しいと思うようになってしまった。

昨日、今日と落合は留守にしている。診療所は常に閑古鳥《かんこどり》、昼間っから酒を飲んで宏国と遊んでばかりいる落合だが、生意気にも「研究会」だと昨日から出張している。なので宏国は山村が夕飯を買って帰ってくるのを家で待っているはずだった。

「あら、あんた」

鍵穴に鍵を突っ込もうとした絶妙のタイミングで、ババアが隣から顔を出す。今日も目が覚めるようなラメ入りヒョウ柄と破壊力満点なTシャツを着ている。しかしそれも見慣れてくるとババアというキャラの衣装だと受け流せるようになるので、人間の許容範囲は広い。

「石坂ストア、行ってきたの？」

一瞬、こいつは超能力者かと思ったが、種明かしは簡単。ビニール袋に店名が印刷されていたからだ。……目ざとい。

「あ、はい。この前はナスの煮浸《にびた》し、ありがとうございました。美味かったです」

ババアはフッと自慢げに鼻を鳴らした。

「今度、タッパーをお返しします」

「あれは百均だし、いつでもいいわよ」

川の方角から、風に乗ってかすかに祭り囃子《ばやし》が聞こえてきた。

「今日はお祭りなのよねえ」

ババアがぽつりと呟く。

「そうみたいですね」

「あたし、お祭りって好きなのよね。祭り自体は大したことないんだけど、出店《でみせ》が楽しいでしょ。特にリンゴ飴《あめ》に目がなくってね」

「行ってきたらどうですか？」

「馬鹿ねえ。一人で行ったって楽しくないでしょ。あぁ、そうだ。麻婆《マーボー》豆腐が残ってるの。あんた持っていきなさいよ」

……麻婆豆腐とビニールを左手に、バランスを取りつつドアを開けると、正面に宏国が立っていて驚いた。足音を聞きつけたか声を聞きつけたか知らないが、心臓に悪い。

「あ、隣のババアとは、食い物の話をしてただけだからな」

弁解するが、宏国の表情は変わらない。右手をスッと差し出してくる。石坂ストアのビニール袋を渡してやると、スタスタ部屋の奥へ戻っていった。ババアへの恋情は終息し、今はとにかく腹が減っていたようだった。

テーブルの上にプラスティックトレーを並べて、飯を食う。フォークで食事をするようになった宏国は、手づかみの時よりも食事スピードが落ちたが、それでも早い。おまけに自分が気に入ったものは集中的に食べてしまうので、注意をしないと山村が箸《はし》をつけない間にオカズがなくなってしまうこともしばしばだった。仕方ないので、山村は食べたい時には、それをあらかじめ自分の皿によけておくようにしていた。

開けっぱなしの窓から、風が吹き込む。ここにも祭り囃子が聞こえてくる。その音が大きくなったり、小さくなったりするたびに宏国は窓辺に顔を向けていた。

「ピーヒャラ聞こえるのが気になるか。今日は川のところで、祭りをやってるからな」

祭りなんて言ってもわかんないだろうなと思いつつ、山村は落合に作ってもらったノートを開いた。落合渾身《こんしん》の作、宏国の言語の辞書だ。辞書と言っても、A5のノートに五、六ページしかない上にあいうえお順にもなってない、ヤブ医者の性格を反映した適当なモンだ。見づらくて苛々するが、前に祭りの文字を見た気がして探してみるとあった。祭りは「レアホ」だ。

「レアホだよ、レアホ」

宏国の目が、大きく見開かれた。そしてフォークをテーブルに置いて立ち上がると、玄関に行き靴を履《は》き始めた。

「ちょっと待て。お前、どこ行くんだよ」

「レアホ　みる」

宏国の目はやけにキラキラしている。なんか……こう子供の目だ。山村は頭をガリガリと掻いた。

「連れてってやるからさ、俺が食い終わるまで待てよ。金持ってねえのに祭りに行ったって、虚《むな》しいだけだぞ」

すぐに出ていくのは思い止まったものの、宏国は玄関先から動かない。視線のプレッシャーを浴びながら、山村は残っていたおかずを急いで掻き込んだ。

外へ出ると表は一段と暗くなっていた。空気は湿り気を帯びて、雨でも降りそうな気配がする。傘を持っていったほうがいいんだろうかと思ったが、面倒でやめた。いつになく宏国は足早に歩く。山村は急いで詰め込んだ腹が重たくて、調子が悪い。川沿いへ続く大通りへ入ると、途端に人が多くなった。浴衣《ゆかた》姿の子供や大人もちらほら見かける。宏国は着物が珍しいのか、すれ違うたびに視線がそのあとを追いかけていた。

川岸の遊歩道に入ると、芋《いも》の子を洗う状態になった。右を見ても左を見ても人、人、人だ。蒸し暑さと人の熱気がすごくて、歩いているだけで汗をかく。

来る時の勢いはどこへやら、すし詰めの人に気後《きおく》れでもしたのか宏国は途端に足が遅くなる。山村はそんな男の手を握って人混みの中へぐんぐんと分け入った。河川敷《かせんじき》の広場に出ると、スピーカーから流れる笛と太鼓の音に乗って、浴衣の集団が踊っているのが見えた。宏国は山村の手をグッと引っ張った。

「レアホ　おんな　おどる」

慌てた顔でそう訴えてくる。

「あぁ、祭りは女も踊るな。それがどうかしたか？」

宏国は何か言いたげな口許をしていたが、結局何も言わずに視線を踊りの輪に戻した。曲調が変わり、踊りの型も動きの大きなものに変化する。最初のうちは懐かしかったが、ずっと見ていると単調な踊りに飽きてきた。けれど宏国が熱心に見ているので、もう帰ろうとも言えずに少し下がって空いてるベンチに腰掛ける。煙草を吸いながら、ザワザワした空気に身を晒《さら》す。こんな雰囲気、何年ぶりかな……と人事《ひとごと》のように思う。

宏国が左右をキョロキョロと見渡す。体が不自然に揺れる。

「宏、こっち」

声をかけてやると、まっすぐ山村に向かって駆け寄ってきた。

「ニャポリ　どこ　いる？」

なんだかおかしなことを言い始めた。

「ニャポリ？　猫のことか？」

「レアホ　ニャポリ　いない」

宏国の知っている祭りは、ニャポリなる「何か」があるらしかった。

「日本の祭り……レアホはな、ニャポリってのはいらないんだよ。露店があって、ちんたら盆踊りしてりゃオッケーなんだからさ」

宏国はどうも納得がいかないといった表情をしている。

「やむぃ　かみさま　みる？」

「……ニャポリの次は、神様かよ」

「やむぃ　むら　かみさま　みる」

「神様はいても、そう滅多に見えるもんじゃないんだよ。奥ゆかしいからな」

宏国は黙り込み、厳しい表情でじっと踊る人を見ている。そのうちゴロゴロとあたりに不穏な音が響き始めた。足を止め、空を見渡している人もいる。来る時は雲の狭間《はざま》に見えていた月の姿も、すっかり消えてしまった。

「あめ」

宏国が空を見上げる。けどまだ雨は来てない。

「降りそうだな。早く帰ろうぜ」

「ぬれる　いい」

「濡れていいわけないだろ」

「ふく　ぬれる　かわく」

確かに服は濡れても乾く。乾くが、急げば濡れずにすむのに……、と理不尽に思いつつ宏国がまったく動こうとしないので帰れなかった。

盆踊りは二曲ほど流れたところで、音楽が止まった。どうやら休憩らしい。踊っていた浴衣姿の人たちも周囲へと散らばる。そこでようやく宏国が「かえる」と口にした。

退屈さも相まってしびれを切らしていた山村はベンチから勢いよく立ち上がった。

「お前さ、何か食いたいものある?」

「たべる　ほしい　ない」

「面白くない奴だな。なんでも買ってやるぞ」

道の両脇の露店は相変わらず大混雑していたが、行きで慣れたのか宏国も周囲を見る余裕が少し出てきたようで、視線がキョロキョロと左右に泳ぐ。

「なに」

宏国が指さしたのは、ずらりとお面を陳列《ちんれつ》した屋台だった。

「あれは、子供のおもちゃ」

おもちゃだと言ったのに、視線は並べられたお面から離れない。手を引っ張っても、動かない。

「欲しいのか？」

宏国は「ほしい」と即答する。

「……どれがいい？」

宏国が指さしたのは、戦隊ヒーローの赤い面だった。買って渡してやると、嬉しそうにニイッと笑う。子供みたいに邪気のない顔でかわいかった。

宏国が面をかぶろうとしたので、山村は慌てて面の表を背中側に回した。宏国は首を傾げたが

「これが正しい使い方、なっ」と強引に納得させた。面を持っている子供も、頭の上や背中に面をしていることが多かったので、言うことを聞いてくれた。おかげで、山村はお面を顔につけたいい大人を連れて歩くという羞恥《しゅうち》からは逃《のが》れられた。

おもちゃの面で勢いがついたのか、宏国は「なに」「なに」と片《かた》っ端《ぱし》から指さしていった。動く、音が出る、そういった玩具に引かれるようで、気に入ったものがあるとそこに立ち止まってじっと見つめ、欲しいと目で訴える。ニイッと笑った顔が見たくて、ついつい財布の口が緩む。

宏国は買ってやった面や風船、風車を手にして上機嫌だった。山村はどの露店も覗くだけだったが、一つだけリンゴ飴を買った。

川岸の遊歩道、露天も終わりかけたところに、ぽつんと虫売りがいた。クワガタやカブトムシ

がメインだったが、蛍《ほたる》も売っていた。ビニール袋の中に木ぎれを入れ、その中に三匹ほど入っている。宏国はしゃがみ込んで、蛍をじっと見つめる。六十過ぎ、白髪混じりの初老の男が、黄色い歯を剝《む》き出《だ》しにして営業をかけてきた。

「お客さん、どう。蛍なんて最近、なかなか見かけないでしょ。風情《ふぜい》があるよ」

宏国は指先で、枝に止まった蛍を弄《いじ》っている。五百円と他の昆虫に比べて安かったし、宏国も気になるようだったので、一袋買った。

出店の通りを過ぎて、薄暗い場所に来ると蛍は仄《ほの》かに、青白く光った。宏国は袋の蛍を指さして「ちいさい」と呟いた。

「じぶん　むら　おおきい」

「ジャングルって、蛍もいるのか？」

「ほたる？」

「このピカピカしているやつ。蛍って言うんだよ」

「ほたる」

宏国は蛍の袋を軽く揺さぶり、高く掲《かか》げた。

「そら　おちる　ほし」

中にいる蛍が交差するようにノロノロと飛ぶ。山村も星みたいな蛍を見つめた。宏国は動物じみた部分だけが妙に際《きわ》だって見えるけれど、蛍を星に例えるなんて、わりと情緒的な部分もあるんだと初めて知った。

大通りまで戻ってきたところで、とうとう雨が降り出した。条件反射みたいに二人して走り出す。が、途中で宏国が立ち止まった。振り返ると、銀色の風船が雨の中、まるでくらげみたいにふわふわと暗い空へと逃げていった。

アパートにたどり着くまでほんの二、三分ほどだったのに、着てるシャツはしっとり濡れてしまった。

山村は隣の部屋のドアをノックしようとして……けれどなんだか妙に気恥ずかしい気もして、ドアノブにリンゴ飴の入ったビニール袋をそっとかけた。

全身濡れ鼠《ねずみ》のまま玄関の明かりをつける。靴を脱いで廊下に上がった途端、窓の向こうに稲妻が光った。もう一度稲妻が走り、窓を震わせるような轟音《ごうおん》を轟《とどろ》かせたあとで、明かりがフッと消えた。家の中だけじゃない、窓の外も真っ暗。ザーザーと雨の音がやけに大きく響き、また稲妻が光る。

「あかり　けす」

暗闇の中で宏国の声がする。

「消したんじゃねえよ、停電。どっかに雷が落ちたんだろうな」

暗闇の中、ぽつ、ぽつと点滅する仄白い光は、ビニール袋の中の蛍。雨は激しくなり、雷も相変わらずゴロゴロと不穏な音を響かせている。すぐに停電は直ると思っていたのに、その気配がない。どこかの送電線に落ちたのかもしれなかった。

懐中電灯なんて準備しているわけもない。携帯電話が明かりのかわりになるかと思ったが、暗

くてどこにあるのかわからない。背筋がゾクリとする。濡れた服が肌に貼りついて寒い。

このままでいると風邪を引きそうな気がして、山村はその場でシャツとスラックスを脱いだ。タオルと着替えは部屋の中に置いてある。躓《つまず》かないよう、壁伝いに歩く。何も見えない、真っ暗というのは怖い。明かりが消えただけで、気持ちが迷子みたいになる。何か妙な感じだなと思いながら山村は右足を踏み出した。

途端、足の裏に激痛が走る。山村は「ギャッ」と叫び声をあげてその場にしゃがみ込んだ。足の裏が針で刺したようにズキンズキンと痛む。何か踏んづけたみたいだけれど、暗くて傷口が見えない。

ビタ、ビタと足音が近づいてくる。

「宏、こっちに来るな。床に何かある。踏んだら怪我するぞ」

来るなと言ったのに、宏国は息遣いを感じるほどそばにやってきた。

「あかり　つける」

「つかねえんだよっ、停電って言ってんだろ」

足の裏を、つーっと生温かい感触が伝う。まさかと思い、傷つけたであろう部分に触れると、ズキンと一際強く痛み、指先が滑った。

「信じらんね。なんでこんな時に血ぃなんか出てんだよ」

最悪だった。傷口を押さえようにも、ティッシュがどこにあるのかわからない。部屋に行って手探りで探せば見つかるだろうけど、また踏みつけてしまいそうで怖い。

「あし」

そばで宏国の声がする。

「足は痛《いて》ぇよ」

痛いほうの足首をむんずと摑まれ、持ち上げられる。後ろに支えのなかった山村はひっくり返った。何をするのかと思ったら、怪我をした足裏に宏国が蛍の入ったビニール袋を近づける。どうやら蛍の頼りない光で傷を見ようとしているらしかった。

「お前、それじゃ多分無理だぞ」

本人も駄目だと悟ったらしく、山村の足を下ろす。宏国はある程度の夜目が利《き》くようだった。探ったり迷ったりせずに、怪我した足を摑んだ。

蛍の入ったビニール袋がガサガサと音をたてる。そのうちの一匹を摘み出したのか、点滅する明かりを山村の足許に近づける。

「蛍なんかじゃ駄目だって」

気のせいだろうか、ブチッと音がした気がした。蛍の点滅が消える。そのかわり、宏国の指がぼんやりと光り出した。えっ……と思っているうちに、ガサガサとビニールの音に重なるように、蛍の光は消えていった。

山村の右足を持ち上げ、宏国が覗き込む。指の蛍光色をかざす。そして山村の足の裏に、躊躇《ためら》うことなく口をつけてきた。ピリッとした痛みと、舌で触れられる嫌悪感にも似た快感。宏国は犬のように何度も足の裏をペロペロと舐めた。

消えた時と同様に、明かりがつくのは突然だった。玄関の電球が瞬きするように点滅したあと、パッと明るくなった。部屋中のモーターが一斉に動き出す。暗闇の緊張感がなくなると、あたりは白々しい明るさに満ちた。

山村が踏みつけたのは、昨日の夜に食べたシャケの骨だった。そばには潰れた黒い虫の死骸が三つ転がっている。雨は相変わらず激しいけれど、雷の音はずいぶんと遠くなった。

足の裏に絆創膏《ばんそうこう》を貼りつけてから、服を着た。宏国は真っ裸のまま、再び文明が動き始めた窓の外を見ている。

「宏」

窓際に立っていた宏国が振り返った。

「お前、どうして蛍を殺したんだよ。いくら明かりが欲しかったって、あんなの可哀想《かわいそう》だろ」

宏国は首を傾げる。その顔には罪悪感のようなものは微塵《みじん》も感じられなかった。

「くらい　こまる」

「暗くて困ったって、一時のことだろ。待ってりゃ明かりはついたんだ」

「つき　ない　よる　ほたる　あかり」

……宏国が住んでいたジャングルでは、蛍を潰して明かりにするのは、日常茶飯事だったのかもしれない。それはわかる、わかるがここは日本で、残酷なことをしなくたって明かりはつく。だから山村は納得したくなかった。それがたとえ自分のためだったとしても。

宏国は蛍を「そら　おちる　ほし」と言っていた。そんな詩的な例えをしながらも、躊躇いもなく潰すのだ。どうにもやりきれない。空に向けて、ちかちか光っていた蛍と、青白い蛍光色。

一人で悶々と考え込んでいるうちに、どうしようもない真理にたどり着いた。自分だって、生きてる牛を目にして、牛肉は連想しない。そして牛肉を見て、牛を連想することもない。食いすぎて肉を残しても、もったいないとは思っても罪悪感はない。牛の死の上に自分の食事が成り立っているということを、知っているのに考えない。宏国の蛍は、たまたま見えすぎただけだ。自分のために使う何かの死が、目の前ではっきりしていただけだ。宏国がわかってしていることと、自分が無意識にしていることは大差ない。

カラカラと回る音。宏国は裸のまま赤い面を顔につけて窓の近くに座り込むと、風車を回して遊んでいる。楽しそうだが、山村の目にはその光景がやたらとシュールに映った。

遊ぶ男を横目に、山村はベッドに入った。三十分ほどすると、遊びに飽きたのか宏国は面と風車をテーブルの上に置いて、ベッドで仰向けに寝ている山村の隣に潜り込んできた。

「お前、冷たっ」

自分が冷たいという自覚があるのか、やたらと体をくっつけてくる。山村で暖《しめ》を取ろうとしているのかもしれなかった。宏国の髪はまだ濡れていて、髪をまさぐると指先が湿った。

冷たい体を抱き寄せて、自分の熱で温めてやりながら考える。有沢に二百万前借りした。そして一度こんな風にして金を借りてしまったら、続け様《ざま》に金は借りられないだろうなというのもわかっていた。有沢も警戒するだろう。半年後に、金だけもらって宏国を置いていくという素晴らしき計画は、仁志田に金を渡した時点で駄目になっている。

駄目も何も……自分は半年後のことなんてすっかり忘れていた。

「宏」

名前を呼ぶと、宏国は山村の胸許から顔を上げた。

「お前さ、ずっと俺と一緒にいる？」

なんの気なしに聞いてみた。宏国の気持ちは、一緒にいても見えづらい。浴びるほどセックスをしても、それは同じ。けれど嫌いな人間にこんな風にくっついたりしてこないと思うので、まぁ、それなりに好かれてはいるんだろうな、と解釈している。

「いっしょ」

かわいい返事に、キスしようとしたその時だった。

「むら　かえる　まで」

続けられた言葉に、山村は頬《ほお》が強張《こわば》った。聞き違えようもない。宏国は「村に帰るまでは一緒にいる」と言った。言葉をちゃんと覚えて、働いて、金が貯まったら帰るつもりなんだろう。実際、そう簡単には帰れないだろうけど、宏国の頭の中で、自分は『帰る時には置いていく』という立ち位置にいるのだ。胸の奥が刺されるようにズキリと痛んだ。

「お前、俺のことなんだと思ってんだよっ」

急に耳許で怒鳴り始めた山村に、宏国がうるさそうな顔をした。

「単なるマス掻き相手ってことかよ」

「ますかぃて？」

落合は下品な言葉は教えない。山村は半身を起こした。

「お前、俺のことなんて本当はどうでもいいんだろ。餌《えさ》さえ運んでくりゃ、誰でもいいんだよな。この節操なしの淫乱野郎」

ついつい声が大きくなる。宏国は眉間《みけん》にムッと皺《しわ》を寄せ、ノロノロと体を起こした。そしていささか呆れたようにフーッとため息をついた。

「やむぃ　おこる」

「怒ってねえよ。お前に呆れてるだけだ」

宏国は山村の両肩に手を置いて、唇を寄せてきた。デリカシーも何もない男に腹が立って、露骨に顔を逸らす。すると山村の顔を追いかけてきて、宏国は唇をぺろりと舐めた。

「あいして」

宏国はやりたい時に「あいして」と口にする。愛しては確かにセックスを指して使うこともあるが、言葉はもっと深い意味を持っている。宏国は多分、それを知らない。知らずに「あいして」をセックスの代名詞として使っているのだ。けれどそう教えたのは他でもない、山村自身だった。

「宏、お前さぁ、俺のことどう思ってんだよ」

宏国の胸に手のひらをあてる。

「いいコトさせるぐらいだもんな。嫌いじゃないいんだろ」

真剣にその目を見つめる。すると宏国は首を傾げて、こう口にした。

「さあ」

頭の芯がカッと熱くなり、じゃれついてくる宏国を乱暴にベッドから突き飛ばした。背中から落ちた宏国を跨いでベッドを降り、テーブルの上の煙草《たばこ》とライターを手に取った。外はまだ雨音が激しい。山村は立ったまま煙草を吸った。苛立ちが治まらない。宏国は自分を見ているけど、近づいてこない。無神経な男も、相手をひどく怒らせたということは勘づいているようだった。

苛々する、苛々する、苛々する……頭を掻きむしっていると、カラカラと耳障りな音が聞こえてきた。宏国がベッドの上であぐらをかいて、風車に息を吹きかけている。自分が悪いという顔をしておらしくしてればいいのに、それが山村が期待した「反省の姿」なのに、暢気《のんき》に遊んでる。風車を速く回したいのか、ムキになって吹くから顔が赤くなってる。

山村は玩具《おもちゃ》を取り上げて壁に叩きつけた。脆《もろ》いプラスティック細工の風車は、それだけで壊れた。芯が折れてプラスティックの羽が開き、再起不能。

「俺が買ったんだから、どうしようと俺の勝手だろ。面だって蛍だってお前が欲しそうだったから買ってやったんだ。ソレなのになんだよ。ちったあ感謝しろよ。空気を読めよ。嘘でも好きとか、俺を喜ばせるようなことが言えねえのかよ、お前はっ」

宏国はバラバラになった風車をかき集めると、山村に投げつけてきた。

「怒っても知るか。ざまあみろ、クソッタレ」

吐き捨て、財布と傘を引っ摑んで外へ出た。鍵はかけない。強盗にでも入られて、殺されて死ねと本気で思う。

雨はひと頃よりマシだが、まだ激しい。宏国を怒らせたことに暗い喜びを感じ、勢いのまま飛び出してきたはいいものの行くあてがない。少し歩いただけで足許がずぶ濡れになり、逃げるようにコンビニへと飛び込んだ。買うあてもないのに店の中をぐるりと一周し、ゲイバーへ行こうと決めた。宏国が欲しがっていたチンコを、他の誰かに突っ込んでやる。

「あれぇ、山村君」

振り返ると、半パンにTシャツとだらしない姿のヤブ医者が立っていた。

「奇遇だねえ、こんなトコで会うなんて」

落合が手にしているコンビニの籠《かご》には、瓶ビールが二本入っている。

「あんた、出張から帰ってきたのか」

「ついさっきね。美味しい酒のつまみを買ってきたのに、肝心のビールがなくてねえ。二日も留守にしちゃったけど、宏ちゃんは寂しがってなかったかい?」

「知らねえよ、あんな奴」

山村が吐き捨てると、落合は「んーっ?」と首を傾げた。

「宏ちゃんと喧嘩《けんか》でもしたのかな」

「……悪いかよっ」

落合は「ワッハッハ」と遠慮なく笑い、「まぁ、若いうちにはどんどん喧嘩するといいよ」とわけのわからんことを言っていた。

「あいつってさあ、情緒がない上に無神経だろ。思考回路も獣で、人間っぽくねえんだよ」

「そうかもねえ、うんうん」

「人に対する思いやりとか、感謝ってのもないしさ」

「そうね、そうかもねえ」

落合はこちらの言うことに、のらりくらりと相槌《あいづち》を打つだけだ。

「あんた俺の話、まともに聞いてんのか」

「聞いてるよ。宏ちゃんの無神経さに腹が立つと」

「一言で片付けんなよっ」

だって、そうだろう、と落合はまるで親身になる気配がない。落合に愚痴《ぐち》ってしまったことを、山村は後悔し始めていた。

「宏ちゃんにも情緒がないわけじゃないと思うよ。ただ原始インディオは行動範囲も広くないし、特に語彙が少ないからねえ。そうそう……なんだったかな、本で読んだんだけど、文字のない種族は、そうでない種族に比べて情緒的なものに乏《とぼ》しくなるとあったよ。宏ちゃんも字のない世界で生きてきた子だから、僕らの感じる違和感はそのへんから来てるのかもしれないね」

「じゃあ、アレはどうしようもないのかよ」

「僕は、宏ちゃんはあのままでいいと思ってるけどね。山村君は宏ちゃんにこう細やか〜な気遣いをしてもらいたいと思っているかもしれないけど、宏ちゃんの世界じゃ、そんなの必要ないし」

「必要ないって……」

「だって考えてもみてごらん。年中裸で、地面に寝て、食べたい時に食べて、時計がなくて、自分の歳すらどうでもいい社会に、情緒だのなんだの小難しいことが必要だと思うかい？」

山村は黙り込む。

「それでもまぁ、日本で生活していくなら、それなりに気遣いが必要だろうけど、言葉もまだ十分じゃないしねえ。本人が困ったら教える感じで、見守ってあげていいんじゃないかなあ」

落合は深刻な話をしながら、股のあたりをボリボリと掻いた。

「そうねえ……立ち話もなんだし、喧嘩して帰りづらいなら今からウチに来るかい？」


籠の中の瓶ビールは四本に増えて、山村は当然のようにビニール袋を手渡された。「運んでくれたら、お駄賃にビールは奢《おご》ってあげるよ」と言われてしまったからだ。

雨は相変わらず降り続けている。道を歩いている人も他にいない。

「あのさ」

隣を歩くヤブ医者に声をかける。

「宏国の言葉でさ、愛しているってなんて言うの」

落合は「なんだって？」と振り向いた。雨が地面を叩く音と、傘を弾《はじ》く音がうるさい。山村は大きな声で喋った。

「本気で愛しているとか、そういう言葉」

落合が足を止めた。

「そりゃ難しいねぇ。具体的なもの、例えばバナナとか鍋とか見てその形がわかるようなものは簡単なんだけど、感情みたいな抽象《ちゅうしょう》的なものは、日本語にそっくりそのままあてはめるのは困難なんだよね。日本で言う「愛してる」とはちょっと違うかもしれないけど、「かわいい」っていう意味合いの言葉はあるよ。だけど、ものでも人でも気に入ったら「かわいい」だし、小さい動物とか、美人とか、若い女の子とか、自分の子供とかでも「かわいい」って言うからどうかなあ」

「どうしてそんな大雑把《おおざっぱ》なんだよ」

「彼らはそういう感情を、日本人みたいにいちいち分けたりしないからねえ。分けること自体、必要がないと思ってるんだろうし。そうだ！　山村君、今度僕と一緒にアマゾンに行かないかい。宏ちゃんに案内してもらってさ」

「なんだよ、それ」

落合はそれがさも素晴らしい思いつきのようにぱちりと指を鳴らした。

「インディオの生活を体験するんだよ。こう、頭で考えるよりも、すんなりと理解できるんじゃないかなあ。きっと俗世から解脱《げだつ》できるよ。ひょっとしたら向こうに住みたいと思っちゃうかもしれない」

「絶っ対に嫌だ。それに向こうに行ったってなんにもないだろ」

「何もないからいいんじゃないか。彼らの生活を体験したら、日本であくせく働いてる自分が馬鹿らしく思えてくるよ」

「だから俺は嫌だって」

冗談かと思っていたら、落合は本気で悲しそうな顔をした。

「確かに虫はすごいし、蛇も出るし、ジャガーも怖いけどいいところだよ。山村君も気に入ると思うんだけどなあ。僕も最後にもう一回、行ってみたいんだよなあ」

声がどんどん沈んでいく。

「ま……そのうち、気が向いたらな」

曖昧《あいまい》に言葉を濁《にご》して、歩き出す。激しかった雨が、少しずつ弱まっていく。優しくなっていく雨音を聞きながら、宏国は今、自分がいなくて寂しいと思っているんだろうかと、しょうもないことを考えた。


九月に入って最初の火曜日だった。一軒目の家は契約が取れたが、二軒、三軒目の家は見事に空振り。それでも日に一件のペースは悪くない。そこそこの成果だと思いながら社に戻ると、就職して二年目の坪井《つぼい》と課長が廊下の隅で何か話し込んでいた。けれど自分に気づいた途端、二人は申し合わせたように黙り込む。感じが悪いし、わざわざ廊下に出て話をしているのも気になったが、その理由を深く追求するほどの興味もないので、さりげなく無視して事務所に入った。

デスクで今日取ってきた契約書をまとめていると、「山村さん」と坪井が声をかけてきた。振り返ると、やけに刺々《とげとげ》しい目でこっちを見ている。

「仁志田のことなんだけど、どこ行ったか知りませんか？」

「実家の店が新装開店で大変なんで、昨日から手伝いに帰るって言ってたぞ」

仁志田は昨日、今日と平日に二連休を取っていた。

「あいつの田舎《いなか》ってどこですか？」

「福島じゃなかったっけ。名簿にあるんじゃないか」

「名簿にないから聞いてんですよ。山村さん、あいつと仲いいのに知らないんですかっ」

突っかかるような口調に、山村も次第に腹が立ってきた。

「実家まで知るかよ。急ぎの用なら携帯にかけりゃいいだろ」

山村が怒鳴ると、坪井は慌てて「あ、やっぱいいです。すみません」と謝って、すごすご自分のデスクへ戻った。山村が仕事を終えても、坪井はまだ残っている。今日は契約も取れてないはずなのに、何をしてるんだろうと背後から手許を覗き込むと何もしてなかった。パソコン画面は黒いままだし、手許には書類もない。何もせず、ただ机に両肘《ひじ》をついて、思い詰めた表情で一点をじっと見ている。……気味が悪い。

「お前、帰んないの？」

聞こえているはずなのに、坪井は返事をしなかった。事務所を出てから、あの思い詰めたような表情がどうにも気になって、俺も人がいいよな……と思いつつ『坪井がなんか用があるみたいだから、時間のある時に連絡してやれよ』と仁志田にメールを送ってやった。

山村は駅を出るとまっすぐに診療所へと向かった。落合から宏国のお迎えのメールはなかったけれど、たまに落合はメールを忘れたり、携帯電話の充電切れに気づかなかったりする。診療所の裏、住居部分へ回り引き戸を開けると案の定、玄関には宏国の靴があった。

「オッサン、メールぐらいよこせよ」

ギイギイ軋《きし》む廊下を歩き、居間を覗き込む。ヤブ医者は畳でうずくまっている。最初はこんな時間にもう酔っぱらっているのかと思ったけれど、何か違う。寝ているにしては不格好だし、酔っぱらっているにしては酒の匂いがしない。

「う……ううっ……」

低い呻《うめ》き声に、ようやくただごとじゃないと悟った。

「おいっ、オッサン。どうしたんだよっ」

慌てて駆け寄ると、落合の顔は真っ青で、額には玉のような汗が浮かんでいた。

「しっかりしろ。大丈夫なのかよっ」

声をかけても呻き声ばかり。山村は震える手で携帯電話を取り出した。頭が混乱して、救急車の番号が一一〇か一一九かわからない。一一〇番にかけると警察で、慌てて一一九にかけ直した。

「おい、オッサン。しっかりしろっ。救急車呼んだからなっ」

怖い。すごく怖い。救急車が来るまでにオヤジが死んだら……山村は背筋がゾッとした。そんなの絶対に嫌だ。

「気を確かに持てってたら」

怒鳴ると、ようやく落合が目を開けた。

「……ニトロ……ってきて……」

「し……療所……から……ニト……ロ。宏ちゃ……んは……わからな……か……」

落合が言い終わらぬうちに、診療所からガッタンと物音がした。山村は震える足をもつれさせながら廊下を走り診察室に飛び込んだ。診察室の中は泥棒でも入ったようなとっちらかりようで、その真ん中で宏国が怒った顔で棚の引き出しをひっくり返していた。宏国は山村に気がつくと「おちゃ　くすり」と縋《すが》るような目で見つめてきた。

仕事柄、山村は年寄りと話をすることも多い。六十を過ぎると、誰しも持病の二つや三つは当たり前。「胸がドンドンする時はね、ニトロを飲むのよ」いつだったか、そんなことを言っていた婆さんがいた。落合も心臓の病気なんだろうか。だとしたら命に関わる。早く探さないといけないと思うと、よけいに気が焦《あせ》る。

山村は宏国がひっくり返した薬棚をもう一度確かめる。小さな薬ケースにはすべて薬品名が書かれているけれど、どこにもニトロはない。両方の手のひらに汗をかく。けど、けど落合はニトロと言っていた。

ひょっとして……と思い、山村は薬棚ではなく診察机の引き出しを開けた。……あった。落合の名前が書かれた薬袋。ここから近い場所にある総合病院の名前が印刷されている。それを引っ摑んで山村は落合のもとへ戻った。山村は袋の中身をヤブ医者の顔のそばでひっくり返す。落合はその中の一つを自分で飲んだ。

「……ありがとう、山村……君」

「ニトロ？」

薬を飲んでも、落合は相変わらず苦しそうで、山村は泣きそうになった。宏国も部屋の隅からじっとこちらを見ている。ようやく救急車のサイレンが聞こえてきて、山村は宏国に「先に家に帰ってろ」と言い残して、一緒に救急車に乗り込んだ。そして以前、風邪を引いた時に宏国が最初にかかった総合病院に電話をして、落合という内科医に連絡を取ってもらった。落合は息子の勤めている総合病院に運び込まれた。息子もまだ病院にいたようで、救急外来の玄関口まで出てきていた。

医者の息子に引き渡して、心底安堵《あんど》した。病院の中に運び込まれていくヤブ医者を廊下で見送ったあと、山村は電車で帰った。張りつめていた緊張が一気に抜けて、電車の椅子に座ったまま脱力する。ここ一時間、まるで嵐みたいに時間が過ぎていった。

宏国には帰れと言ったけれど、ちゃんと鍵をかけていったか心配になった。落合の家を回って帰ると、母屋《おもや》は明かりがついていた。玄関に、宏国の靴がある。居間を覗くと、畳の上にぽつんと背を丸めて座っていた。こちらを見る、なんとも頼りない表情に、山村は思わず「落合は大丈夫だぞ」と口にしていた。

「あのオッサンは大丈夫だから……帰るぞ」

山村が手を差し延べると、宏国はのろのろと立ち上がった。窓の鍵を確かめて、部屋の電気を消す。居間のテレビの横にいつも鍵を置いてあると知っていたので、それで玄関も戸締まりして、鍵は郵便受けに入れた。

落合の息子の勤める病院にもう一度電話をかける。息子は忙しそうだったので、玄関の鍵を郵便受けに入れたことだけ言付《ことづ》けしてもらった。

アパートまでの帰り道、宏国も喋らなかったし山村も無言だった。一度だけ「飯食ったか？」と聞いたが、宏国は返事をしなかった。

部屋に入っても、宏国は窓際に膝を抱えて座り、ぼんやりしている。山村は背後から近寄って、宏国を抱いた。子供にするみたいに揺さぶる。最初は嫌がるような素振《そぶ》りを見せていたけれど、そのうち宏国は山村に背中を預けた。

「落合は大丈夫だ。なんせあいつは医者だからな。頭のいい息子もついてるし」

自分で自分の言葉に癒《いや》される。あの男はいい加減で酒飲みだけど医者だ。腐っても医者。そう簡単に死ぬはずがない。

窓の外が明るい気がして、顔を上げる。大きな月が出ている。

「かみさま　みえる　ない」

ぽつりと宏国は呟いた。

「かみさま　じぶん　すてる　わるい　だす　できる　ない」

宏国が何を言いたいのかよくわからない。けど悲しげな口調で、いいことでないのだけは伝わってくる。ひょっとしたら、変なお払い……以前、風邪を引いた時にやったみたいな、傍《はた》迷惑なアレをしたいと思ったのかもしれないけれど、人間の病気はお払いじゃ治らない。悲しんでる体をぎゅっと抱きしめて山村は「今度、落合の見舞いに行こうな」と泣きそうな顔でうつむく頭をそっと撫でた。

落合が倒れてからちょうど一週間目だった。午後九時過ぎ、玄関のドアを叩く音がした。新聞諸々の勧誘にしては遅すぎる時間で、誰だろうと思ってドアを開けると隣のババアだった。

ここのところ、ババアは留守がちだったから顔を合わせるのは久しぶりだった。宏国とセックスする際、あんまり激しくやってたら聞こえてしまうので、隣に気配のある時はそれなりに気をつけている。けれどここ三週間ほど、ババアは夜もいたりいなかったりのようだった。

「あんたに預かりモンをしてるわよ」

手渡されたのは紙袋で、中に洋菓子とノート、そして手紙が入っていた。

「落合って人からよ。三十過ぎかしら、きちんとした物腰の人だったわねえ。あんたに会いたがってたけど、向こうも急いでたみたいでね」

落合と聞いて一瞬ヤブ医者が元気になったのかと思ったが、三十過ぎということは息子のほうらしい。

「わざわざすみませんでした」

「別にいいんだけどね。そういえばあんた、体温計は買った？」

なんの脈絡もなくそう聞かれた。

「いえ、まだですけど」

するとババアはハーッと悩ましげなため息をついた。

「まったく、これだから男の人は。あんなことがあっても学習するってことがないんだから。これをあげるわ。古いもんだし、遠慮しなくていいわよ」

ババアがポケットから取り出したのは、前に一度借りたことのある電子体温計だった。

「あ、でも……」

「私、明日ここを出ていくのよ。娘と同居することになったの」

「それはよかったですね」

ババアは「いいわけないでしょ」と肩を竦《すく》めた。

「職場復帰をするから、昼間働いてる間、あたしに子守をさせようって魂胆《こんたん》なのよ。あの子は老体を骨までしゃぶり尽くす気だわ」

そう言いつつ、まんざらでもなさそうな顔をしている。

「明日の昼頃だから、もう顔を合わすこともないかもしれないわね。あんたもコンビニの弁当ばっかり食べてちゃ駄目よ。買うなら石坂ストアの総菜にしなさい。あそこは味付けも薄くて塩分控えめだから。まぁ、できあいのものを食べるより、早くお嫁さんもらってご飯を作ってもらいなさいよ。あんたわりといい男なんだから」

ババアが笑うと、頬のたるみが揺れて、口の中の銀歯がきらりと光った。

「あの子にも言っといてよ。かわいい彼女を作りなさいって。あぁ、それからリンゴ飴、あんたでしょ。ありがと。嬉しかったわ」

「元気でね」と言ってババアは部屋に戻っていった。もう一度、礼を言おうとしたのに唇が上手く動かなくてモタモタしているうちに、隣の部屋のドアは締まった。その音がやけに寂しく聞こえて、山村は奥歯をぐっと噛み締めた。

部屋に戻ると、宏国がじっと山村を見つめる。ババアと何を話していたのか、気になっているようだった。

「隣のババア、明日引っ越すらしいぞ」

「ひっこす?」

「娘と一緒に住むんだってさ」

宏国は考えるような素振りを見せたあとで「とおい」と聞いてきた。

「さあ……遠いのかもな」

山村はもらった体温計をテーブルの上に置き、紙袋の中から手紙を取り出した。洋菓子は宏国に渡して「食べていいぞ」と言うと、早速バリバリと包装を破いていた。

手紙は落合の息子からで、落合が倒れた際に介抱《かいほう》し、救急車を呼んだことに対する感謝が綴《つづ》られていた。落合は息子のいた病院からもっと大きな病院へと移送され、緊急手術を受け、手術は成功したものの、まだ予断を許さぬ状況で長期の入院が必要ということだった。手術前、落合がどうしても山村に渡してほしいと言っていたノートがあったようで、それを受け取ってくださいと手紙は締めくくられていた。

ノートは二冊あった。落合は宏国に生活習慣や部族のしきたりなどの聞き取りをしていて、ノートには住んでいた村の状態や風習が細かく記されていた。

落合は「わしは宏ちゃんノートを作ってるぞ」と言っていたけれど、宏国の向こうでの生活にはあまり興味がなくて見せてほしいと言ったことはなかった。

どうして今、このタイミングで落合はノートを自分に託したんだろう。死ぬかもしれないと覚悟して、渡したんじゃないだろうか。だけど手紙には手術が成功したと書いてあった。

考えてもわからない。病状を聞いてみたいけど、自分は落合の親戚でもなんでもないからそこまで踏み込めない。毎日のように夕飯を食べさせてもらっても、一緒にビールを飲んでいても、自分と落合は他人なのだ。たとえ落合に何かあったとしても自分は知らせてもらえない。

暗い方向に流れていく思考を無理矢理断ち切った。手術をしたんだからよくなる。落合はきっとよくなる。よくなったら、アマゾンでもどこでも一緒に行ってやる。宏国も連れて、昼間っからビールをたらふく飲んでやる。

「宏」

落合の息子がくれたパウンドケーキを頬張っていた宏国が振り返る。子供みたいに口許を汚して、汚れた指をペロリと舐める。

「落合、当分帰ってこないぞ」

「おちゃ　しぬ」

ストレートな問いかけに、山村は心臓が凍える気がした。

「馬鹿、殺すな。ちゃんとよくなるんだよ」

山村は宏国を強引に背後から抱き寄せた。

「お前、寂しいだろ。しばらく診療所に行けないもんな。隣のババアもいなくなるから、もうあの上手い煮物も食えなくなるな」

宏国が個別包装されたパウンドケーキの包装を破り、後ろにいる山村の口許に押しつけてきた。食欲はなかったけれど、口を開けて宏国の気遣いを迎え入れた。

その夜、山村は宏国を胸に抱いて寝た。セックスをしようとは思わなかった。腕の中にその温《ぬく》もりがありさえすればよかった。


二日の休暇が終わっても、仁志田は会社に出社してこなかった。課長は何も言わないので、どうやら実家で何かあったようだ。気になって二度メールをしたが、どちらにもレスはない。携帯も繋がらない。メールの返事もできないぐらい忙しいのか？　と山村は首を傾げた。

朝から調子が悪くて、一件も契約が取れずに午後八時過ぎ、山村は社に戻った。エレベーターで坪井と一緒になる。坪井はうつむき加減で山村と目を合わせようとしない。この前無視されてから、ずっとぎこちない関係が続いてる。同僚だし、いつまでもこのままなのも嫌で、山村は自分から声をかけた。

「仁志田からさ、連絡あった？」

坪井は顔を上げ「あるわけないいじゃないですか」と山村を睨んだ。牙《きば》を剝《む》くような反応に、山村もムッとする。

「お前、そんな言い方はないだろ」

「山村さん、本当は仁志田とグルなんじゃないですか」

「グルってなんだよ。言ってることの意味がわかんねえよ」

坪井は奥歯をぐっと噛み締めた。

「あいつ、逃げたんですよ」

「逃げた……って？」

胸の奥がザワリと騒ぐ。……嫌な予感がする。

「人に起業するって話を持ちかけて、準備金を払わせといて持ち逃げしたんですよっ」

エレベーターが着いた。チーンと音がする。

「あんたは仕事ができる、一緒に起業しないかって散々持ち上げておいてドロンですよ。俺だけじゃない、秋津《あきつ》も佐藤《さとう》さんも被害者だ」

エレベーターを降りる。山村は脇の下にじわりと汗をかいた。坪井は廊下の壁にもたれ、憤慨《ふんがい》した顔で腕組みした。

「起業するから辞めるっていうのが課長の耳に入ったらいびられそうだから、直前まで黙っておこう。他の人間には言うなってしっかり口止めまでしやがって」

坪井は壁を拳《こぶし》でバンッと叩いた。

「俺は結婚してんですよ。出資金だって奥さん説得して、貯金を切り崩してやっと準備したんだ。なのにあん畜生……見つけたら絶対に殺してやるっ」

荒れ狂う坪井の声が遠い。仁志田の言葉が、頭の中でクローズアップされる。

『俺は山村さんの営業力だけは買ってるからさ』

『俺、一緒に働きたかったし』

自尊心をくすぐる耳に心地よい言葉は、すべてが嘘。結局、社内で仁志田に騙されたのは四人。合計一千万近い金を騙し取って、仁志田は消えた。

山村は自分が騙されるなんて思ってもみなかった。仁志田の連れてきた片岡という男を信用しきっていた。坪井も片岡とは会ったようだが、保険営業の仕事内容を説明された時に、引っかかりを感じたようだった。過去、坪井は保険営業の仕事をしたことがあったからだ。それでも片岡の誠実そうな人柄を信用して金を出した。その直後に仁志田が休みを取ったので不審に思ったようだった。

……被害届は出した。けど契約書もなければ、払ったという証拠もない。金が戻ってくる気はしなかった。


寝ているわけでもないのに、降りる駅を乗り過ごしそうになる。そこで初めて自分がぼんやりしていたことに気づいた。

駅を出て、気づくと診療所の前にいた。いつも宏国を迎えに来ていたから、自然と足が向かっていた。診療所のドアには『医師急病のため、しばらく休診します』と貼り紙がされている。母屋のほうに回っても、玄関にはしっかりと鍵がかけられている。

アパートの近くまで戻ってくると、遠くからでも自分の部屋に明かりがついているのがわかった。心底ホッとする。自然と足が早くなる。

部屋の前で鍵を鞄《かばん》から出していると、隣でカサカサと物音がした。空き部屋のドアノブにかけられたガス会社の案内札が、風にゆらゆら揺れていた。

ドアを開ける。部屋には煌々《こうこう》と明かりがついている。それは道の上からも見えていた。それなのに宏国がいない。玄関に靴はあるのに、姿が見えない。

「宏?」

正面の窓は大きく開いて、カーテンが乱暴にはためいている。誰もいない明るい部屋で、山村は茫然《ぼうぜん》と立ち尽くした。宏国がいなくなった……出ていった。靴はあるのに? けど宏国は裸足だって外を歩く。どうして出ていった? 朝は普通だった。そんな出ていく気配なんて微塵《みじん》もなかった。何があった? 俺の何が気に入らなかった?

母親が出ていった十七歳の時のことを思い出す。書き置きも金も置いていかずに母親は消えた。未練も何もなく、切り捨てられた。

「……冗談だろ。ちょっと待てよ」

山村は額を押さえた。ゴオッと大きな風が吹き込んできて、部屋の中の軽いものが飛ぶ。自分を置いていく者とは大抵それきり。二度と会うことはない。今までそうだった。

水音が聞こえた。振り返った山村は、ユニットバスのドアノブに飛びついた。シャワーカーテンを捲《めく》る。宏国が振り返った。山村は温い湯の雨が降るバスタブに飛び込んで、宏国を思い切り抱きしめた。

「ぬれる」

かまわず山村は濡れた顔にキスして、体を求めた。立ったままを宏国は嫌がっていたけれど、入れてしまうとおとなしくなった。

濡れたスーツをバスタブの中に脱ぎ捨て、ベッドへ連れていく。何度も貫《つらぬ》き、何度注ぎ込んでも、山村の中の言いようのない不安は消えてくれなかった。

夜中、宏国が動く気配で目が覚めた。ベッドを降りようとする体を、腹を抱えるようにして山村は引き止める。

「……どこ行くんだよ」

「おなか　から」

そういえば夕飯も食べさせないでベッドに引きずり込んだ。手を離すと、宏国は真っ裸のまま床に置きっぱなしだった弁当の蓋《ふた》を開けた。最近はちゃんとフォークを使っていたのに、待ったが利かないぐらい腹が減っていたらしく、手づかみで食べ始めた。ものの数分で弁当一個を食べ尽くす。

「やむぃ　たべる」

宏国は山村の分の弁当も取り出すと、包装を破いた。

「……俺はいらない。お前、食っていいよ」

宏国は弁当を手にベッドのそばまでやってくると、指先で米をすくって山村の口許に押しつけてきた。

「俺はいいって」

いいと言って顔を逸らすのに、口許までご飯が追いかけてくる。しつこい。仕方なく一口食べる。宏国はまた米をすくって、押しつける。抗《あらが》うのも面倒になって、山村は宏国が手づかみで押しつけてくる食べ物を、親鳥から餌をもらう雛《ひな》のように黙々と咀嚼《そしゃく》した。

ふと自分は心配されているような気がした。これまで宏国は他人に無関心で、弁当だって一人で勝手に食べることが多かったけれど。

結局、山村は弁当を丸ごと一つ食べさせてもらった。宏国の右手を摑んで、汚れた指を一本一本舐めて綺麗にする。そして再びベッドの中に引きずり込んで、抱きしめた。

二百万を取られたことは、大事だけどダメージにはなってない。それよりも仁志田に裏切られたことのほうがショックだった。あんな男でも友達だと思っていた。昔は……少しだけ恋愛感情もあった。性格は悪かったし、要領だけよくて、いい加減な男。けれどそういう部分が自分とよく似ていて、一緒にいて楽だった。

だけど人は騙しても自分だけは騙さないだろうと思い込んでいた。

こんなに寂しくなるのは、仁志田に裏切られたせいだけじゃない。自分の中でいいと思っていたものが、一つ一つなくなっていく。おまけになくなってから、けっこういいものだったと気づく。いつもそうだ。

腕の中にある温みを山村は抱きしめた。宏国が小さい頃にさらわれてよかったと思った。インディオに育てられて、言葉も、数字も、時間も、常識もわからないまま日本に来てよかったと思った。なんにもわからないから、なんにもできないから……きっと自分のそばにいるのだ。

「兎《うさぎ》、買ってやろうか」

山村は宏国の耳許に囁いた。

「動物園で遊んでたやつみたいな、白いのでも茶色いのでも。お前の好きなのを選べよ。ああいうふわふわしたの、好きなんだろ」

宏国の顎先を、猫を撫でるみたいにさすった。

「欲しいなら犬でも猫でもなんでもいいぞ。飼えるトコに引っ越してやるからさ。だからお前、ずっとここにいろ。なっ」

「じぶん　むら　かえる」

宏国は首を横に振る。パスポートは有沢が管理している。宏国が帰りたいと言っても、渡さないだろう。絶対に帰れないと知っていても、宏国が「帰りたい」という気持ちを持っていることが我慢できなかった。

「兎でもなんでも飼っていいって言ってんだろ。何が不満なんだよ。食う物もあって、困ることなんて何もないだろ」

山村の大きな声がうるさかったのか、宏国が耳を掻きながら半身を起こした。喋りづらいので、山村も起き上がる。

「俺だってさ、お前にけっこう優しくしてるだろ」

宏国は窓の外を見た。カーテンが半開きの窓から、小さな月が見える。

「やむぃ　むら　ない」

「ないって、何がないんだよ。なんでもあるだろ」

「ほしい　もの　ない」

山村は息を呑んだ。宏国はもう一度「ほしい　もの　ない」と繰り返した。ここに欲しいものはないと宏国は言う。じゃあ俺もいらないものの一つか……お前にとって、欲しくないモンなのかよ、と思ったけど口にすることはできなかった。

……肯定されるのが怖かった。


九月の終わりの水曜日、出社するなり課長に呼びつけられた。仁志田のことがあってから、仕事は絶不調だったが、昨日はようやく契約を一件取った。先月に比べると成績は悪いが、十五人いる販売員の中では、半分より上。遅刻もしてないし、身だしなみもそこそこ。わざわざ呼びつけられてまで文句を言われる理由が見あたらなかった。

山村がデスクの前に立つと、課長は苦虫を嚙み潰した渋い表情でこう切り出した。

「お前、半月ぐらい前に『姫戸《ひめと》のぶえ』って婆さんからオーダーを取ってきただろう」

「ええ、喋り好きの婆さんでしたよ。七十五なんでかなり無理してローンを通したんですけど、やばい感じですか？　それとも本人がごねてるとか。うるさそうなタイプじゃないと思ってたんだけどな」

課長は「ハーッ」と重いため息をついた。

「本人がごねてるだけだったらまだよかったんだけどな。息子ってのが出てきて、これがどうもこっちの筋の人間らしいんだよ」

課長が人差し指で頬を斜めにスッと撫でる。ヤクザ……背筋がゾッとする。他の販売員で、営業をしていたら留守だった旦那《だんな》が帰ってきて、両腕にびっしり入れ墨《いずみ》があるのを見て、飛んで帰ってきたという笑い話があったが、今回は笑えない。

「すぐ解約させましょう。七十過ぎてて、本当だったらローンは組めないいんで」

まぁ、焦んな、と課長は山村を制した。

「手続きはクレームのあった昨日の夜のうちに俺がしといた。歳を十歳、間違えてましたってな。取りつけてある浄水器は、サービスで進呈したよ。取りはずしに行くのも怖いからな」

「す、すみません」

「無理してローンを通すのは、まあよくあることだしな。今回の件はたまたまそんな物件にあたっただけで、おまえのせいじゃない。けどこっちも組織ぐるみなんて言えないから、販売員が勝手に詐欺行為をしたって言い張った。するとあちらさんは売りつけた奴を出せってカンカンになってな。自分らのほうが、よっぽど悪どいことやってるくせにな」

課長は眉間に縦皺を寄せて、チッと舌打ちする。

「当のばあさんはお前の名前を思い出せないらしい。ボケかけてるか、ひょとしたら息子の気性を知ってて、お前のことを庇《かば》っているのかもしれないけどな。問題はヤクザの息子だ。『販売員の名前を教えろ』ってうるさいから、仁志田の名前と住所を教えてやったよ。辞めた奴だし、引っ越してるらしいから、まともなことをしている限り『実害』はないだろ。だからお前は今まで通り仕事をしてていいからな。まあ、こういうことがあったってことだけ頭に入れとけ」

自分に害は及ばないとわかり、心底安堵する。それにしても仁志田の名前を使うなど、課長も社員を何人も騙し、雲隠れした仁志田に対して相当キているようだった。山村がデスクに戻ると、坪井がスッと近づいてきて「なんか大事《おおごと》になってるみたいですね」と声をかけてきた。

「仁志田の奴、課長にも恨みを買ってるんですよ」

課長の声は大きいので、話の内容が聞こえていたようだった。

「ここだけの話だけど、仁志田は課長にも給料を三か月分前借りしてたみたいですよ。基本給だけだったらしいけど。うちみたいな歩合《ぶあい》制で前借りなんてありえないと思うけど、ほら、あいつって口が上手かったでしょ。おだてて、持ち上げて調子に乗せるみたいな。それで課長もやられたみたいですね。上にはそんなこと言えないから、前借り分を自腹切って相当苛ついてんですよ」

濡れ衣《ぎぬ》を着せられ、ヤクザにつけ狙われる……それぐらいの報復はあってしかるべきだと思った。

山村はふだん通り営業に出掛けた。午後になり、訪問した家でトークも佳境にさしかかったところでマナーモードの携帯電話が震え始めた。会社からで、嫌な予感がする。ふだん、営業中の社員に会社から電話がかかってくることはまずない。微妙な会話の中断が、相手の購買意識を削《そ》ぐことになるからだ。急ぎの用ということだろうか。山村は客に断って席をはずし、携帯電話に出た。

『山村、ばれたぞ』

課長の第一声はそれだった。

『朝に話をしてたヤクザなんだが、さっき「売りつけたのは、山村って社員だそうじゃねえか」って電話がかかってきた。なんか知らんがばれてる。社の人間がチクったとは思いたくないが……』

山村はゴクリと生唾を飲み込んだ。

『こっちとしては「受付書類の社員確認を間違ってた。受け付けたのは山村で間違いない」と言うしかなかった。ここにも見張りがいるかもしれんから、今日はもう社に戻ってこなくていい。社の車はどこかの駐車場に置いて、俺に連絡入れろ。誰かに取りに行かせる。向こうはお前の住所を知ってるような口ぶりだったぞ。アパートには戻らないで、人のところに泊めてもらうか、ホテルへでも行け。ほとぼりが冷めるまでじっとしてろ。殴られたり、指を落とされるぐらいですみゃいいが、すごい剣幕だったからな。……殺されでもしたら割に合わん』

はい、はい、そうですか……と相槌を打ちながら、手のひらにじっとりと汗をかく。心臓は飛び出しそうなほどバクバクしている。携帯電話を切ったあと、山村は「大変申し訳ないのですが、急用ができてしまいまして」と謝り、テーブルに広げていた資料を慌ててしまい込むと、呆気にとられた主婦を置いて逃げるように家を飛び出した。

車は会社から二駅手前の駅の駐車場に置いた。近くがいいのはわかっていたが、これ以上は近づくのが怖かった。家には帰れない。知り合いにも迷惑がかかるだろうし、どこかホテルに泊まるのが無難だ。どこにするか迷って、アパートから遠い、昔アルバイトをしていた飲食店の近くにあるビジネスホテルにツインでチェックインした。

問題は宏国だった。どうやってアパートからここまで連れてくるか。課長の口ぶりだと、会社にも家にも見張りが貼りついていそうな雰囲気だ。連絡を取りたくても、山村は固定電話を持ってない。もし宏国を連れ出すなら、一度アパートに戻るしかなかった。

自分が帰らなければ、宏国は食べることができない。腹が空けば、公園へでも行って残飯を漁るのかもしれないが、そんなことをさせるのは嫌だった。子供にはやされ、缶を投げられていたことを思い出す。宏国は気にしていなくても、二度とあんな目にあわせたくなかった。

そして何より、宏国が自分と間違われてボコられるんじゃないかと、今この瞬間にもひどい目にあってるんじゃないかと思うと気が気ではなかった。

もし落合が倒れてなかったら宏国はこの時間、診療所に行っていただろう。そうすれば連れてくるのは簡単だった。だけど今さらそんなことを言っても仕方がない。

宏国はノックや声がけをしてもドアを開けてくれない。誰が訪ねてきてもドアを開けないという点では安心だが、自分から出掛けようとすれば捕まる。日本語がほとんどできないとわかったら、相手にされないだろうか。けれど何かを喋る前に、殴られて連れ去られたら……背筋がゾッとする。

課長がわざわざ逃げ道を作ってくれたのだ。無闇に外を歩かないほうがいいとわかっていても、我慢できず山村はホテルを出た。スーツはいかにもで目立つので、近くにあった店でジーンズにTシャツ、サングラスに帽子を買ってそっくり着替えた。

タクシーでアパートへ向かい、百メートルほど手前で降ろしてもらう。散歩でもしているふりでアパートの下の通りをブラブラと歩く。チラッと視線だけで自分のアパートをうかがうと、階段と部屋の前にそれらしき男が一人ずついて、ゴクリと喉が鳴った。一人は四十代くらいのスーツ、もう一人は二十代くらいの黒いパンツに派手なシャツ。顔つきからして、堅気《かたぎ》の雰囲気ではなかった。

山村が道を行き過ぎる間、二人はそこから動かずに周囲をチラチラと見渡していた。玄関をあんなにガッチリと固められていては、連絡の取りようもない。窓のある歩道側に回って、石を投げて窓を開けさせるか……けれど、下手に音をたて、歩道側に来られたらアウトだ。

見張りがいるということは、宏国が間違って捕まったという可能性は低い。けれどどうやって連れ出す？　戦っても勝てないだろうし、やっぱり出てくるまで待つしか……山村は二人が見えなくなる位置まで来てから、道の端にしゃがみ込んだ。二人とも歩道側も注意深く見ている。最初は見逃されても、何度も往復していたらおかしいと思われる。

そばまで行けず、かといって離れることもできない。山村は頭を抱えた。ふと、宏国は公園に行ってないだろうかと思った。落合が入院してから、山村は昼間に宏国が何をしているか知らない。帰る頃にはちゃんと家にいるから、ずっと外には出てないと思っていたが、ひょっとしたら周囲をぶらついていることもあるかもしれない。金を持ってない宏国が行ける場所といえば、公園ぐらいしか思いつかない。

山村は祈るような気持ちで公園まで走った。時計は三時半を回り、学校帰りの小学生らしき集団と歩道ですれ違った。公園にも子供の姿がちらほらあった。砂場や遊具のそばで固まっている。そんな中、子供が数人、木のそばで寄り集まって上を見ていた。指さしている子もいる。目を凝《こ》らすと、木の高い部分、枝葉の隙間から人影が見えた。間違いない！

声をかけようとした瞬間、背後から肩を摑まれた。ギョッとして振り返る。

「山村さんじゃないですか」

仲間から、課長からごっそり金を巻き上げて、雲隠れしていた仁志田が、満面の笑みを浮かべて立っている。

「こんなトコで何してんの。いつもと雰囲気が違うから、最初わかんなかったよ」

ヤクザではないことに安堵したものの、これまでとまったく変わらない口調、態度に驚いた。あんなひどい裏切り方をしておいて、どうしてこんなに平然とした顔で声をかけられるんだろう。

「お前こそここで何してんだよ」

山村の口調は自然と厳しいものになる。

「あ、俺はちょっと野暮《やぼ》用」

一か月ぶりにその顔を見たが、仁志田は会社にいた頃と比べて髪が短くなり、こざっぱりとした格好をしていた。服も仕立てがよいのか、垢抜《あかぬ》けて見える。自分から巻き上げた金で着飾っているのかと思うと、ムカムカしてくる。

「あんな詐欺をやらかしといて、よく俺に顔向けできたもんだな。金返せよっ」

山村は仁志田に食ってかかった。

「んな怖い顔しないでよ。俺にも色々とわけがあるんだよ。バタバタしててみんなに事情を話せなかったんだけど、今は落ち着いたからあの時のこと説明させてよ。金もね、みんなに返せる算段がついたからさ」

「返す……のか？」

怒りの勢いが削《そ》がれる。仁志田は「返すよ」とけろりと口にした。

「実は俺、今から山村さんちに行こうと思ってたんだよね。他の奴らだと『金返せ』としか言いそうにないけど、山村さんだったらちゃんと話を聞いてくれそうな気がしてさ。それに相談に乗ってもらいたいこともあるし」

「ウチはちょっと今……その、都合が悪いんだよ」

仕事絡みでヤクザに追われてるなんて言えない。

「じゃ喫茶店へでも行く？　長い話になりそうだから、座れるとこがいいんだけど」

人の相談なんか乗っている場合じゃないけれど、仁志田を邪険にはできなかった。騙した理由も知りたかったし、預けていた二百万も返してもらいたい。

「そうだな……あ、ちょっと待ってろよ」

山村は子供たちが集まる木の下へ行った。宏国が高い場所から、地上の山村をじっと見下ろしている。

「宏っ、すぐ下りてこい！」

大声で怒鳴ると、宏国は猿のようにスルスルと木から下りてきた。子供たちからまばらな拍手が飛ぶ。

「靴を履け。俺についてこい」

「かえる？」

「帰るんじゃない。いいから俺の言うことを聞けよ」

宏国の手首を摑んで仁志田のもとへ戻ると、誰かと携帯電話で話をしていた。近づくと、携帯をパタリと閉じる。

「すみません、ちょっとヤボ用。どこか行こうかと思ってたけど時間も中途半端だし、そのへんのベンチで話していい？」

仁志田の気まぐれに苛立たされながらも、池の近くのベンチに腰掛ける。遠くへ行くなと言いつけると、宏国はベンチの裏にある立ち入り禁止の芝の中に入って、ごろりと横になった。

仁志田はチラリと腕時計を見てから、喋り出した。

「起業の件なんだけどさ、話があったのは本当なんだよ。けどあれは俺のほうが騙されたって感じなんだよなぁ」

「お前、坪井や秋津にも声をかけてたんだろ」

「あの二人に関しては、本人が悪いんだよ。俺が起業に関わるのは山村さんとの車の保険会社だけで、坪井さんと秋津さんはまた別口。二人とも会社を辞めたがってたから、人手が欲しいって言う先輩に紹介したんだよ。その先輩が詐欺師みたいだったんだけど、そんなんで俺に責任問われても困るんだよね」

いくら先輩とはいえ、紹介した仁志田にも責任はあるんじゃないだろうか。それに話の辻褄《つじつま》は合っているけれど、どうも嘘くさい。山村は素直に仁志田の話を聞けなくなっていた。

「お前、課長にも給料を前借りしてたそうだな」

仁志田は「あぁ」と肩を竦めた。

「実家の父親の容態が悪くて、手術費用がけっこうかかっちゃったんですよ。俺も起業の件でオヤジに借金しててて金なかったんですよね。それを課長に相談したらちょっと融通《ゆうずう》してくれたんですよ。あ、もちろん返すつもりだし」

短い沈黙のあと、山村はこう切り出した。

「お前、それは本当の話なのか」

「本当ですよ。信用ないなあ」

仁志田は笑った。おかしい。どこかうさんくさい。みんなに迷惑をかけたと言いながら、どうしてこの男は笑ってるんだろう。

「信用なくすようなことしたのはお前だろ」

仁志田はもう一度、腕時計を見る。やたら時間を気にしているなと思っていたら「もうそろそろいいか」とボソリと呟いた。

「俺もひどいけど、本物の人でなしは山村さんでしょ。自分が取った契約なのに都合が悪くなった途端、俺のせいにしたんだから」

山村は目を大きく見開いた。なぜ会社を辞めた仁志田がそのことを知っているんだろう。金を持ち逃げしたあと、仁志田の携帯は通じなくなった。社内の誰もこいつとは連絡が取れなかったはずだ。

「あぁ、やっと来た。山村さんちからここまでけっこう時間かかるね」

山村は全身からザッと血の気が引いた。こちらに向かって歩いてくるのは、自分の部屋の前にいたスーツと黒パンツのヤクザらしき二人の男。体が震え、逃げ出そうと立ち上がった途端、仁志田にガツッと手首を摑まれた。

「あんまり騒がないほうがいいよ。あの人たちわりと容赦《ようしゃ》ないから」

仁志田は目を細め、ニッと笑った。

「お前らグルだったのかっ」

「人聞き悪いなあ。俺、付き合いは訪問販売よりこっちのほうが長いんだよ。あんたが逃げたみたいだって聞いて助っ人に来たら、たまたま木登り中のあいつを見つけてさ。ここで張ってたらひょっとして出てくるんじゃないかと思ったけど、大当たりだったな」

山村の両脇を二人の男が取り囲む。

「お迎えの車が公園の外で待ってるから、とりあえずついてきてよ。おとなしくしてたら、手荒なことはしないからさ」

山村は両脇から腕を摑まれ、歩かされた。踏み出す一歩が情けないぐらい震える。連れていかれた先で、殺されるかもしれない。殺されないとしても、確実に痛い目にあう。これから先にどんなリンチが待っているのか考えるだけでも恐ろしくて、思わず漏《も》らしてしまいそうになった。

「お前は来るな」

仁志田の怒鳴り声に振り返ると、宏国が山村のあとについてきていた。

「宏、お前は帰れ」

帰れと言ったのについてくる。いつもだったらもう少し聞き分けがいいのに、今日は言うことを聞かない。ついてくる宏国が鬱陶しかったのか、黒パンツの若いほうが振り返りざま、殴るような形で右手を振り上げた。

「あいつには手を出すなっ」

山村が叫ぶと、拳《こぶし》が空で止まった。男は目を細め、振り上げた拳を山村の額に向かってガッと殴り下ろした。脳天を突き抜けるような痛みが走り、山村は目を閉じたままウッと唸《い》った。

「石《いし》ぃ、そいつにあんま手え出すなよ。姫戸さんのとこに連れてくには、そこそこ活きのいい状態じゃないと弄ってもつまんないだろうからさ」

仁志田が間延びした調子で若い男に言いつけた。宏国は不機嫌な顔でこっちを見ている。

「宏、落合の家へ行け。……今すぐ走っていけ」

迷う素振《そぶ》りを見せたものの、宏国は山村を追い越して走り出した。若い男が「あっ」と叫んだ。

「おい、ヤバイんじゃないのか。警察に通報されたら……」

仁志田はカラカラと笑った。

「あいつは日本語もろくに喋れねえから大丈夫だよ。けどま、ノロノロしていると人目につくから早めに引き上げるか」

引きずるようにしてどんどん歩かされる。山村は右膝をわざと折ってガクリとよろけるような仕草をしてみせた。

「何してんだよ、立てっ」

若い男が横柄《おうへい》に怒鳴る。

「は……きそう……」

「もうビビってんのか。しょうもねえ野郎だな」

スーツの男のぼやきに、携帯電話の着信音が重なる。スーツの男は山村の手を離すと「吐かせてから車に乗せろ。汚されたら面倒だ」と若い男に言いつけ、携帯を片手にその場を離れた。

山村を押さえているのは若い男だけ。その場でゲーッゲーッと声だけで吐くふりをしながら、山村は若い男の右足をすくい上げた。バランスを崩した男がその場にドッともんどり打って倒れる。

手が離れた。その隙を狙って、山村は猛ダッシュした。宏国が走っていった方角とは反対から、落合の家を目指す。このまま逃げ切ったら、逃げられる。殴られなくてすむ。

「おいっ、待て！」

殺気立った怒鳴り声が追いかけてくる。捕まったら怪我どころじゃないかもしれない。山村は無我夢中で走った。救いはここがよく知っている場所だということだ。人目につく場所も、路地がどこへ繋がっているのかもわかっている。

人の多いところ、多いところを選んで走った。商店街を抜けて振り返ると、若い男だけ自分についてきていた。診療所はすぐそこだが、今飛び込んだら絶対に見つかってしまう。

若い男との距離は二十メートルもない。山村は角を曲がるとすぐのところにあるファーストフード店に飛び込み、裏口へとまっすぐ抜けた。しばらく走ってから振り返ると、若い男の姿が見えなくなっていた。山村は近くのスーパーに入り、男性用トイレの個室に飛び込んで鍵をかけた。心臓が口から飛び出しそうなほどドクドクしている。全身にべっとり汗をかく。上手くまけたような気がする。いくら自分を探しても、近辺にある店のトイレを一軒一軒見て回ることはないだろう。

しばらくここにこもって、あいつらが完全に諦めて帰るのを待ってから、落合の家に迎えに行けばいい。それからタクシーでホテルに移動する。泊まっているホテルは偽名だし、誰にも居場所は教えてない。捕まらない。

トイレの壁にもたれるようにしてしゃがみ込んだ。……怖かった。泣きそうになるほど怖かった。今でも手足がガクガク震えている。

仁志田がヤクザに通じていたなんて知らなかった。そんな素振りは微塵《みじん》も匂わせなかった。課長は自分のことを思って「浄水器を売った販売員は仁志田」と小細工をしてくれたが、そのヤクザの中に仁志田がいたなら、急ごしらえの嘘などばれて当然だった。

けれどどうして売りつけたのが自分だとバレたんだろう。販売員は十五人いる。誰がどんな人間からオーダーを取ったなんて知らないし、知る必要もない。変わった客なら、話のネタにされることもあるけれど……悶々と考えているうちに思い出す。仁志田には話した。七十五のばあさんからオーダーを取ったと言うと「うっわ、鬼畜だなぁ」と仁志田は笑っていた。

山村はきっかり三時間閉じこもって、午後七時五十分にトイレを出た。あと十分でスーパーが閉店するからだ。挙動不審なほど神経質に周囲を確かめ、表へ出る。外はもう真っ暗。明るいより暗いほうが安心する。きっと見つかりづらい。

山村はスーパーから大回りして落合の診療所へ向かった。診療所のある表ではなく、裏の母屋へと向かう。人のいない落合の家は明かりがついておらず、ひっそりとしていた。歩道にある街灯の明かりが垣根越しに庭をうすらぼんやりと照らしている。

引き戸の前に黒い塊《かたまり》の影があった。宏国がコンクリートの上にべたりと座っている。

「ひろ……」

駆け寄ろうとしたその時、行く手を遮《さえぎ》るように草むらからザッと若い男が飛び出してきた。慌てて踵《きびす》を返すと、そこにスーツの男。挟み撃ちにされた。

「みーっけ」

薄暗い庭で、仁志田がニイッと笑った。

「山村さん、本当に逃げ足が早いね。手間かけさせられて、苛々したよ」

スーツの男の脇を強引に抜けようとすると、捕まって土の上に引き倒された。ガツッガツッと顔を殴られる。

鼻血を滴《したた》らせる山村を見下ろして、仁志田はため息をついた。

「最初っから素直についてきてたら、腕の一本や二本ですんだかもしれないのに。……姫戸さん激怒してるよ。あぁ、姫戸さんっていうのは、山村さんが騙した婆さんの息子なんだけどね。あの人怒ると怖いから、覚悟しといたほうがいいよ」

診療所の貼り紙を見て、落合の家が留守だと知った仁志田は、連れのヤクザに引き戸の鍵を壊させて宏国と山村を部屋の中へと連れ込んだ。電気は止めていなかったのか、明かりがつく。仁志田は土足のまま家に上がると、そのへんにあったタオルやシャツで山村の両手と両足を縛りつけ、荷物のように居間へ転がした。

「宏は関係ない。家に帰らせてやってくれ」

山村が懇願しても、仁志田は返事もしない。座卓に腰掛けてメールを打ちながら、宏国に向かって顎をしゃくり「そいつも一応、縛っとけよ」と若いヤクザに命令する。それは山村の知らない仁志田の酷薄な横顔だった。

宏国は仁王《におう》立ちしたまま、若いヤクザを睨みつけた。何が起こっているかわからないまでも、今の状況がいいことではないと気づいているようだった。

「てめえ、痛い目見たくなかったらおとなしくしろっ」

若いヤクザがドスを利かせる。

「そんな頭の悪いこと言っても駄目駄目。もっと効率的にやんなきゃ」

仁志田は携帯電話を閉じて、宏国に近づいた。

「山村さんが帰れって言った時に、帰ってりゃよかったのにな。お前に用はなかったんだけど、まあ仕方ないよな」

喋りながら、仁志田は宏国の腹を殴った。「ぐっ」と呻き宏国は体をくの字形に曲げてしゃがみ込んだ。動きの弱まった宏国の両手、両足を仁志田はさっさと縛り上げる。ダメージから宏国が回復する頃には、手足の自由が奪われていた。

「ヤニ　シャレ」

宏国が獣のような形相《ぎょうそう》で仁志田を睨み、唸る。

「こいつ、なんて言ってんだよ」

ぼやき、若いヤクザがうつぶせになった宏国の背中を踏みつける。足の下でうつぶせの体が大きく身悶えた。

仁志田は興味ナシといった顔で、返事もせずに柱にもたれて携帯電話を覗き込む。

「お前、新入りのくせに生意気なんだよ」

若いヤクザが怒鳴る。仁志田は鬱陶しそうに目を細めた。

「新入りだけど、俺はあんたより上で役つきだし。口のきき方に気ぃつけないと、兄さんにチクるよ」

若いヤクザはチッと舌打ちし、腹立ちまぎれのように無抵抗の宏国を蹴飛《けと》ばした。宏国がアグッ、オゲッと呻きながら背中を丸める。見ていられない。

「仁志田、やめさせてくれ。宏国はなんにもわかってない。このまま帰しても、お前らの都合の悪いようにはならないから」

仁志田はこちらを見もせず、携帯でメールを打ち続ける。若いヤクザは煙草に火をつけ、くわえ煙草で山村に近づいてきた。

「ギャアアアアッ」

思わず叫んでいた。煙草を押しつけられた右手首が焼けるように痛い。「やむぃ、やむぃ」と自分を呼ぶ宏国の声が聞こえる。

「あぁ、火ぃ消えちまったな」

若いヤクザは再び煙草に火をつける。また火を押しつけられるんじゃないかと思うと、体がガタガタ震え出す。

「お前さぁ、姫戸さんが来るまであんま弄るんじゃねえよ。叫ぶとうるさいし」

仁志田が注意しても、若い男はニヤニヤと笑うだけだ。「やむぃ」とすぐそばで声が聞こえた。縛られながら、宏国が芋虫のように這って近づいてくる。心配そうな顔で自分を見ている。

「ごめんな、ごめんな宏国。俺のせいでごめんな。おとなしくしてろよ。そしたら、お前は殴られたりしないから」

「なぐる？」

「あぁ、なんでもない。なんでもないから、静かにじっとしてろ」

……姫戸というヤクザが来たら、自分は殺されるのかもしれない。けれど自分が殺されても誰も困らないし、悲しまない。両親とも行方不明だし、友人だと思った男はアレだし、会社の仲間はそこだけの付き合いだ。

宏国は？　宏国は少しぐらい悲しいと思うんだろうか。自分が死んだら悲しむだろうか。落合が入院した時も「しぬ」と聞いてくるようなドライな男だ。泣かないかもしれない。けど自分がいなくなったら、宏国は困る。飯の世話をする人間がいなくなるからだ。それに世間知らずだし、常識はないし、言葉もまだよくわからなくて、手がかかる。普通の神経じゃ付き合えない。だから宏国だけは……。

玄関の引き戸がガラガラと音をたてる。山村の心臓がドクリと跳ねた。ドカドカと遠慮のない足音が近づいてくる。若いヤクザが、慌てて姿勢を正す。首を捻ると、四十過ぎのスーツ姿の男が靴のまま現れた。背は百七十くらいとそれほど高くない。黒いスーツで、髪型もとりたてて目を引くものではない。ただネクタイは少し派手めな色で、靴がやたら光っていた。格好だけ見たらヤクザとわからないが、目つきは異常に鋭く、見下ろされると自然と体が竦み上がった。

「姫戸さん、お疲れ様です」

若い男が直角に頭を下げる。

「逃げ回ってたネズミはどっちだ」

寄り添うような山村と宏国を一瞥《いちべつ》し、男は顎をしゃくった。

「あ、髪の長いほう」

仁志田の返答に、姫戸は「ふうん」と呟きながら、山村の顔をいきなり下から蹴り上げた。

「うごっ」

体が背後にぶっ飛び、もんどり打って倒れる。口の中に血の味が広がり、鼻の下をヌルリとしたものが伝った。

「やむぃ！」

宏国が叫び、そして姫戸を睨んだ。

「こっちのはなんだ？」

「あ、一緒にいたんでついでに」

「よけいなことすんじゃねえ」

男が凄《すご》み、余裕をかましていた仁志田の表情が強張った。手にしていた携帯を、上着のポケットにスッとしまう。

「こっちの奴を脇へどけてろ。邪魔だ」

若い男が、宏国の襟首を摑むようにして引きずった。

「やむぃ　やむぃ」

宏国が叫ぶ。

「ひっ、宏。俺はへ……平気だからな。静かにしてろ」

うるさくすることが姫戸の気に障り、怒りの矛先《ほこさき》が宏国へ向くのが怖かった。

「やむぃ　いたい　だめ」

姫戸は「そのうるさいのを黙らせろっ」と若い男に向かって怒鳴ると、うつぶせた山村の頭側にしゃがみ込んだ。

「お前、どうして自分がこんな目にあってるかわかっているか？」

山村は震えるように頷いた。

「お前は善良な市民を騙して、バカ高い浄水器を売りつけた。普通の奴だったら泣き寝入りだが、今回ばかりは相手が悪かったな」

自分よりも悪いことをしていそうなヤクザに説教されるのは滑稽《こっけい》だった。けれど逆らって痛い目を見るのも嫌だし、今さらしらばっくれるつもりもなくて「すみません」と素直に謝った。

「へぇ、自分のしていることをわかってたってわけだ」

姫戸はスッと立ち上がると、山村の腹を蹴り上げた。

「ぐげっ」

胃の底から一気にせり上がってきて、ゲッと吐く。すると「汚《き》ったねえ奴だな」と顔を蹴られた。姫戸は容赦がない。鼻血の上に、新たな血が滴る。うつぶせに丸く、自然と腹を守る体勢を取った背中を、靴の踵《かかと》で思い切り踏みつけられる。一瞬、息が詰まる。本当に死ぬかもしれないと脳裏を過《よぎ》った。

「うわっ、痛《いて》えっ」

若いヤクザが右手を押さえて叫んだ。目の前を黒い影が行き過ぎたかと思うと、山村を踏みつけていた姫戸が床に転がった。仰向けになった姫戸の上に両手を縛られたままの宏国がのしかかる。両足を拘束《こうそく》していたシャツは真ん中で破れ、足首にまとわりつくだけになっている。

宏国は押さえ込んでいるのに無理に起き上がろうとした男に目にも止まらぬ早さで頭突きを喰らわすと、両手を縛られた状態で姫戸の首を絞めた。

「うげっ、うがっ」

驚いた仁志田が宏国を引き剝がしにかかる。それで首から手がはずれ、姫戸は腹の上の宏国を突き飛ばした。横向きにゴロッと転がった姫戸は、うつぶせたままゲホゲホと咳き込んだ。

仁志田は宏国の腕を摑んだが、逆に斜め下から頭突きを喰らってもんどり打って倒れた。

「この野郎っ！」

若い男が飛びかかってくる。宏国はカエルのように横っ飛びしてかわすと、部屋の隅にあったビール瓶に駆け寄り、両手で摑んだ。そしてなんの躊躇《ためら》いもなく若い男に飛びかかっていった。

「ぎゃあああっ」

ビール瓶がヤクザの頭の上でガシャンと割れる。若い男は両手で頭を押さえ、倒れ込んだ。顔はもう血みどろだ。宏国は割れたビール瓶を軽く振ると、尖った断面を若い男の太股に思い切り突き立てた。

「ぎゃあああああっ」

殴ること、痛めつけることに対して宏国は躊躇いも容赦もなかった。見ているほうが空恐ろしくなる。新しいビール瓶を手に取ると、宏国はじりじりと次なる獲物、仁志田に近づいていった。部屋の隅で腰を抜かしていた仁志田は、真っ青な顔のまま懐《ふところ》に手を差し込むと、何か取り出した。両手で構える。小さなピストル、黒光りする銃口はまっすぐに宏国へと向けられていた。

「来るなっ、来たら撃つぞっ」

仁志田が叫ぶ。山村は背筋が凍りついた。銃口が自分に向けられているというのに、宏国は怯《ひる》む気配がない。

「やっ、やめてくれ、仁志田。宏を撃たないでくれ。宏、宏、瓶を下ろせ。俺の言うことを聞け。でないとお前、撃たれるぞ。死ぬぞ」

山村は泣きそうになった。宏国は言うことを聞かない。銃が怖くないのか、と考えて気がついた。宏国は拳銃を知らないのかもしれない。知らなければ、その怖さがわからない。だから恐れたりしない。

「宏、俺の言うことを聞けっ」

しがみついてでも止めたいのに、山村は手足を縛られて芋虫《いもむし》みたいに畳の上で蠢《うごめ》くだけだ。

「お願いだから、お願いだから……宏……」

涙と血でぼやけた視界に、姫戸が背後から宏国に飛びかかるのが見えた。後ろから羽交《はが》い締《じ》めにされて、宏国はビール瓶を床に落とした。けれど背後の姫戸に激しい頭突きを喰らわせ、相手の手が緩んだ隙に振り返って両手で顔を殴った。二、三度、立て続けに殴り、相手の抵抗が弱まったのを確かめてから、今度は座り込んだままの仁志田に飛びかかった。

「ちきしょうっ」

仁志田の叫び声に重なって「バシュッ」と鈍い音がした。宏国の体がぐらりと揺らぎ、膝が折れる。「ぐわわわああっ」と叫び、宏国は両手を畳についた。

「お前っ、やりやがったなっ」

姫戸が怒鳴る。山村は何が起こったのかわからなかった。撃たれた……のか？　一瞬でよくわからなかった。花火みたいな火薬の匂いがあたりに漂う。仁志田は拳銃を構えたまま、這いずりながらも向かってくる宏国を蹴飛ばした。

宏国が仰向けになったことで、ようやく状況が見えた。左の太股は真っ赤で、ドクドクと血が溢《あふ》れていた。やっぱり撃たれた……撃たれたのだ。宏国は足首に絡まるだけになっていたシャツをむしり取ると、「うおおおっ」と獣のように唸りながら傷口にグイグイとシャツの切れ端をねじ込んだ。見ている山村が卒倒しそうな光景だった。

「姫戸さん、大丈夫ですか」

姫戸は聞いてきた仁志田を殴り飛ばした。

「馬鹿野郎！　素人《しろうと》相手にぶっ放しやがって。ちょい締め上げるだけが、大事《おおごと》になんだろがっ」

呆気にとられた仁志田を、姫戸は二回、三回と殴りつけた。

「テメエなんかにチャカを渡すんじゃなかったぜ。使い方も心得てねえアホ野郎が」

仰向けになった仁志田の肩を、姫戸はガツッと音がするほど踏みつけた。仁志田が「ギャア」と悲鳴をあげる。

「テメエは破門だ。テメエがやったことは、テメエが責任を持てっ」

姫戸は畳の上で呻いていた若い男だけを担《かつ》ぎ上げ、出ていった。

「……じょっ、冗談じゃない」

仁志田が呻きながら体を起こした。

「こんなんアリかよ」

宏国は「ウガアッ……」と獣のように呻きながら、懸命に立ち上がろうとするものの、足が痛むのか途中でへたれ込む。そんな宏国に、仁志田は銃口を向けた。

「アリなわけねーよな。俺、幹部なんだぜぇ、一応。お前が滅茶苦茶《めちゃくちゃ》やるから、おかしなことになったんだ」

目が本気だ。本気で宏国を殺そうとしている。山村は這いずりながら二人に近づいた。

「仁志田、なぁ仁志田。もうやめろ。なっ。お前のことは誰にも言わない。言わないから逃げろよ。警察にも捕まんないトコに逃げろ。もういいだろ、なあ……」

仁志田はゆっくり近づいてくると、芋虫の状態で転がっている山村のこめかみに銃口を押しつけた。

「……お前、うざい」

あ、死ぬ……と山村は思った。自分は死ぬ。心臓が張り裂けそうなほどドクドクする。殺される。ここで終わり。俺の人生、こんな終わり方だったらしい。しょぼすぎる。最悪だ。けど最後って案外こういうモンなのかもしれない。目に映るのは、血だらけで汚れきった畳。砕《くだ》けたビール瓶。宏国の顔が見えない。顔が見たい。自分が死んだら……宏国は泣くんだろうか。

「ぎゃあああっ」

部屋に轟《とどろ》いたのは銃声ではなく仁志田の悲鳴だった。宏国が、仁志田のふくらはぎにワニのように噛みついていた。

「痛《いて》え、痛え、ひいいいいっ」

仁志田は銃を撃ったけれど、それはあらぬ方向の天井を突き抜けた。噛まれた足を振りほどこうとしてバランスを崩し、仰向けにドッと倒れたからだ。その反動で仁志田の手から銃が離れた。山村は這うようにしてそれに近づき、縛られた右手で銃を握った。

天井に向かって銃を発射する。バシュッ、バシュッと天井に穴があき、指先が振動で震えた。四発目でカチッ、カチッと金属音が響くだけになる。

仁志田は宏国を殴って、叩いてようやく口を開けさせると、山村の銃を奪い取った。宏国や山村に向けて何度もトリガーを引くけれど、カチカチと鳴るだけで弾《たま》は出ない。

「ふざけたことしやがって！」

天井を打ち抜いた意図に気づいたのか、空《から》の拳銃を放り出し、仁志田は山村を蹴った。蹴って蹴って蹴りまくる。

サイレンの音が近づいてくる。仁志田は最後にもう一度山村を大きく蹴り上げると、右足を引きずるようにして走り去っていった。

宏国は救急車の中ではおとなしかった。けれど病院に到着し、自分を覗き込む白衣の医者を見た途端、それまでのぐったりした様子からは想像もつかないほど大暴れした。

太股から溢れるほど血を流し、真っ青な顔で暴れる宏国を、山村は上から覆いかぶさるようにして押さえつけた。

「宏、宏、おとなしくしろ。お願いだからおとなしくしてくれよっ。治療ができねえだろっ」

そして周囲にいた医者に向かって頭を下げた。

「すいません、白衣を脱いでください。こいつ、駄目なんです。白衣を見るのも駄目なんです。お願いしますっ」

覆いかぶさって押さえつけ、手を握り、何度も声をかけた。宏国が麻酔で眠ってしまうまで、おとなしくなるまで続けた。手術室に入っていく宏国を見送ったあと、山村は待合室の椅子に腰掛けたまま、ぼんやりと天井を眺《なが》めた。手術室に入る前、医者に「出血が非常に多くて、ショック状態です。大腿《だいたい》動脈を損傷している可能性もあります。覚悟してください」と言われた。

昼からこっち、頭がおかしくなりそうなほど目まぐるしかった。ヤクザに追いかけられて、一度は逃げたのに捕まって、殴られた。

どうして、どうしてこんなことになったんだろうと考える。それは自分がヤクザの母親に浄水器を売りつけたからだ。それで目をつけられて、リンチされそうになった。だから逃げようとして、宏国も一緒に連れていこうとしたら捕まった。

流れは間違ってない。けどどこか、何かおかしい。……あれ、そういえば自分はどうしてこんなトコに座ってるんだろう。蹴られて、殴られて、顔も痛いけれど、平気で座っている。大した怪我はしてない。こういう場合、自分のほうがもっとひどい目にあってないといけないんじゃないか。こんなコトになった大元の原因は、自分なのだから。それなのにどうして宏国があんなひどい目にあわないといけなかったんだろう。

どうして……そのことに気づいた瞬間、山村は両目からドッと涙が溢れた。自分が大した怪我をしなかったのは、守られていたからだ。あの凶暴で、野蛮で、日本語もまともに使えない男に体を張って、命を張って守ってもらったからだ。

友達か、セフレか、家族か、恋人か……愛という言葉のない国に住む宏国が自分にどういう感情を抱《いだ》いているかわからないけど、愛されているような気がした。愛されているとしか思えなかった。

腰掛けたまま山村は子供みたいに大声で泣いた。死なせないで、死なせないで……神様、神様。キリスト様でも仏様でも、誰でもいいからお願いします。助けてください。助けてください。もう何もいらない。本当に何もいらない。宏国を助けてくれるなら、かわりに自分が死んだっていい。だから、だから宏国の命を助けてください。お願いします、お願いします。

両手を固く組み合わせ、山村は激しく泣きじゃくりながら懇願した。

宏国が手術をしている間に、山村は医師の診察を受けた。あれこれ質問されたような気もするけれど、どれも夢の中で話をしているようで、現実味がなかった。レントゲンとCTを撮ったけれど、打撲《だぼく》と擦過傷《さっかしょう》だけで特に問題はないでしょうと言われた。

診察が終わると、刑事の事情聴取を受けた。山村はこれまでにあったことを、正直に話した。嘘をつくつもりもなかったし、そんな気力もなかった。逃げ出したはずの仁志田は組の圧力があったのか早々に自首してきて、すべては自分一人の個人的な犯行だと言っているようだった。

山村が事情聴取を受けている間に、宏国の手術が終わった。撃ち抜かれた宏国の足は、大腿骨が砕かれていた。それよりも深刻だったのは血管を傷つけていたことで、大量の出血でもう少し搬送が遅かったら命を落としていただろうと言われた。加えて血管の損傷で足の先まで血が回らなくなり、処置が遅れていたら命は助かっても左足を切り落とさなくてはいけなくなるところだったと言われた。

手術は成功したものの、宏国の「医者嫌い、白衣嫌い」の性格を考えて、状態が落ち着くまで睡眠薬でうとうと眠らせることになった。中途半端に目を覚まさせても、興奮して手がつけられなくなって安静が守れない可能性が大きかったからだ。

ことの詳細は、深夜のニュースでも流れたし、朝刊にも名前入りで掲載された。弁護士の有沢が携帯に何度もメッセージやメールを入れていたようだけど、その携帯をホテルに置き忘れたまま山村は病院に泊まり込んでいた。自力で宏国が入院した病院を見つけ出し、有沢が訪ねてきたのはあんなことがあった翌々日だった。

山村は面会時間は宏国につきっきりで、ひどく疲れていた。有沢が会いに来ても、話すような気力はなかったし、刑事にも同じことを何度も繰り返し話していた。うつむき加減の山村に、有沢は「新聞に書いてあることは事実なんですか」と聞いてきたので「はい」と答えた。

宏国は手術をしてから丸一週間、うとうと眠り続けた。

「状態も落ち着いてますし、明日ぐらいに目を覚まさせましょうか」

そう医者から話を聞いたすぐあとで、有沢が再び宏国の見舞いに来た。宏国の顔をチラッと見ただけで、有沢は「折り入って話があります」と山村に告げた。長い話になるというので、病院の近くにある喫茶店へ行った。

人もまばらな寂《さび》れた喫茶店の奥まった席。有沢は椅子に腰掛けると、厳しい表情のままテーブルの上に「調査報告書」を置いた。最初からドンと王手をかけられた気がした。

「失礼ながら、興信所であなたの経歴と素行を調べさせてもらいました。私があなたから聞いていた話と、事実があまりにも異なっていたので驚きました。学歴、職種、すべて嘘だったとは、呆れてものが言えません」

「ん、まぁ……」

興信所に頼んだ調査報告書を出されたとなったら、否定しても無駄だ。山村はボリボリと頭を掻いた。もう十月とはいえ昼間はけっこう暑いのに、三日風呂に入ってない。家に着替えを取りに帰ったのも三日前。それ以外はずっと病院の付き添い用の部屋に待機していた。「状態も安定してきたし、連絡が取れる状態であったら、面会時間だけ来るという形でもいいですよ」と医者には言われたが、宏国の状態がどうのこうのというより、自分がそばを離れられなかった。……病気のように。

「よくもこれだけ嘘がつけるものだと逆に感心しました。今回の傷害事件も、山村さんのお仕事のトラブルが原因で、宏国さんを巻き込んだんですね」

「宏には本当に悪かったと思っているよ」

有沢は唇をむっと引き結んだまま、しばし沈黙した。

「あなたが以前、自分の会社のためだと言って前借りしていった遺産の二百万は、仁志田容疑者に架空《かくう》の起業を持ちかけられ、騙し取られたということでいいですか」

新聞にはヤクザと訪問販売会社のトラブルとだけで、そこまで詳しいことは書いてなかった。興信所を使っているし、会社の誰か……坪井か課長が話したのかもしれない。

「そうなる、かな」

有沢がこれ見よがしのため息をつく。それが合図のようにコーヒーが運ばれてきた。山村からは話すことなど何もないし、有沢も黙ったままなので、沈黙は長く続いた。

コーヒーを飲み終えると、有沢はテーブルの端に寄せておいた調査報告書を鞄《かばん》へとしまった。

「結論を言わせてもらうと、あなたには宏国さんの世話役としての資格はないと判断しました。これまで振り込まれた宏国さんの生活費、あなたへ支払った月々の遺産に関してはそのままでけっこうですが、前借りした二百万に関しては返却を求めます。あなたにも不満はあるでしょうから、何かあれば弁護士を通してください。それから今後一切、宏国さんには関わらないでいただきたい」

畳みかけるようにそう言い、有沢は立ち上がった。

「これからはもう、直接お会いすることはないと思いますが」

「ちょっ、ちょっと待てよ」

「何か」

有沢は目を細め、山村を見下ろした。

「そんな一方的にまくしたてられても、こっちだってどうすりゃいいのかわかんないだろ。二百万は返すよ。時間はかかると思うけど、ちゃんと返す。金のことはどうでもいいけど、宏はどうするんだよ。あいつの面倒を見るのは半端《はんぱ》じゃないぞ。日本語だってまだちゃんと聞き取れないし、喋りも幼児並みだしさ。今でも面倒だとすぐ手づかみで食うし、常識もないし、考え方も普通と違ってるし」

「宏国さんはしばらく私が面倒を見ます。身内の方が見つからなければ、他人を雇《やと》うよう手はずを整えますので」

きっぱりと言い放たれる。

「面倒見るって、あんたあいつのこと苦手だって言ってたじゃないか」

有沢の眉がひくりと動いた。

「好き嫌いの問題ではありません。これは依頼された仕事ですから」

「俺のほうがあいつの扱い方を知っている。他人に任せるぐらいなら、俺に任せといたほうが絶対にいいって。あいつも俺に懐《なつ》いてるしさ」

目を大きく見開き、有沢は驚いた顔をした。

「あんな事件を起こしたあとで、あなたに任せられるわけないでしょう。常識でものを考えてください」

「確かに宏の怪我は俺のせいだ。それを否定するつもりはないよ。今の会社は辞めて、もうちょっとマトモな仕事に変える。宏が元気になったら、探してみるよ。俺への遺産とかもういらないし。宏の生活費はあったら嬉しいけど、それもあんたが嫌って言うならなくていいよ」

有沢は怪訝《けげん》な表情で首を傾げた。

「あなたは何を言ってるんですか？」

「だから、宏の面倒はこれまで通り俺が見るってことだよ」

「任せられるわけないでしょう」

「だからタダでいいって言ってんだろ」

「金銭の問題ではありません。あなたみたいな人に宏国さんを任せられるわけないでしょう」

山村は奥歯をぐっと噛み締めた。

「……俺みたいなって、どういうことだよ」

「端的に言えば、あなたは信頼するに値《あたい》しないということです」

山村はドンッとテーブルを叩いた。

「だから仕事も変えて、今度こそちゃんと面倒を見るって言ってんじゃないか」

自分を見下ろす有沢の眼差《まなざ》しは、ゾッとするほど冷たいものだった。

「あなたのこれまでの何をもって『ちゃんとする』と私は判断すればいいんでしょうか」

息詰まるような沈黙。有沢は無表情のまま、向かいの椅子に再び腰掛けた。そして鞄の中にしまっていたはずの調査報告書を取り出した。

「高校二年生で高校を中退。それから半年、早い時には数週間でアルバイトを転々としていますね。バイト先では「無断欠勤が多かった」「だらしなかった」という言葉も聞かれています。自分から辞めるのではなく、辞めさせられることも非常に多かったようですね。訪問販売の仕事に就《つ》いたのは四年前で、これが例外的に長続きしている。会社は何度か消費者側から訴えが出ていますが、どれも示談《じだん》で収まってる。競馬、パチンコなどのギャンブルが好きで、消費者金融にも借金がある。……事実ですね」

「借金は毎月少しずつ返してるよ。宏が来てからは競馬もパチンコもほとんど行ってない。仕事は……あんたにはわかんないだろうけど、高校中退だと色々大変なんだよ。キツイ、安い仕事ばっかりでさ」

「きつい、安い仕事でも、人を騙すようなことはせず、真面目に働いている人はたくさんいると思いますが。学歴が就労を妨《さまた》げるとお考えのようですが、学びたければいくつになっても遅くはありません。実際、あなたは今の会社で自分の年齢の平均を上回る収入を得ていたと報告を受けています」

胸の奥を、無遠慮に撫で回されるような不快感を感じた。

「な……んだよ、それ。綺麗ごとばっか言っててんじゃねえよ」

「山村さんがお母さんの家出が原因で高校を辞めざるをえなくなったというのは知っています。それは大変に不幸だったと思いますが、だからといって法に触れ、主婦やお年寄りを騙すような仕事を何年も続けるのはいかがなものでしょうか」

「あんた、何が言いたいんだよっ」

「過去の不幸な出来事は、今の怠惰《たいだ》の理由にはなりません」

胸を貫く痛みに、山村は悲鳴のように言葉を絞り出した。

「あんたは学校から帰ってきたら、いきなり母親がいなくなってたことなんかないだろ。金も置いてなくて、どこに行ったのかもわかんない。相談できるような親戚もいない。そんな風に一人ぼっちにされたことなんてないだろっ」

山村はテーブルの上に置いた両手をぎゅっと握りしめた。

「腹は減るんだよ。金がないから、食えないんだよ。けど周りの奴は食ってんだよ。平然と食ってんだ。そんな中で、どうして自分だけがこんななんだって思う俺の気持ちが、あんたにわかんのかよ」

「親御さんが失踪した当時、あなたは十七歳だった。中学を出て働く人もいることを考えれば、アルバイトもでき、ものの分別のつく年齢だと思います。あなたの境遇は不幸だったと思いますし、当時のあなたの感情など私には推測することしかできません。しかし、あなたと同じような境遇の人が、みなあなたと同じような生き方を選ぶわけじゃない」

「そりゃそうだ。中には真面目で、ちゃんとしている奴もいるだろ。けどちゃんとできるのは強い奴なんだよ。みんながみんな、そんな強いわけじゃないんだよ。俺みたいに頭悪くて、駄目で弱い人間だっているんだよ。そういうのを否定すんじゃねえよ」

有沢のため息は、胸を針で刺されるような感触がした。

「あなたの人生語りを聞いたところで、話は進みません。事実だけ告げます。あなたは宏国さんの世話役として適当ではない。一緒にいると悪影響もあると思われるので、今後一切関わらないでください」

落ちるだけの虚無感。底がない。もがいてももがいても引っかかりはなくて、不安だけの海に沈む。息が苦しくなって、山村は大きく喘いだ。これまで自分が飼っていた寂しさや切なさ、蓄《たくわ》えていたそれらの感情を丸ごと全部ゴミにされた。自分自身を、これまで生きてきた山村の人生を、有沢はすべて否定したのだ。

「報告書の中には、あなたはホモセクシャルだという記述がありました」

空虚の胸がドクンと激しく鳴った。

「これは宏国さんに確認してみないとわかりませんが、あなた方の間にそういう関係があった可能性も否定できないと、報告書には記載されています」

「……だったら、なんだよ。強姦じゃねえぞ、合意の上だからなっ」

声がやけに震えた。

「あなたが言葉もわからない宏国さんを、それが目的で引き取ったと考えることもできます」

「だから、合意だって言ってんだろ」

山村はテーブルを激しく叩いた。

「それは私が宏国さんに直接聞いて確かめます」

「俺の話は聞けないってことかよ」

「聞くのはかまいませんが、時間の無駄ですよ。私はあなたを信用できません」

「信用できない、信用できない、あんたはソレばっかりだ！」

「話を聞いても無駄だ、信用できないと言われるのを心外だと思われているようですが、あなたと私の立場が逆だったとしても、同じように感じられると思いますよ。これまでのあなたの生き方を知って、簡単に人を騙して嘘をつくような人間だと知って、どうやって信用すればいいんですか。こういう言い方をすると気を悪くされるかもしれませんが、あなたの生き方にあなたの人となりは表れていると思います」

有沢は立ち上がり、伝票を手に取った。

「宏国さんにはもう会わないでください。病院での付き添いもお断りします。今後、私の許可を得ずに接触するようなことがあれば、それなりの対処をさせてもらいます。では……」

背中を向けた有沢の足音が遠ざかる。山村はたまらず追いかけ、支払いをしている男の腕を摑んだ。

「ちょっ、ちょっと待ってよ。俺、俺は……」

混乱していて言葉が上手く出てこない。

「手を離してもらえませんか」

冷たい、射るような瞳でそう言われ、慌てて手を離した。

「俺は……だから……その……宏のことが好きなんだよ」

「そうですか。では」

相槌だけ残し、有沢は店を出ていった。山村はしばらくその場に立ち尽くしていたけれど、店員に声をかけられて我に返り、店を出た。

外は十月にもかかわらず、日差しが眩《まぶ》しかった。目に痛い。空気は乾いて、少し埃《ほこり》っぽい。一歩踏み出して、足が止まる。どこへも行けない。行く場所がない。涙が出てきた。可哀想な自分を哀れむ涙だ。そして誰も慰めてなんかくれない。つらいのも悲しいのも、自分だけだ。

奇異な視線を投げかけられるだけの歩道で、山村は声が涸《か》れるまで泣き続けた。


すっかり葉の落ちた焦《こ》げ茶色の枝が、灰色の空に向かって突き刺さるように伸びている。吹く風の音も乾いて頬に冷たい。山村は周囲をうかがいながら、背後からゆっくりと病院の中庭にあるベンチへと近づいた。

昨日も一昨日も、同じ場所にいるのを遠目に確かめた。声をかけてみようと決心したのは、明日退院だと落合の息子が教えてくれたからだ。

あと数メートルというところで、潜《ひそ》めていた足音を聞き分けたのだろうか……宏国が振り返った。その時点で、さりげなく再会するというシナリオはパアになった。宏国は目を細め、じっと山村の顔を見ている。だるまさんが転んだ状態、その場で固まっていた山村は、ぎくしゃくとした足取りで残りの数メートルを縮めた。

宏国の左側にはアルミの松葉杖がある。骨は金属で補強して、血管も修復した。それでも宏国はまだ杖を手放せないようだった。

「よう、久しぶり」

山村は杖を間に挟んで宏国の隣に腰掛けた。

「調子よさそうだな」

じろじろと山村を見ていた宏国が、いきなり山村の腕を叩いた。

「いっ、痛っ。お前何すんだよ」

痛いと言ったのに、バシッ、バシッと二度叩かれた。

「やむぃ　しぬ」

宏国は上目遣《うわめづか》いに山村を見ながら、ぽつりと告げた。

「死んでるわけねえだろ。ここにいんのに」

「ありぃさ　いう　やむぃ　しぬ」

山村はチッと舌打ちした。

「俺が死んだとでも有沢が言ったのか。とんでもない嘘つき野郎だな」

宏国が怪我をしてから、もうすぐ二か月になろうとしている。十二月の初め、肌寒い中庭にはまばらにしか人はいない。宏国は病院の寝間着の上にロングニットの上着を着ていた。

「そういや俺、借金完済したぞ。消費者金融の分。人間、やればなんとかなるってもんだな。そのかわり、二か月の間、昼も夜もブッ倒れるかと思うぐらい働いたけど」

宏国は返事をしない。

「金の価値も知らないお前に、借金なんて言ってもわかんないだろうな。あぁ、有沢に返す二百万はこれから。あっちは大物だからな」

指先が冷たくて、山村はコートのポケットに両手を突っ込んだ。

「ここって寒いよなあ。……お前さ、南の暖かいトコに行きたくない？」

山村は宏国の顔を見ず、正面を向いて喋った。

「みなみ？」

「日本の南のほう。雪が降らねえとこ」

「ゆき？」

「寒いと空から白いふわふわしたモンが落ちてくるだろ。触ると冷たいやつ。お前、去年から来てんだから、雪は絶対に見てるって」

宏国は曖昧に首を傾げる。覚えてないのか、それとも説明が理解できないのか、どちらかわからない。

「俺はさぁ、お前のことかなり気に入ってんのよ」

山村は両手で口許を押さえた。

「一緒に行く?」

宏国は相槌も打たない。返事もしない。山村は何かに追い立てられるようにまくしたてた。

「そりゃ贅沢《ぜいたく》はさせらんないけどさ。って、贅沢の言葉の意味、お前絶対にわかってないよな。食うには困らせないようにするよ、絶対に」

気恥ずかしさから前を見て視線を合わさないようにしていたけれど、今度は怖くて宏国の目を見られなくなった。

「やっぱお前、女のほうがよかったりするの? そういうの改めて聞いてみたことなかったけどさ。年増趣味はやめといたほうがいいぞ。ババアみたいなのに、テク持ちは絶対にいないからな。俺のほうが絶対に上手いって」

額がじっとり汗ばんで、喉が変に渇く。

「あ……まぁ、そうだな。駄目なら駄目で、別にいいんだけどさ」

ミシリとベンチが軋《きし》む。宏国は立ち上がると、松葉杖を手に取った。そして振り返りもせずに、病院の中へと戻っていく。

振られたなぁ、と山村は思った。振るのはいいとして、最後に「いや」でも「だめ」でもいいから返事をしてほしかった。何も言わずに行くから「ありがとう」と言うつもりが言いそびれた。

守ってくれてありがとうと言いたかった。大切にしてもらったことが、大切に思われていたことが嬉しかった。だから最後にちゃんとお礼を言いたかった。

「仕方ないよな、あいつはマイペースだし」

ぼやきながら笑って、けれど笑いはやっぱり切なさに負けて、山村はボタボタと涙を零した。本当はさらってでも連れていきたかった。自分が途方もなく好きなものを、独り占めにしたかった。好きだから、好かれたかった。好きになってもらいたかった。

山村はズッと洟を啜り上げた。悲しいけど、つらくない。命を張ってまで守ってくれる相手に出会えるなんて、一生のうちに何度もない。だから大丈夫だ。けど涙が止まらない。視界が水で溢れて、地面が揺れる。

ガツッと靴を蹴られた。顔を上げると、行ってしまったはずの宏国が目の前に立っていた。泣いている山村をじっと見下ろす。首には、夜店で買った赤い面がダラリとぶら下がっていた。手術のあと、宏国が薬で眠っている間、ベッド周りが寂しくて山村がアパートから持ってきたものだった。

「みなみ　どっち」

宏国はぐるりと中庭を見渡した。

「ゆき　みる」

「お前、それじゃ無茶苦茶《むちゃくちゃ》じゃないか」

山村は顔を上げ、涙を拭《ぬぐ》いながら泣き笑いした。

山村君？　あぁ、あぁ、昔はうちによく来てたよ。宏ちゃんと一緒にね。宏ちゃんってのが原始インディオの中で生活してきた子で、なかなか言葉を覚えられなくてねえ。ええと、原始インディオっていうのは、昔ながらの自給自足の生活をしていて、文明を受け入れてない部族ってことになるんだよ。ほら、今はアマゾン流域でも開発が進んで、自給自足をしているインディオは少なくなってきててね……あぁ、そうそう山村君の話だね。うーん。なんて言えばいいかなあ、気のいい若者だったよ。優しくて、ナイーブでね。

去年だったか、前に家のほうを騒がしたお詫びだっていって、いきなり息子に金が送られてきたんだよ。私は手術のあとに軽い梗塞《こうそく》をやって体の自由が利かなくなってね。そのまま息子の家に同居することになったから、あの家はそのまま取り壊しちゃったんだよ。息子が返そうとしたんだけど、絶対に受け取ってくれなくて。あれは向こうに気の毒だったなあ。

元気でやってるんじゃないかな？　住所も控えてるよ。石垣島《いしがきじま》とか竹富島《たけとみじま》とか、そのへんだよ、確か。ツアーガイドをやってて、孫が今年、世話になったんだよ。写真を見せてもらったけど、いいところだねえ、あそこは。海が綺麗だし、暖かいし。うん、本当に綺麗でいいとこだよ。

二人に渡したいものがある？　もう五年近く探してた？　そりゃあ弁護士さんも大変だ。ちょっと待ってくださいよ、今嫁に住所録を探してもらってるんでね。

END

あとがき

このたびは「無罪世界」を手に取っていただき、ありがとうございました。そして最後まで読んでここに辿り着かれた方、お疲れ様です。中国タイトルのような雰囲気ですが、イノセントワールドとどっちにするか最後まで悩み、わかりやすい方にしました。

今回、お話を書いていて一番印象に残っているのはジャガーの鳴き声です。ジャガーの鳴き声がどうしてもわからず、ネットで検索しても今ひとつで、思いあまってジャガーのたくさんいる動物園に電話をかけてしまいました。

「あの……すみません、ジャガーの鳴き声を教えて欲しいんですけど」知りたい理由は言わなかったのですが、飼育員の方はとても親切で、電話口で情感たっぷりに鳴いてくれました。そして最後に「ライオンの鳴き声とかも聞けますよ。是非いらしてください」と言ってくれました。どうやら動物の鳴き声フェチだと思われたようです。そんな親切な飼育員さんのおかげでジャガーの鳴き声はクリアしたのですが、翌日見に行った映画にたまたまジャガーが出てきて、鳴き声を披露していました。人生ってこんなものなのかしら……とちょっと思ったりしました。

挿絵のよしながふみ先生。とても雰囲気のある表紙イラストをいただき、二人の近すぎない距離感が絶妙だと思いました。ありがとうございました。

この本を読んで、何か思うことあればどういう形でもかまいませんので、感想を聞かせてやってください。それではまた。何かの本でお会いできるといいなと思いつつ。

木原音瀬

◆初出一覧◆

無罪世界　／書き下ろし

イラスト/不破慎理
イラスト/門地かおり
絢爛
ピンナップ&
美麗
ストーリー
カード!!
激甘な恋も
情熱的な愛も
おまかせ♥な
豪華執筆陣！
読みきり満載♥
ラブたっぷり♥
究極恋愛マガジン!!
ボーイズラブを
もっと楽しむ！
スペシャル企画も
見逃さないで！
月刊
小説
ビーボーイ
b-boy
毎月
14日
発売
イラスト/蓮川愛
A5サイズ
Libre

ビーボーイノベルズをお買い上げいただきありがとうございます。
この本を読んでのご意見・ご感想をお待ちしております。

〒162-0825 東京都新宿区神楽坂6-46
ローベル神楽坂ビル7階
リブレ出版㈱内 編集部

無罪世界

2007年9月20日 第1刷発行

著者 —— 木原音瀬

発行者 —— 牧歳子
発行所 —— 株式会社リブレ出版
〒162-0825
東京都新宿区神楽坂6-46ローベル神楽坂ビル6F
営業 電話03(3235)7405 FAX03(3235)0342
編集 電話03(3235)0317
印刷・製本 —— 東京書籍印刷株式会社

Printed in Japan
ISBN 978-4-86263-245-6